U0152530

榜　样

衡阳师范学院优秀学生事迹选编 II

主　编　魏晓林　董　俊
副主编　何　芳　邹伶俐

北京理工大学出版社
BEIJING INSTITUTE OF TECHNOLOGY PRESS

内 容 简 介

　　本书是基于衡阳师范学院 2019 年、2020 年、2021 年"榜样的力量"人物评选活动形成的思想政治教育通识读本，分厚德篇、博学篇、砺志篇、笃行篇四个篇章，材料翔实，感染力强，有较强的可读性和较高的教育价值。

图书在版编目（CIP）数据

　　榜样：衡阳师范学院优秀学生事迹选编. II ／ 魏晓林，董俊主编. --北京：北京理工大学出版社，2022.8
　　ISBN 978-7-5763-1634-6

　　Ⅰ. ①榜… Ⅱ. ①魏… ②董… Ⅲ. ①大学生-模范学生 先进事迹-衡阳 Ⅳ. ①K828.4

　　中国版本图书馆 CIP 数据核字（2022）第 153512 号

出版发行 ／ 北京理工大学出版社有限责任公司
社　　址 ／ 北京市海淀区中关村南大街 5 号
邮　　编 ／ 100081
电　　话 ／ (010) 68914775（总编室）
　　　　　　(010) 82562903（教材售后服务热线）
　　　　　　(010) 68944723（其他图书服务热线）
网　　址 ／ http：//www.bitpress.com.cn
经　　销 ／ 全国各地新华书店
印　　刷 ／ 三河市华骏印务包装有限公司
开　　本 ／ 710 毫米×1000 毫米　1/16
印　　张 ／ 14.5　　　　　　　　　　　　　　责任编辑 ／ 王晓莉
字　　数 ／ 273 千字　　　　　　　　　　　　文案编辑 ／ 王晓莉
版　　次 ／ 2022 年 8 月第 1 版　2022 年 8 月第 1 次印刷　责任校对 ／ 刘亚男
定　　价 ／ 39.80 元　　　　　　　　　　　　责任印制 ／ 李志强

《榜样》编委名单

衡阳师范学院在人才培养的过程中，始终践行"立德树人"的宗旨，因事而化、因时而进、因势而新，不断提高大学生思想政治教育的针对性和实效性，学院涌现出了一批包括"全国大学生自强之星标兵"蒋芬芬、"全国优秀共青团员"陈明珠等在内的优秀代表。自 2017 年以来，学校开展"榜样的力量"人物评选，通过班级推荐、学生自荐、学院推评等方式提名榜样学生，每月评出月度之星，每年从月度之星中集中推评年度人物，产生包括道德模范、学习标兵、励志人物、笃行先锋四大类型的榜样人物，充分体现衡阳师范学院"厚德、博学、砺志、笃行"的校训精神。从实际效果来看，榜样人物评选在师生群体中产生了较大影响，激发了广大师生赞榜样、学榜样、敬榜样的热情，受到广大师生的一致好评。

本书是在 2019 年、2020 年、2021 年"榜样的力量"人物评选活动基础上形成的思想政治教育通识读本。本书共分为厚德篇、博学篇、砺志篇、笃行篇四个篇章，材料翔实，感染力强，有较强的可读性和较高的教育价值。我们相信，本书的出版，将对高校思想政治教育、大学生榜样人物研究提供有益的帮助。

本书的编写团队由衡阳师范学院多名长期从事一线思想政治教育工作的同志组成，特此向他们的付出表示敬意。希望团队继续努力，为广大读者奉献更多、更好的作品。

本书编委小组
2021 年 12 月

厚德篇

笃行篇

厚德篇

校训"厚德",语出《周易·坤》:"地势坤,君子以厚德载物。""厚",优待、推崇、重视,"德",道德,"厚德",即崇尚道德,也可指道德高尚。"厚德"自古便是中华民族道德建设的标杆。将"厚德"置于我校校训的首位,体现了我校始终坚持立德树人的教育宗旨,将德育作为教育的首要原则。本篇主要展示我校 2019 年、2020年、2021 年"榜样的力量"评选活动推选的"道德模范"的优秀事迹。

退役不褪色　青春筑梦行

——法学院　刘震宇

　　刘震宇，2019 年"道德模范"（校级），曾任法学院 2016 级历史学 2 班班长、衡阳师范学院军事技能教导队升旗手。2017 年参军入伍，现复学为法学院 2018 级历史学 1 班学生。他一直都保持着昂扬的姿态向阳而生，不断散发着青春的能量与光芒。

　　部队严谨的作风、严格的管理、严酷的训练、严明的纪律使刘震宇同学成为一名理想信念坚定、崇义友善的好青年。"关关难过，关关过"是他的座右铭，诠释着属于他的坚强与刚毅，凝聚着属于他的执着和热血。他忠于自己，奋斗不已，在各方面都充分发挥党员先锋模范作用，用真心与执着为党旗增光添彩。

（辅导员　彭婷婷）

　　刘震宇同学一直都是我们的学习榜样，他始终保持着部队的优良作风，严格要求自己，并将自己所学所感毫无保留地分享给我们。他有着"关关难过，关关过"的英勇气概，他有着"岂曰无衣，与子同袍"的战友豪情，他有着"敢打必胜"的坚定信念，他勇于追梦，无愧于心，更无愧于行。永远的榜样，永远向他看齐！

（2018 级汉语言文学 4 班　刘丹）

不忘初心，追逐梦想

　　2016 年，我踏进衡阳师范学院（以下简称"衡师"）的校园，成为衡师的一分子，大一我担任了 2016 级历史学 2 班的班长，也加入了衡师军事技能教导队担任升旗手；2017 年 9 月 10 日，我报名参军成为一名光荣的武警战士；2019 年退役复学后我依然穿上军装重回教导队，可以说迷彩色是我青春最靓丽的底色。

扎根深山，埋头深耕

三个月的新兵训练结束后，我来到了驻扎在海拔近千米的皖南山区的新连队，在这里我要"过五关"才能真正成为一名战士。所谓"五关"，即信息孤岛、蛇虫挑战、雨雪试验、滚石突袭、执勤考验。信息孤岛是方圆15 000亩（1亩≈666.67平方米）的库区，只有我们中队，手机信号始终处于无服务的状态，"白天兵看兵，晚上看星星"；蛇虫挑战是我们在深山中要面临许多毒蛇、毒虫的威胁，如蜈蚣、金环蛇、竹叶青、五步蛇等，时不时就能在路上遇到；雨雪试验是夏季易发山洪和泥石流，冬天经常大雪封山；滚石突袭是因为当地雷雨多发，山上许多石头特别松，易脱落；执勤考验是从营区到最远的哨位来回要一个多小时，距离超过6千米，除了夜哨时各种怪声带来的胆战心惊，还有夏天哨位上的酷热难耐。这种环境里怎么办？指导员告诉我："信息关、蛇虫关、雨雪关、滚石关和执勤关，说白了就是'忠诚关'，做好自己的事情，站好每一班哨，就是有意义的事。"执勤路长，没关系，正是练习跑步的场所；没有手机，却能把时间全部用到学习之上。于是，在执勤点上，我将自己的五千米越野从及格提高到了优秀，也成为中队的理论之星、政治小教员。我只是很普通的一名战士，但我认为，来当兵，就要当一名合格的兵，把自己该干的事情干好了，就是有意义的事情，才能实现入伍时的初心。面对陌生、险恶的环境，要学会主动去适应，脚踏实地地做实事，做有意义的事，战胜困难，磨砺自我。落地生根、勤劳尽责是迷彩色的底蕴。

敢打必胜，昂首向前

2018年6月，我代表支队参加了总队组织的"中国人民解放军三大条令知识竞赛"，我们这支代表队由一位指导员、一位士官和我组成。初到赛场，我就被其他参赛选手们肩膀上的星星和几道"拐"震慑到，中尉、上尉、下士、中士、军士长……原来全场只有我一个新兵呀。"这下完了，他们都比我军龄长，经验比我丰富多了，我八成比不过他们。"指导员似乎看穿了我的心思，拍了拍我的肩膀说："只要有敢打必胜的决心，我们肯定能赢！"我攥起拳头，下定决心一定要战胜对手。在为期七天的备赛和竞赛中，每天睡眠时间只有四五个小时，我让自己保持在一种"两眼一睁练到熄灯，两眼一闭记忆知识"的状态。功夫不负有心人，经历了一轮又一轮的笔试题、抢答题、风险挑战题等的比拼后，我们代表队取得了三等奖的好成绩，因此我被支队记了个人三等功一次。这之后"敢打必胜"的信念一直促使着我在训练、学习、生活中不断前进。2019

年我被支队推荐参加总队的"基层优秀四会政治教员"评选竞赛，在赛场上面对级别、资历比我高得多的评委和观众侃侃而谈，最终取得团体第六名的好成绩，为支队、中队争取了荣誉。回到中队，我作为思想骨干充分发挥自身作用，主动关心爱护新兵，解决他们的思想困惑，帮助新兵尽快适应。2019 年，我因在执勤过程中忠诚尽职的事迹被"解放军报"公众号宣传报道。

底色不褪，励志笃学

2019 年 9 月 1 日，我脱下军装重返校园，成为学校教导队的一员。身着军装、站如松杨的我，是训练场上的一道光。作为一名教官，我敢于担当，忠诚履职，严格训练，将一份不褪色的军心、一份永不变的进取之心传递给教导队队员，诠释着"流血流汗不流泪，掉皮掉肉不掉队"的军人精神；对发现的问题及时解决，关爱新同学，并带领连队获得优异成绩，连续两年获评"军训内务评比先进单位"和"队列评比一等奖"。2020 年 12 月至 2021 年 10 月，我担任衡阳师范学院军事技能教导队总队长，尽职尽力为学校培养新一批军训教官，展示了当代大学生的精神风貌。2021 年 3 月 2 日下午学校学生公寓 13、14 栋附近的变压器突然着火，火势迅猛，我拿上灭火器冲进浓烟中，迅速采取科学有效的灭火措施，及时控制了火势，避免了学校遭受更大的损失。2021 年到郴州市宜章县梅田镇梅田中学参加顶岗实习，在实习期间，我工作认真负责，教学态度好，成为受学生喜爱的教师，被评为"宜章县优秀实习生"。2019 年 9 月，我的个人事迹入选全国高等院校学生信息咨询与就业指导中心第二届"闪亮的日子——青春该有的模样"大学生就业创业人物事迹；2019 年 12 月入选衡阳师范学院"榜样的力量"十大道德模范；2020 年 5 月获评衡阳师范学院"向上向善好青年"；2021 年 6 月获评湖南省"优秀共青团员"。

我怀着一颗赤子初心，从校园到军营又回到校园，用绿色的军装妆点青春，用奉献的精神鼓舞人生，用无悔的忠诚报效祖国。埋头奋斗、敢打必胜成了我不变的信念，迷彩色成了我永不褪去的青春底色，退伍不褪色，换装不换心！我的青春是穿军装的样子！

从善从德　矢志不渝

——音乐学院　乡村音乐教室

乡村音乐教室，2019年"道德模范"（校级），由衡阳师范学院音乐学院和衡阳市小红人志愿者协会于2014年共同创建。项目立足音乐学院学生专业特点，利用专业知识志愿服务社会，本着"点亮乡村孩子音乐梦，提高师范生专业水平"的宗旨，秉承"奉献、友爱、互助、进步"的服务理念，以实际行动为乡村教育贡献力量。

　　"乡村音乐教室"志愿服务团队是一个有爱的大家庭，本着"点亮乡村孩子音乐梦，提高师范生专业水平"的宗旨，将音乐课堂送到更多乡村学校。你们用自己的爱心去感染乡村的每一个孩子，同样也在充实着自己的大学生活。我希望"乡村音乐教室"志愿服务团队的每一位成员用真心、用真情、用行动将温暖传递，鼓舞更多的小伙伴加入队伍。

（指导老师　刘颖）

　　在"乡村音乐教室"志愿服务中，我第一次以一名音乐教师的身份走上讲台。在将美好的音乐旋律带给乡村学生的同时我也在不断沉淀、不断提升自己。"乡村音乐教室"志愿服务项目体现的是志愿者们对乡村音乐教育滚烫的赤诚之心，希望"乡村音乐教室"志愿服务项目越办越好，用快乐的音符为更多的孩子们点亮灿烂的童年，陪伴乡村孩子健康快乐地成长。

（2019级音乐学2班　严子怡）

以善为友，自强自立

本着"点亮乡村孩子音乐梦，提高师范生专业水平"的宗旨，秉承"奉献、友爱、互助、进步"的服务理念，立足音乐学院专业特色和学生专业能力提升需求，5年多来，"乡村音乐教室"志愿服务项目在衡南县近尾洲中心小学、蒸湘区雨母山镇竹灵小学、蒸湘区呆鹰岭镇土桥小学、石鼓区松木青石小学、衡阳县三湖镇管桥小学、衡南县三塘镇灵官小学、衡南县三塘镇洲市小学、雁峰区岳屏镇公益小学、衡阳县渣江镇黄柏小学等10所乡村小学开展音乐课堂教学，教授学生声乐、舞蹈、器乐，指导排练节目、组织歌唱比赛、开展文艺演出等。项目采取日常开展与固定月举办相结合的形式：坚持每两周前往6所乡村学校开展一次音乐课堂教学；坚持每年暑期举办一次扶贫慰问演出、团体心理辅导、"感恩父母"主题教育活动。音乐学院每学期从音乐学、音乐表演和舞蹈学专业遴选一批思想过硬、专业扎实的学生组成"乡村百灵"支教团，开展音乐课堂教学，5年多来风雨无阻，从未间断。项目为改善乡村小学缺乏音乐老师的现状，为提高山区学生的综合素质，为衡阳城乡教育的均衡发展起到了良好的推动作用。

不忘初心，踔厉奋发

项目的初心是："用音乐点亮乡村孩子梦想，用艺术助力乡村教育扶贫"。通过"传播爱""传播美""传播情"三大志愿服务理念，力求打造融音乐关爱、音乐熏陶、音乐教育为一体的志愿服务模式。"乡村音乐教室"具有以下四方面的意义：一是为学生搭建专业实践平台，全面提升学生的专业教学技能，为考取教师资格证、促进学生充分就业夯实基础；二是改善乡村音乐教育缺失的局面，缓解乡村音乐教师师资力量匮乏的现象，满足乡村学生对音乐学习的需求，培养乡村学生对音乐的兴趣和乐感，陶冶艺术情操；三是引导学生在社会实践中追求真、善、美，致力于通过社会实践来培育大学生社会责任感、增强实践能力，树立家国情怀，成为践行社会主义核心价值观、开展大学生思想政治教育的重要平台；四是推进大学生志愿服务实践基地与实践育人基地的建设，实现志愿服务与实践育人基地化、品牌化、项目化。

赠人玫瑰，手有余香

截至目前，"乡村音乐教室"已为10所乡村小学开展音乐支教，共开展了75次共895节音乐课程，服务78 850余人次，参与志愿者累计达1 105余人次，志愿者用车总里程达 39 499 余千米；已与衡南县三塘镇洲市小学达成校地合作共识，建立了衡阳师范学院志愿服务实践基地与实践育人基地；项目曾荣获省级荣誉 5 项、市级荣誉 1 项、校级荣誉 2 项，具体如下。

2016 年 12 月 6 日"乡村音乐教室"参加由衡阳市创建全国文明城市领导小组主办的"2016 年衡阳市志愿服务先进典型表彰活动"，获得衡阳市志愿服务最佳项目奖。

2016 年 12 月、2017 年 9 月"乡村音乐教室"参加湖南省委宣传部、共青团省委、省委教育工委、省教育厅、省文明办、省志工办、省学联联合组织开展的湖南省大中专学生志愿者暑期文化科技卫生"三下乡"社会实践活动，获得湖南省志愿者暑期社会实践活动优秀服务团队称号。

2018 年"乡村音乐教室"获得衡阳师范学院颁发的特色志愿服务项目奖。

2019 年 11 月 28 日参加团省委、省文明办、省志工办、省民政厅等 16 家单位联合主办的湖南省第四届青年志愿服务大赛，获得金奖。

2019 年 7 月 5 日（原）音乐学院教师王江南主持的"'乡村音乐教室'志愿服务模式下的实践育人体系研究"项目，获得由湖南省委教育工委和教育厅评定的湖南省高校思想政治工作精品项目立项。

2019 年 10 月 12 日"乡村音乐教室"参加湖南省文明委、志工委组织的"雷锋家乡学雷锋"志愿服务先进典型活动，获得最佳志愿服务项目。

2019 年"乡村音乐教室"参加衡阳师范学院举办的"互联网+"创新创业大赛，获得金奖。

2020 年 5 月，在全国学联秘书处指导下，中国青年报社开展 2020 年度"寻找全国高校百强学生社团"活动，小百灵青年志愿者协会荣获全国百强社团。

2020 年 11 月，"乡村音乐教室"参加由共青团湖南省委、湖南省青年志愿者协会等部门共同主办的湖南省"雷锋杯"青年志愿服务项目品牌赛，获 4A 项目。

5 年来，支教团队成员教师资格证通过率达 87%，105 人考取研究生，265 人选择基层就业（其中 3 人在新疆阿克苏地区从事基层公务员工作），85 人考取教师编制，35 人考取特岗教师，40 人获"湖南省优秀毕业生"称号，25 人在湖南省大学生"独唱·独奏·独舞"比赛中获奖。

默默奉献　英勇坚守

——体育科学学院　钟龙

　　钟龙，2020 年"道德模范"（校级），体育科学学院 2019 级体育教育 2 班学生。曾担任学生分会执行主席、班长，组织志愿者活动 20 余次。荣获军训"优秀学员"（校级）、"优秀共青团员"（校级）、"防疫抗疫优秀志愿者"（校级）称号。

　　钟龙同学在学习阶段，积极上进，始终严格要求自己，有着明确的学习目标并不断努力。他积极向上，不断提升自我；在大二时他申请加入中国共产党，并始终严格按照党员的标准要求自己。在专业课程的学习上兢兢业业，还充分利用课余时间参与社会实践活动。他为人诚实友善，乐观开朗，与同学关系融洽，乐于助人，意志坚强，并积极参与各项集体活动。

（辅导员　郭丽）

　　他学习刻苦认真，专业知识能力强；严于律己，以身作则，积极组织参加学校各种活动；工作主动，勇于担当。我印象最深的一件事是，他从湘江边救人的第二天，我问他在救人的那一瞬间有没有考虑过自己，他只是很平淡地说："我只是做了每个普通人都会做的事。如果再次遇到那个老人，我会对他说，只要活着，一切都有可能，所以不要放弃任何希望。"

（2019 级体育教育 6 班　刘思君）

　　2019 年我入校后参加军训，训练期间认真刻苦，在标兵方阵脱颖而出，荣获 2019 年衡阳师范学院"训练标兵"称号。此外，因工作积极，先后担任班长、学生分会执行主席。

　　2020 年新冠肺炎疫情（以下简称"疫情"）爆发期间，我身处湖北孝感，自费购买了 300 个 N95 口罩免费发放给村民，为初期的家乡防疫抗疫工作织好了一层保护网。

　　全面封城之后，我积极报名参加家乡的防疫抗疫工作。我去村委会领取任务时，村支书以我年纪太小为由想让我在家待着，我坚定地说："现在到了国家危难的关键时刻，不论男女老少，能出一份力是一份力，我作为一名大学生更是义不容辞。疫情当前，总要有人要站出来，我愿意服从指挥，为我们村的疫情防控出一份力。希望您能给我一个机会，我是自愿的。"最终，村支书在我的一再坚持下给我安排了任务。

当时正值寒冬，天气恶劣，父母十分担心。为了消除父母的顾虑与担心，我对父母说："你们的儿子是为祖国建设奉献力量去了，是确保全村安定的守护神之一，爸爸妈妈也要给我支持呀！"为了不让父母担心和挂念，电话里报喜不报忧。投入疫情防控工作的我，守在路口，偶尔才回家吃饭，还配合入户测量体温，负责相关物资的配送。很多人问我做这些事有没有报酬或者补贴，我反问道："如果志愿工作是为了挣钱，那还有意义吗？我们的防疫工作还会有效果吗？"许多人惊讶我小小年纪竟然有这样的觉悟。慢慢地，我的言行也影响了一批村民，他们自发地投入防控疫情一线。常常有村民给防疫志愿者送早餐，天冷时也有村民煮姜汤给我们喝。最后，在全体村民的共同努力下，我们村直到完全解封都没有一个确诊病例。在抗疫过程中，我始终坚守在自己的岗位上，日复一日，在村内进行消毒喷洒，为每家每户运送生活物资。回到校园，我充分利用自己防疫抗疫的经验，参与了学校的疫情防控志愿活动，并荣获 2020 年衡阳师范学院"防疫抗疫优秀志愿者"荣誉称号。

我还参与了孝感市"一标三实五全面"走访登记活动。一开始，由于经验不足，遭受过许多误会和不理解。面对工作开展过程中遇到的难题，我没有退缩，而是尽量把工作做得更好、更细，通过耐心交流赢得信任。同时，疫情期间走访一些确诊的、被隔离的家庭，我也从未想过逃避。虽然自己是害怕的，害怕被感染，但是，在工作面前，我决定要冲锋在前，做好防护，尽职尽责地站好每一班岗。

让大山深处的每一颗芝麻都开花结果

——文学院　王芬

王芬，2020年"道德模范"（校级），文学院2017级汉语言文学3班学生。2019年度"中国大学生自强之星"的获得者，曾担任"阿里巴巴助力蜂农公益直播"城步苗族自治县"治愈柒"蜂蜜的宣传片女主角；她是"乡村芝麻官"助农直播间里为家乡产品代言的小苗妹；她是"芝麻学堂"公益直播培训最年轻的小王老师；她是"9.12知名网红主播电商直播城步扶贫专场"的选品对接负责人……

> 王芬同学勤奋、朴实、善良、乐于助人。在拥有优秀的学业成绩的同时，她还充分发挥自己的聪明才智和团队的力量开展助农电商公益活动，不但使城步苗族自治县农产品销量大增，而且还宣传了当地的特色文化，赢得了广泛的赞誉，获得2019年"中国大学生自强之星"称号，是文学院实现"三化育人"所涌现出来的优秀代表。
>
> （文学院院长　任美衡）

> 在我眼中，芬芬是一个乐观向上、乐于助人、永远以微笑面对一切的女孩子，她就像一朵向日葵，散发出芬芳，感染着身边所有的人。在大学中能遇到这样一位朋友，可以说是三生有幸。
>
> （2017级汉语言文学3班　贺姣）

在新冠肺炎疫情期间，得知家乡农货囤积消息的我主动申请加入县商务局与县扶贫办成立的"乡村芝麻官"助农团队，在网上销售农产品。因为从小生活在农村，我能深切体会农民辛苦一年却换不来钱的窘迫，我想尽自己一份力量帮帮他们。

我了解到团队是希望通过网络平台推广销售城步苗族自治县的农副产品，尽可能消除疫情带来的影响，之后还会安排一系列公益培训，帮助农户认识和了解网络，学习把滞销的农副产品进行线上销售。虽然我对电商这一领域完全不熟悉，但我想边学边做，参与该项目，贡献出自己的一份力量。

这是一个由一群志同道合的人组成的助农团队，有辞掉在大城市的高薪工作来到城步这个边陲小县的电商团队成员，有北京商务部派驻城步与阿里巴巴合作的扶贫干部，他们"舍小家，为大家"的精神鼓舞着队员们克服困难，高质量完成工作任务。在这样正能量的团队中，我从零开始学习电商的相关课程，认真做好笔记并在实践中操作，研究农产品的特点、亮点，以及直播短视频规则、技巧，学习制作公益培训的相关课件，我快速地成长起来。

我的家乡城步南山国家公园拥有广袤的原始森林和丰富的蜜源植物，非常适合蜜蜂的生长和繁衍，所以联合国工业发展组织将城步蜂业定为可持续发展项目。家乡也用更先进、更智能的养蜂酿蜜技术生产更甘甜、更有品质的蜂蜜，研发出了"治愈柒"系列的蜂蜜产品。每年的 5 月 20 日是"第四届世界蜜日"，"治愈柒"为了把深山老林中的极品蜂蜜带给广大的消费者，决定拍摄宣传片进行推广宣传，爱笑开朗、好学向上的我被团队推选为该款产品宣传片女主角。在这期间我认真负责地完成"治愈柒"蜂蜜宣传片的拍摄。宣传片的投放，吸引了众多顾客。

直播带货已经是大势所趋，如果能够通过直播将城步的农产品销售出去，那滞销的问题就迎刃而解了。"授人以鱼不如授人以渔"，团队立马在村里建设了一个直播培训基地"芝麻学堂"，对那些有兴趣学习在网上开店、短视频拍摄、直播带货的村民进行培训。从选址到装修经过了两个月，一栋危房就被改造成契合当地山水背景的直播培训基地。整个基地保留了当地房屋的木制用材和结构，插入花瓶的竹条是我们从山上采回来的，太师椅、餐具、茶具、摆件是人工一件件背进屋里的，而我跟团队就这样变成了"驻村艺术家"，将乡村的自然美呈现出来。

在直播培训基地，一方面通过每天的直播来销售当地农副产品；另一方面，接待前来学习的农户，教他们直播的实际操作与注意事项，推动当地直播行业的发展，带动全民直播。

随着直播培训基地的人气越来越高，团队在直播基地旁修起了民宿。一辆"开起来有拖拉机感觉"的老旧二手小车是我们的交通工具。由于山路崎岖，我们只能自己从马路上把装修材料、家具一件一件地搬到民宿，和工人们一起改造装修，清洁打扫。从白天到晚上，一日复一日。

就这样，破旧的危房被改造成了美丽的民宿，面朝南山，涓涓山泉。更多来南山旅游的人来拍照"打卡"，也让更多的人关注到了金童山村，关注到了这里的好货，关注到了助农活动。

我还帮助接待来自长沙的 70 余名"消费领袖"探访这个原生态乡村，品尝农家美味，购买心仪的扶贫产品。在金童山村林下土鸡养殖基地，举办了"鸡抓着免费送、蛋捡着免费吃"活动。70 余名"消费领袖"纷纷下场抓鸡、捡蛋，玩得不亦乐乎。在百果园、羴牧牧业羊奶粉生产车间，大家采摘鲜果、了解羊奶粉的生产过程，从源头了解农产品质量。

"消费领袖"们还来到"乡村芝麻官"电商直播间，与粉丝在线互动，讲述实地见闻，为城步土鸡、清水竹笋、羊奶粉等农特产品代言。"消费领袖"们购买了 80 余只苗乡土鸡、1 500 余枚土鸡蛋、190 余罐羊奶粉以及其他农产品，价值 3.8 万余元。同时，通过"消费领袖"的流量，城步优质农产品得到更广泛的推广，当天销售额近 6 万元。

功夫不负有心人，在团队的努力下，CCTV-9 来到了城步，拍摄了与扶贫相关的纪录片。同时，经过将近两个月的拜访、沟通、产品测试，我们也终于邀请到淘宝知名主播亲临城步，做客金童山村直播间，专场直播带货，助力农产品的销售。为了这一场直播，我们从 7 月份就开始筹备，选品定价、踩点确定产品质量、与各个商家对接库存快递，以及收集扶贫证明书，那一阵子做的表格是我20 年以来做得最多的一次，因为主播团队工作时间是在晚上，我几乎每天都要熬夜开会，只为能确定好数据，多选上一个产品，让农户们多卖出好货。

所有的努力都会开花结果，"9.12 知名女主播电商直播城步扶贫专场"的直播间观看人次达 1 423 万人，带动销售扶贫产品成交 33.6 万单，成交金额 1 063万元。4 000 份隆回希品山界红糖在直播间一秒钟卖光；金童山村溜达鸡制作的"鹏派烧鸡"5 000 只在 30 秒内售罄。因为销量过多，人手不够，我又做起客服的工作，直播当晚解答了 600 多名顾客的问题，这样的客服工作持续了大半个月。

因为热爱公益，助力家乡脱贫攻坚，我十分荣幸地被中国青年报社评为 2019年度"中国大学生自强之星"。

现在是电商时代，越来越多的优质农特产品正在电商的助力下走出大山，迈向更广阔的市场。而我也有幸为自己的家乡贡献一份力量。我接受高等教育的目的就是帮助家乡摆脱贫困，只要家乡需要，我一定会义不容辞地为家乡代言，让大山深处的每一颗芝麻都开花结果，帮助家乡城步从一步之城，变成天下城步。

不负光阴　不负自己

——新闻与传播学院　彭赛男

　　彭赛男，2020 年"道德模范"（校级），新闻与传播学院 2017 级新闻学 2 班学生，曾任班级文娱委员、校主持队队长、衡阳师范学院大学生创业园讲解员、大学生艺术团副团长。她主持过学校"本科办学二十周年庆典"等 50 余场活动；在"团团带你逛直播"活动中代表学校为 2019 级的新生介绍学校概况，微博平台的阅读量达到了 53.2 万；曾作为湖南省双创科技活动周项目讲解员，多次为省市级领导讲解大学生创业园项目。

　　彭赛男是个认真又乐观的学生，在积极参加各种活动的同时也很好地完成了学业。作为老师，看着她四年里不断成长，我很欣慰。希望她在以后的人生道路上也能保持积极进取的精神，一路前行。

（辅导员　欧阳素珍）

　　闪亮如她，是舞台上会发光的女主持；努力如她，是一直都在追梦路上的新媒体人；知心如她，是我无话不说的好姐妹。我和赛男初相识于社联迎新晚会，她是主持人，我是社团负责人，后来的三年，我们并肩穿过风雨，分享美好，见证成长。我感动于她对主持稿的字斟句酌，钦佩于那份追梦路上的执着与韧性，赞叹于她工作时的认真负责。我想说："遇见她，真好！"

（2017 级汉语言文学 3 班　戚怀月）

明德修身，脚踏实地

　　在思想上，我认真学习马克思列宁主义、毛泽东思想、邓小平理论、"三个代表"重要思想、科学发展观和习近平新时代中国特色社会主义思想，树立了正确的世界观、人生观和价值观，并将理论与实践相结合，不断丰富自己的政治素养。

2017 年 10 月，我积极参加第 54 期入党积极分子的培训班，并通过结业考试，顺利结业。2019 年 6 月，我参加衡阳师范学院第七期青年马克思主义者骨干培养班并担任培养班的文娱委员，协助其他班委完成班级各项工作，为结业晚会编排了 4 个节目，取得了较好的反响，最终获得"优秀学员"称号。2019 年 11 月，我参加了学校党委第 60 期重点发展对象培训，考试合格并获得了结业证书。我于 2019 年 12 月 24 日光荣地加入了中国共产党，成为一名中共预备党员。

笃行勤业，奔赴山海

大一我担任班级文体委员，在体育课上协助老师、帮助同学；在班级教室环境评比中，我带领同学装扮教室，获得了院级二等奖。大二我担任艺术团主持队队长，我完善了队伍的规章制度，在队伍当中营造了一个良好的竞争氛围；在大三担任大学生艺术团副团长期间，我与其他主席团成员共同组织了"艺术团迎新、招新""第十届校园文化艺术节开幕式暨第二届校园音乐节"等活动，丰富了同学们的课余生活，得到了老师和同学们的肯定。与此同时，我多次联系各二级学院活动负责人，为艺术团成员争取了更多展现自己的机会。2020 年 3 月，我与其他主席团成员策划并制作了一支"加油视频"，为奋战在一线的所有工作人员送上祝福。2020 年 5 月，我参加了社联承办的"抗疫云朗诵"活动，其推文点击量达三万多；随后我被衡阳师范学院校团委推荐参加湖南省五大高校联合主办的"五四云朗诵"活动；该活动结束后，我负责策划并组织了学校的"五四云朗诵"活动。

我热爱主持，只要有话筒，我就欣喜若狂。在校期间，我主持了"湖南省青年讲师团走进衡阳师范学院宣讲活动""本科办学二十周年庆典""'榜样的力量'2019 年大学生年度人物颁奖典礼""庆祝中华人民共和国成立 70 周年师生万人大合唱""十佳歌手""第十届校园文化艺术节开幕式暨第二届校园音乐节""社联之夜""迎新晚会"等大大小小的活动 50 余场。印象最深刻的是，我有一周主持了四场活动，不是在彩排，就是在正式演出，但我乐在其中，丝毫不觉得疲倦。

通过一次面试，我发现了讲解的乐趣。我作为大学生创业园讲解员为来校视察工作的领导讲解创业园各个项目，由于表现优异，2019 年 6 月，我被推荐至"湖南省双创科技活动周"代表湖南省为省级领导讲解项目。2019 年 9 月，在湖南共青团发起的"团团带你逛直播"活动中，我代表学校为 2019 级的新生介绍了学校概况，微博平台的阅读量达到了 53.2 万。2020 年 4 月，我因工作上表现优秀，在衡阳师范学院"向上向善好青年"评选活动中被推选为"衡阳师范学院诚实守信好青年"。

勤学上进，知行合一

作为一名大学生，我时刻不忘学习是本分，通过不懈的努力，成绩稳步提升，如今已名列前茅。我热爱所学专业，注重理论与实践相结合，用文字和镜头记录了校园活动的精彩瞬间，我的每篇报道都被上传至校园新闻网。大一、大二时，我是校园频道撰写新闻稿件数量最多的，2019年1月，因校园宣传工作突出，获中共衡阳师范学院委员会颁发的"新闻宣传工作先进个人"荣誉；大三时，我继续带着镜头活跃在校园活动第一线，并身兼数职，担任记者、配音员和新闻主播。功夫不负有心人，2019年12月，我再度获得中共衡阳师范学院委员会颁发的"新闻宣传工作先进个人"荣誉。我深知实践对于新闻学子的重要性，加入了衡阳市旅游局官方公众号乐游衡阳的采写组并发表了数篇推文；大二下学期，我应聘成为衡阳市一家婚庆公司的微信公众号的运营，在我接手后，公众号粉丝量一直在稳步上升。在2019级新生开学典礼暨军训动员大会上，我有幸作为代表与学弟学妹们分享经验，那次活动让我备受鼓舞，更加坚定了我想要成为榜样的决心。

心怀感恩，与爱同行

生活中我与同学、朋友融洽相处，积极帮助他人，努力发挥先锋模范的带头作用。2017年9月，我成为注册志愿者，并多次参加志愿活动，如"敬老院慰问老人""火车站交通疏导员""衡阳市创新创业峰会志愿者"等。在2019年大学生暑期"三下乡"社会实践活动中，我作为支教组成员，负责小班同学的日常管理工作，得到了同学、家长的一致好评。2019年11月，因"三下乡"活动志愿工作表现突出，获评共青团衡阳师范学院委员会"大学生暑期三下乡社会实践活动先进个人"荣誉称号。

无论过去遇到过多少艰辛与困难，也无论过去收获过多少掌声与鲜花，那些都已经成为昨天，我更相信"路漫漫其修远兮"。今后，我会用"登山则情满于山，观海则情溢于海"的热情，以"没有最好，只有更好"的标准继续我的人生征途！

最大的满足就是无私付出

——生命科学与环境学院 米南星

米南星，2020 年"道德模范"（校级），生命科学与环境学院 2019 级生物科学 3 班学生，曾任班级宣传委员。在校期间，她积极参加校内组织的各类志愿者活动；疫情期间加入防疫防控突击队；汛情期间，她参加了主汛期的后勤保障、救灾物资发放、临时安置点服务等志愿活动。

> 她待人真诚善良，积极向上，不畏生活与学习上的困难，自强不息，勇于挑战自我。同时热心公益活动，积极投身公益事业，身体力行，堪为典范。在大学生活中品行端正，学习努力，自我要求严格，是一位多方面发展的优秀学子。
>
> （生命科学与环境学院书记 彭晖）

> 她是一个乐观活泼、积极向上的女孩子。在平常的生活上，她乐于助人，管理和组织能力也很强，带领我们获得了先进班集体的荣誉。在业余生活上，她多才多艺，是个宝藏女孩！
>
> （2019 级生物科学 3 班 周芷兰）

谆谆教诲，深入心灵

我出生在怀化辰溪的一个贫困家庭，自小父母离异，便一直跟着爷爷奶奶长大，但在我五岁时爷爷瘫痪，从此奶奶孱弱的身躯要同时照顾一老一小。在如此艰难的时候，奶奶也会经常送自制的小菜给街坊邻居，奶奶教育我，人要有善心，好人有好报。在义务教育阶段，我曾多次受到爱心人士的帮助，这些点点滴滴温暖了我的心灵，我知道这种受人帮助的感受是多么的美好，所以进入大学后，我积极投身公益事业，服务个人，服务团体，服务社会，坚持做到日行一善，尽己所能，让萤火之光持久绚烂。

身体力行，热心公益

在校期间，我参加学院组织的志愿者活动，维护学校卫生环境。

2020年新冠肺炎疫情来袭，我积极响应辰溪团县委的号召。在疫情防控期间，积极给身边的亲戚朋友宣讲防疫知识，劝导亲朋好友勤洗手、多通风、不出门、不聚集等。同时还第一时间转发官方消息，阻断网络虚假信息的传播，成为一名奋战在线上的网络宣讲志愿者。碰到没戴口罩的老人，我会把自己的备用口罩给他们，并告诉他们正确的佩戴方式，强调佩戴口罩的重要性。对小区内的每一户住户进行电话访问登记，对于电话未接通或号码错误的进行上门走访调查。

积极组织，温暖他人

寒假期间，我参与"暖冬行动"，服务返家老乡，助力高中学子，维护交通秩序。

在"助力高中学子"的活动中，我参与前期筹划——制作宣传海报、宣传手册、微信推文、抖音宣传视频，并与团县委诚挚邀请来自中山大学、上海交通大学、北京大学、中国美术学院的四位学长给在高中奋力拼搏的学子分享经验。在团县委的帮助下，我借用全市环境最好的学校报告厅，组织五百余名高中学子参加此次活动。

"服务返家老乡"的活动是让我感受家乡情怀最深的一次志愿服务，在2020年的返乡高潮中，辰溪商会接待了500名从深圳回辰溪的老乡。我认真负责地组织爱心大巴，从每一块告示牌到每一杯水都有参与。距离大巴到站还有几分钟，我早已在门口伫立等待，给每位老乡戴上红围巾，递上热水并热情慰问。

在担任交通劝导志愿者时，我站在红绿灯路口，组织行人正确过斑马线。当看到有行人闯红灯时，我会及时劝阻、耐心劝导。在这个过程中，有些人虽口头回答"下次不再如此"，但内心却满不在乎；有些人甚至装作听不见，一意孤行。做好一名交通劝导志愿者并不容易，但是我十分享受当志愿者的过程，因为我始终坚信可以用微笑温暖他人，可以用爱心回馈社会。在主汛期将至的时候，我主动报名参与防洪后勤保障、救灾物资发放、临时安置点服务等志愿服务工作，用实际行动彰显爱心。

积极向上，多维发展

为了回报孕育我长大的这片土地，我选择成为一名公费定向师范生，毅然决定回乡教书。入校以来，我严格遵守学校的各项规章制度，积极参加学校班级组织的各项活动，始终保持着积极向上的心态，时刻以高标准严格要求自己，勤奋学习，积极参加各项活动，提高自我综合素质，如文艺演出、配音等。同时，在家乡我也主动加入防疫抗疫等工作中。我希望通过自己的努力，多方面提升自我、完善自我，将来成为一名优秀的老师。

赤诚善良　传递爱心

——法学院　李幸妮

李幸妮，2020 年"道德模范"（校级），法学院 2017 级历史学 2 班学生，曾任班团支部书记、法学院学生会副主席、学生工作部新媒体中心主编、法学院学生党支部委员会成员、法学院微光志愿者协会会员。其志愿行为受到桂东县团委的表彰，事迹先后被"湖南日报·新湖南"客户端、掌上衡阳、"团桂东县委"公众号等报道。

> 幸妮是个踏实认真、勤奋刻苦的优秀学生。印象里，她很爱笑，无论学习或者工作有多忙，她从来不曾有过一丝一毫的抱怨。一分耕耘，一分收获，她的勤奋努力也让她越发耀眼，成为星空中那颗明亮的星。她是一名优秀的公费定向生，也会是一名优秀的人民教师。
>
> （辅导员　钟佩玲）

> 她是一个每次想起来都令人觉得温暖、会让人眉眼含笑的人！她的眼睛里仿佛藏有星光，让人忍不住想靠近！她礼貌，谦卑，内心强大。无论是工作还是学习，她总是勇于挑战自己。她不会满足于现状，一直有自己的目标，从"向上向善好青年"到"优秀毕业生"，她一直坚定不移地努力奋斗。
>
> （2017 级应用心理学 2 班　周倩南）

心怀感恩付于行，我是热爱志愿服务的"红衣女孩"

2012 年年末，家庭贫困的我受到了岐山中学与所在班级班主任孙燕姿老师的爱心资助，才得以继续安心学习。2016 年，我积极响应学校号召，在湖南省志愿者服务网注册成为一名志愿者，时刻谨记"奉献、友爱、互助、进步"八字箴言，积极地帮助有需要之人，不求回报，立志将爱与感动传递给更多的人。

我曾教会"留守儿童之家"一位自闭女孩读书识字，帮助她逐渐恢复自信；曾陪伴学院一位身患重度抑郁症的同学近半月，冷静对待、疏导其心理问题，逐步引导其走出心理阴影。

2020 年伊始，新冠肺炎疫情爆发，举国上下齐心战"疫"。身为"00 后"的我，也积极响应团中央号召，投身疫情防控阻击战中。当村委会公示疫情防控相关事宜后，我与弟弟主动请缨，申请加入家乡疫情防控工作队。1 月 30 日，村委会几经商量，最终同意我与弟弟加入上洞村疫情防控工作队，前提是保障自身安全。成为一名疫情防控志愿者后，我与弟弟每天以骑行或步行方式抵达 4 千米外的疫情防控执勤点，在温度近零度的环境中从早上 8 点到晚上 6 点，为往来人员与车辆登记信息并消毒、测量体温，在村内张贴关于疫情防控工作的最新公告与警示横幅，与村干部走访统计各户疫情感染情况并宣传科学防疫知识，协助整理疫情最新数据，解决村民关于疫情的疑惑等。在这期间，我也曾遇到过不如意，但这并没有击退我，反倒让我更加坚定。志愿工作虽然很累，会遇到许多不理解我们的人，但我相信这是一份有温度的工作，因为没有做不通的工作，只有不会做工作的志愿者！与我一同执勤的志愿者也常夸我："真是个较劲儿的 00 后。"

近 20 天时间里，我为 700 余辆车消毒，为 600 余名村民进行信息登记与体温测量，走访 100 余户家庭进行数据调查并向其宣传科学的防疫知识。长期在低温室外执勤的我，脸部与手部出现了不同程度的皲裂情况，但我并不曾后悔。2月 18 日，结束执勤工作的我接到通知前往村委会，村干部及村民们为我的志愿行为点赞，东洛乡上洞村村民委员会专门写了一封表扬信给我。此外，多个媒体报道了我的战"疫"事迹：2020 年 2 月 21 日，"湖南日报·新湖南"客户端发表了文章《东洛乡：以青春名义，一起战"疫"》；2 月 23 日，掌上衡阳发表了文章《抗击疫情，衡阳师范学院学子在行动》；2 月 25 日，"团桂东县委"公众号发表文章《"青"听 | 桂东大学生团员志愿者战"疫"心得（二）》。此外，校内数个公众号平台先后对我的事迹进行了报道：2 月 22 日，"衡阳师范学院团委"公众号发表了文章《大学生乡村抗"疫" | "疫"不容辞，衡师学子在行动》；2 月 23 日，"衡阳师范学院学生工作处"公众号发表了文章《战"疫"有我 | 在家乡，衡师学子用行动践行青春使命！》；2 月 23 日，"衡阳师范学院"公众号发表了文章《众志成城，抗击疫情 | "疫"不容辞，衡师学子在行动》；2 月 26 日，"衡阳师范学院法学院"公众号发表了文章《疫情防控，我们"疫"不容辞》。

大学四年时间里，我参与的大大小小的志愿服务活动超过 100 次，志愿服务时长 1 000 小时以上，受益群众 300 余人。坚持做志愿，是因为我相信：赠人玫瑰，手有余香！

爱心辅导助教育，我是家长孩子喜爱的"妮妮老师"

从小立志做一名人民教师的我，在初中毕业后果断地选择了成为一名公费定向师范生，扎根教育基层。家住罗霄山脉区贫困县的我常常利用寒暑假跟随家乡支教团队，积极向社会爱心人士筹募经费，前往各乡镇中学为贫困家庭的孩子们进行义务支教。由于疫情影响，我选择了线上直播方式开展教学。我发现线上学习的推出，使农村里许多家长孩子头疼，且存在孩子学习不专注、效率低下、知识点不理解等现象。2 月 19 日，我与家附近一位就读于南开大学研究生学院的好友在深思熟虑后，决定发挥作为师范生的优势特点，组建"每日四点半课堂"。"每日四点半课堂"主要是针对东洛中心小学以及附近的学生，利用四点后的空档期开展线上作业辅导、课外学科知识普及、分享线上学习高效学习法、讲解疑难知识点等，且各项活动均免费。截至 2 月 28 日，"每日四点半课堂"辅导学生 40 余名，获得周边家长的一致好评。

大学四年里，我为 300 余名贫困地区的孩子免费教学，不仅教会孩子们知识，更教会孩子们做人的道理。沤江中学、沙田中学等乡镇中学的讲台上都留下了我的身影，学生们也亲切地称我为"妮妮老师"。曾有多名学生在我的影响下，纷纷选择了与我相同的道路——成为一名公费定向师范生。

学习工作两不误，我是充满能量的"战斗女孩"

在班里，我是一名热爱班级的积极分子；在学院，我是乐于助人的学生会副主席；在学校，我是钟情翰墨的学生工作处新媒体中心主编。无论在班级、学院还是学校，我都担任了一些重要的职位。除去每天的上课时间，很多时候我都是坐在电脑旁敲击着文字、跑着采访或是与同事们开会想创意……总而言之，我的忙碌时光总是多于闲暇时光，但我坚信：吃苦在前，享乐在后！

记得 2019 年暑期，当同学们还在家中享受着舒适的假期时，我已经跟随法学院"依法治国"宣讲团的脚步，前往衡南县花桥镇石丘村开展为期七天的"三下乡"活动了。在石丘村时，我身肩重任，负责学院"三下乡"活动的宣传报道工作。拍照、写稿、排版、推送成了每日必做的事情，看似简单的事情却不简单，熬夜也成了家常便饭。至"三下乡"活动结束，我先后发表了 9 篇文章，分别是 2019 年 8 月 28 日，在光明网上发表文章《大学生下乡 助力建设法治农村》；8 月 30 日，在光明网上发表文章《大学生爱心支教送下乡》；8 月 31 日，在新湖南客户端上发表文章《衡阳大学生走进乡村，面对面开展普法宣传》；9月 1 日，在掌上衡师上发表文章《衡阳师范学院学子零距离普法，助力法治乡村建设》；9月10日，在中国青年网上发表文章《法制宣传进乡村，普法说法零距离》；9月17日，在中国青年网上发表文章《湖南大学生走进乡村，面对面开展普法宣传》；9月18日，在中国青年网上发表文章《湖南大学生"三下乡"：镜头下，你们的微笑最美丽》；9月19日，在中国青年网上发表文章《镜头下的故事：与石丘孩子的美丽邂逅》《湖南大学生送法下乡，助力法治乡村建设》。同时，我带领的团队发文30余篇，发文数量位列学校前三，"依法治国"宣讲团社会实践活动也被学校推选为湖南省重点项目，法学院"三下乡"宣传工作于2019年更是取得了历史性突破。在宣传方面取得的突出成绩，使我于2019年10月被评为衡阳师范学院暑期"三下乡"社会实践活动"先进个人"。

一分耕耘，一分收获。2019年10月我被评为衡阳师范学院优秀学生干部、三好学生，衡阳师范学院暑期"三下乡"社会实践活动先进个人；2019年12月，我被评为衡阳师范学院2019年度新闻宣传工作先进个人；2019年12月获得衡阳师范学院2019年"榜样的力量"大学生年度人物道德模范提名奖；2020年5月被评为衡阳师范学院"向上向善好青年"……更令我欣喜的是，2020年6月我参与编撰的《榜样——衡阳师范学院优秀学生事迹选编》一书由北京理工大学出版社正式出版。这一切光鲜亮丽的背后，却有道不尽的、不为人知的辛酸。室友已上床熟睡，而我桌上的台灯亮至凌晨才熄灭；旁人在玩乐时，我总在敲击着键盘、修改着材料。一切的一切，并不像看起来那么轻松。因为我知道自身优势的不足，只能通过加倍的努力来弥补。

尽管身兼数职，但我也未曾忘记学生本分，时刻谨记：学习是学生第一要职。课堂上，我认真听讲，积极回答问题；课下，我经常挤出时间整理课堂笔记，及时回顾以加深记忆；广泛阅读各类书籍，拓宽知识面，丰富自身的涵养。2019年10月，我以班级综合测评成绩第一、学业成绩第五的成绩获得衡阳师范学院二等奖学金。此外，大学期间我也先后取得全国普通话一级乙等证书、英语四级证书、全国计算机二级证书、汉字应用水平测试一级证书。大学四年的学习与实践，让我从一个什么都不知道的小女生成长为能独当一面的"大人"。

闻"疫"而动，我是同学们公认的"疫"讯达人

疫情发生以来，身为学生工作部新媒体中心主编的我，闻"疫"而动，按照学校统一部署，充分发挥新媒体中心作为校级主流媒体在新闻宣传上的主阵地、主渠道、主力军作用，及时转载新冠病毒科普知识、疫情防控、众志成城抗击疫情等方面内容，把学校决策部署、衡师学子战"疫"先进事迹、致敬榜样、爱心行动等声音第一时间传播出去，带领新媒体中心全体成员采写发布了一大批传播率高、影响力大、感染力强、广受好评的精品力作，为打赢疫情防控阻击战

凝聚力量。从 1 月 22 日至 5 月，我带领团队成员坚守校园新闻阵地 90 余天，累计发稿 120 余篇，总阅读量达 7.8 万余次，其中，《在疫情大考中扛起使命担当——衡师学子热议疫情防控思政大课》等 15 篇文章阅读量破千，《战"疫"进行时 | 报告母校，专属爱心已收到!》《战"疫"有我 | 在家乡，衡师学子用行动践行青春使命!》《衡师学子：无论身在何处，你都是母校最关注的那个人》等数篇文章更是受到红网、掌上衡阳等校外媒体的转载报道。

尽己之力献爱心，我是朋友眼中赤诚善良的"好心人"

赤诚善良，是身边朋友对我品质特点的概括。我常常会关注"希望工程""春蕾计划"等志愿服务项目，从自己的生活费中抽取一部分捐献给需要的人。为了援助疫区一线有需要的人，我积极号召家人、朋友、所在机构的学生干部们，在线上发起了爱心捐助活动，鼓励身边人积极为国家的疫情防控工作献一份力，为一线医护人员的子女、因疫致贫的青少年、身染肺炎的病人献上一份爱心。由我牵头，通过"武汉市慈善总会""共青团中央"等媒介平台，收集了爱心 70 余份，先后共募捐善款 1 534 元。

四年前他人的一份爱心帮助了我，从那时起"乐于助人"的种子便深埋我心中。四年来，我始终将"有一分热，发一分光，就像萤火一般，也可以在黑暗里发一点光，不必等候炬火"作为信仰，用自己的实际行动践行青春使命。在未来的道路上，我依然将满怀爱与责任，坚守初心与使命，身体力行，为国家和社会贡献青春力量!

让奉献之花开满世间

——地理与旅游学院　胡慧璇

胡慧璇，2020 年"道德模范"（校级），地理与旅游学院 2018 级地理科学专业学生。曾获 2018 年湖南省"心无旁骛　求知问学"主题教育活动征文一等奖，获 2018 年度校级"优秀学生干部"、2019 年度校级"优秀共青团干部"、2019 年度校级"三好学生"以及"防疫抗疫先进个人"荣誉称号，"仁慈友善·感恩尚善"主题演讲比赛三等奖、微视频二等奖，校级"青春心向党·建功新时代"主题活动优秀志愿者，湖南省第四届、衡阳师范学院第五届师范生技能大赛优秀志愿者等。

> 她为人热情，性格开朗，能说会道，是所有女生心中的榜样。学习，她用自己的行动诠释着专心，不用去想能攀多高，即使路途遥远，也能一步一个脚印，目标始终如一。工作，她有极强的责任心、集体荣誉感，对于自己负责的事，总是一再核对——一丝不苟是她工作的标志。最后，愿她永远孜孜以求，铸造一个强者的形象。
>
> （辅导员　阳宏润）

> 我和慧璇相识近 6 年，要是用一个词来形容她的话，那便是太阳。她给我的感觉就是一个非常活泼、热情大方的女孩子，我非常钦佩她对生活、学习积极向上的态度。她无论遇到多大的困难都不会轻易放弃，似乎有一股使不完的劲，我觉得这是大多数人很难做到的。
>
> （2018 级地理科学 4 班　成舒然）

立场坚定，素质过硬

思想上，我热爱党和祖国，努力学习马克思列宁主义、毛泽东思想、邓小平理论、"三个代表"重要思想和科学发展观，深刻领悟习近平总书记系列重要讲话精神，认真贯彻执行党的路线、方针和政策，提高自身的政治素养，努力将思想与政治接轨，让政治学习成为生活中学习的一部分。刚入学，作为班里为数不多的代表参加湖南青马在线课程学习，我认真完成各项任务，在 2019 年年初我写下社会实践报告《中国脊梁》，通过考核，顺利毕业。我于 2019 年向党组织递交了入党申请书，并及时向党组织进行思想汇报。

踏实工作，引领青年

2018 年 9 月入学初，我积极报名参加了校学生会招新，在经过层层筛选后顺利进入校学生会思教部。在此期间，我跟随部门负责人进行材料汇总工作 10 余次，如"仁爱友善·感恩尚善"主题活动等材料收集汇编；参与并负责部门组织的活动 15 次以上，如"防艾"主题教育活动、"防肺结核"主题教育活动等。在工作中，我把自己百分之八十的课余时间用在了校学生会工作中，认真负责，对于自己所负责的每一项工作从开始跟进到结束。

2020 年通过选拔我当选新生班导师助理，工作期间兢兢业业，做好同学和班主任之间沟通的桥梁。尤其在开学季，早上 6 点开始迎新工作，晚上 12 点还在为新生分发军训服、整理档案等。让我印象最深刻的是，在军训期间，因天气反常，我所带的班级中一位同学体温偏高，去校医院检查发现疑似感染新冠肺炎。为了安抚这位同学，那天晚上 11 点我带着他去南华医院做核酸检测。班导师助理的工作就是这样，需要全身心地投入，因困而知，因勉而行。在奉献自我中获得满足感和幸福感，在不同的领域中发光发热，在平凡的生活中坚守自己的选择，忠于自己的初衷。

在工作中，我尽量成为同学们的贴心人、服务兵，既锻炼自己的组织能力、管理能力，又协助学院工作开展，得到了领导老师和同学们的一致认可，多次被评为校"优秀学生干部""优秀共青团干部"。但我并没有因此而骄傲，始终脚踏实地，砥砺前行。

认真学习，孜孜以求

在学习上，我严肃认真，不迟到早退，认真做好课前预习和课后笔记整理，学习目的明确，态度端正，勤奋刻苦，锐意进取，对大学课程充满了浓厚的兴趣，并且善于总结学习经验，不断改进学习方法，理论联系实际，最终通过不懈努力，取得了优异的成绩。在校期间，经常参加各种竞赛，荣获 2018 年湖南省"心无旁骛　求知问学"主题教育活动征文一等奖，2018—2019 年度校级"优秀学生干部"称号，2019—2020 年度校级"优秀共青团干部"荣誉称号，校级

"防疫抗疫先进个人"荣誉称号，2019—2020年度校级"三好学生"荣誉称号，校级防艾主题"三行情书"二等奖，校级读书节三等奖，院级"仁慈友善·感恩尚善"主题演讲比赛三等奖、微视频二等奖，校级"青春心向党·建功新时代"主题活动优秀志愿者，湖南省第四届、衡阳师范学院第五届师范生技能大赛优秀志愿者，"讲文明·知礼仪"知识竞赛三等奖等。

我明白"问渠那得清如许？为有源头活水来"。只有克服浮躁之心，才能使自己的内心如池水般清澈；源头活水不断，池水才能清澈见底映照出蓝天云影。只有通过不断读书汲取新的营养，才能有日新月异的进步，沉下心去读书、去沉淀，才会有积累，有了积累，距离新的领悟也就不远了。

"人要忠于自己年轻时候的梦想"，作为衡师学子，我定当努力去实现自我价值，时刻谨记自己的目标，以"厚德、博学、砺志、笃行"的校训要求自己。

抗疫防汛，坚守一线

主动参与疫情防控，是每位大学生义不容辞的使命。疫情就是命令，防控就是责任。在这场人类与病毒的战争中，大学生要听从党的指挥，始终跟党走，坚定理想信念，用自己的实际行动为打赢疫情防控战贡献自己的一份力量。

我所在的县城自1月28日起启动六级隔断措施，所在村也启动了一级响应，开始了全面防疫工作。作为新时代大学生的我也积极响应，请求上"前线"。开始时领导以年纪太小为由拒绝，不过在我再三的请求和保证下，他们最终同意。就这样我开始了防疫志愿者服务，每天凌晨5：30就要起床，因为6点之前必须前往村口设卡点站岗值班，进而防控人员流动，登记每一辆进出车辆的相关信息，做好人员出入的登记，这些看似简单的工作却需要极大的细心和耐心。一直到晚上9点才回家。冬季的凌晨是非常冷的，设卡点就是村口临时搭建的棚子，手脚被冻得发紫是常事。还要跟着其他防疫工作人员挨家挨户走访通报疫情，分发防疫手册，讲述防疫注意事项，随后又在各大公共场所进行消毒清洗工作。一天下来，筋疲力尽，倒头就睡。但是，第二天凌晨我又精神抖擞，因为我知道能参加这样的志愿服务工作不仅是我自己的意愿，更是我的责任所在。在防疫工作后期，我所在村一直保持零发病的良好状态，疑似病例全部解除医学观察。应所在县上级的工作安排，需要给村里每一个村员办理电子健康卡，我便主动帮着村干部和其他志愿者，挨家挨户去教那些不会使用智能手机、不会操作流程的村民办理健康卡，"先关注这个，再填写那个……"在每一次服务工作中，我总是一丝不苟，反复核对，尽量做到零失误，努力把工作做到最好。

在近一个月的志愿服务中，我深深体会和学习到了一种精神，那就是奉献，为人民群众，甘愿奉献自己的一切！作为当代大学生的我，要在学校奋发图强学好自己的专业课程，完成学习任务，在将来祖国的建设进程中奉献自己的力量。

2020 年 7 月 8 日我的家乡——湖南省岳阳市湘阴县连续遭受强降雨袭击，防汛抗灾形势复杂严峻。8 日以来湖南接连发布洪水橙色预警及地质、山洪灾害等多项预警，几乎每一次预警均与岳阳湘阴县有关；7 月 11 日岳阳市启动防汛二级应急响应，防汛工作进入战时状态。面对洪峰压境，各乡镇（街道）团（工）委纷纷成立了防汛救灾突击队和志愿者服务队，广大党员、团员纷纷赶赴防汛一线。

作为一名新时代的青年，我从小接受"家国情怀"的教育。在面对汛情时，我主动请缨，作为"后浪"奔赴防汛大堤的一线，到最危险的地方去，到家乡人民最需要的地方去。同时发挥先锋模范作用，带动身边更多青年参与进来，一起为家乡的防汛工作贡献自己的力量！

一开始，镇领导考虑到年龄问题，担心我的个人安全，也怕我因为工作太辛苦而半途而废。但最终，在一再申请下，镇领导商讨决定同意我加入。7 月 10 日至 21 日，我加入了一支"防汛小分队"。我们的工作时间从早上 6 点到中午 12 点，负责在堤坝范围内来回巡查，检查堤坝深处土壤松紧状况、有无渗水缺口、是否存在隐患。工作任务说难也不难、说简单也不简单，但需要很大的毅力和坚持。因为我的专业是地理科学，所以被选为小组负责人，我深知担起了这个职位，便要承担起这份责任。在巡逻期间，我们兢兢业业、一丝不苟，对负责区域进行地毯式的搜索，一个区域也不放过，一刻也不松懈，绝对不容许我巡逻的地方存在任何隐患。

我深入堤坝深处，因为连续半月阴雨，堤坝处非常潮湿，草也非常茂密，所以在巡逻搜索的过程中，鞋袜湿透是常事，身上爬满各种小虫子更是习以为常。有时候又是艳阳天，豆大的汗水直往下掉。尽管条件非常艰苦，尽管很苦很累，但是只要一想到我是在为家乡做力所能及的贡献，心中便充满了无穷的动力！

另外，购置编织袋、沙袋、彩条布、铁锹、雨衣、雨鞋及应急照明电源等防汛物资的工作都是由小分队负责，我们需要重点查看地下室封堵、物资储备、应急预案等防汛关键环节，要求必须把保障人民群众生命财产安全放在第一位。

除了巡逻堤坝外，我还将自己学到的紧急救护知识分享给在防汛点值守的工作人员和志愿者，助力科学防汛救灾，主要包括中暑如何预防、虫蛇叮咬如何紧急处置、落水后如何利用"45 度生命角"救援、晕厥或溺水后如何把握"黄金四分钟"在 120 到来前进行心肺复苏等。用我所学，把科学知识普及给每一个工作人员和志愿者，确保每个人进行实操，让更多的人掌握紧急救护知识，让更多的生命多一分安全保障！

最后，我还结合自己的专业知识，为村民们通俗地讲解了汛情形成的原因、危害，倡导多植树造林，保护环境。秉持着"人民至上，生命至上"的原则，为村民们科普遇到洪水时该如何自救等相关知识，将多种防汛知识普及给更多的村民。

2020年7月16日，湖南日报·新湖南客户端、"岳阳共青团"发表文章《岳阳洪水中的"后浪"青年》，湘阴电视台发布视频"湘阴一线大堤，青春之花绽放"对我的事迹进行报道。

在学校我也积极参与志愿服务活动，是我学校食堂值班、校园巡逻、湖南省师范生技能大赛工作的志愿者。在假期中，我也会在自己的家乡寻找并做一些志愿活动。同学有难，我便积极参与捐款。每个学期，我总要抽出几个周末的时间帮助环卫工人清扫街道，与同学们结伴去养老院、孤儿院照顾孤寡老人和孤儿，用所学的知识为他们带去欢乐。

"凿井者，起于三寸之坎，以就万仞之深。"青年要从现在做起、从自己做起，使社会主义核心价值观成为自己遵循的基本原则，并身体力行，大力将其推广到全社会去。我们正是践行者！

在笃行中开出烂漫的花

——地理与旅游学院　丁千隐

丁千隐，2020年"道德模范"（校级），地理与旅游学院2017级地理科学2班学生，累计获得省级荣誉3项，市级荣誉1项，校级、院级荣誉共计40余项；曾获春华秋实奖学金、校奖学金，并且潜心科技创新，三项课题均在科创竞赛中成功立项，两项获三等奖，一项正在研究中；并多次获得"优秀志愿者"称号。

> 　　在我的印象中，丁千隐同学是一名积极上进、开朗活泼、综合能力突出的女孩子。她有着明确的人生目标，学习刻苦努力。作为学院分团委副书记，她工作认真负责，是老师的得力干将。我认为未来的她一定会更加出色，光彩耀人！
>
> 　　　　　　　　　　　　　　　　　　　　　　　　　　（辅导员　谭盛广）

> 　　如果说我的每个人生阶段都有一盏明灯的话，千隐就是我大学的北极星。每每提起千隐，就会想到她在演讲台上、辩论席上，舌战群儒、意气风发；想到她在工作之时，干净利落，完美出色；想到她在学习上，名列前茅；也会想到她在生活中，知心体贴。她就是微光女孩丁千隐。
>
> 　　　　　　　　　　　　　　　　　　　　（2018级历史学2班　帅静丽）

身体力行，争做"笃行者"

2015年，我是初等教育学院1501班的班长；2016年，我是初等教育学院演讲与口才协会的创始人；2017年，我是学校2017级新生发言代表；2018年，我是地理与旅游学院学生会副主席、学生工作处新媒体中心采编记者团副团长、校辩论队教练助理；2019年，我是学院分团委副书记、辩论队副队长；我也是校"优秀学生干部"标兵、"春华秋实奖学金"获得者、辩论赛"最佳辩手"……

五年间，我一直身体力行"笃行"二字，持之以恒，争做一位优秀的"笃行者"。入校以来累积获得省级荣誉3项，市级荣誉1项，校、院级荣誉共计40余项，连续五年坚守在学生干部服务岗位，连续两年在学院学生会主席团、学生工作处新媒体中心采编记者团任职；同时，"湖南省区域经济脆弱性的障碍性因素研究""传统村落居民保护态度和保护行为的影响因素研究""旅游开发对传统村落农户生计脆弱性影响研究"三项课题分别在衡阳师范学院第十九届、二十届大学生课外学术科技作品竞赛中成功立项。我不断努力，在笃行的道路上开出了烂漫的花。

执着追梦，初露尖角

2015年，我以全A的成绩初中毕业，本应和其他同学一起去重点高中就读的我却因为一个教师梦，在志愿书上坚定地勾上了公费定向师范生的选项，不久后我以第一名的成绩成功通过考试，成为湖南省第一批初中起点公费定向师范生。

来到衡阳师范学院，我将这里看作是一个新的起点、新的征程。为此，我全面发展，砥砺前行。"学习刻苦、工作认真、为人和善"成了我的代名词。在初等教育学院的两年，我担任了1501班的班长，和同学们一起努力，带领班级一路获得院级、校级、市级先进班集体，也获得了学院领导、同学的一致好评。我笑着和班上同学说："这份收获来之不易，我们要一直保持一份'不惧困难，笃力前行'的初心。"

脚踏实地，敢为人先

我一直说："自己可能不是天赋最高的那一个，但我可以拼命做最努力、最创新的那一个。"在初等教育学院，我为了让师范生的语言表达能力得到更多的锻炼，便向学院申请创立了演讲与口才协会，并担任第一届协会会长。协会得到了学院的大力支持，但是我也遇到了没有专业老师上课的难题。面对困难，我选择了自学有关演讲、口才方面的知识，亲自给协会同学上课。协会受到了同学们的热烈欢迎，人数大增。我又下设部门，承办学院各种演讲比赛，倾尽全力给同学们拓展锻炼空间。

两年的初等教育学院生活画上短暂的句号，高考结束的那个暑假我又自发去母校进行义务教学，看到讲台下一张张稚嫩的脸，我感触颇深，萌发出一个想法：号召大家关注农村教育。

2017年9月开学，机会悄然来到我身旁，学校在进行新生代表的选拔活动，我看到了希望。为了这次机会，我日夜准备，当其他同学还沉浸在开学的兴奋时，我却为自己小小的梦想开始了努力。白天独自一人来到幽静处不断打磨自己的演讲稿，晚上仔细斟酌每一个动作、神情……功夫不负有心人，终于我以大赛第一名的成绩获得了这次宝贵的机会。开学典礼上，我掷地有声，让大家为之动容；典礼结束后，全国高校自媒体平台"校园司令"于 2017 年 10 月 8 日发表文章《衡师丁千隐：她凭什么代表全体 2017 级新生和校长同台演讲?》对我进行了深入报道，宣扬艰苦奋斗、扎根农村的精神。

上下求索，笃行致远

学习是学生的天职，我一直努力将其履行好，曾获衡阳师范学院 2018—2019 学年"春华秋实奖学金"、2019—2020 学年"三好学生"等荣誉；在专业学习方面，我跟随学院老师一起做有关传统村落、湖南省经济脆弱性的课题，在老师的指导和团队的刻苦钻研下，"湖南省区域经济脆弱性的障碍性因素研究""传统村落居民保护态度和保护行为的影响因素研究""旅游开发对传统村落农户生计脆弱性影响研究"三项课题分别在衡阳师范学院第十九届、二十届大学生课外学术科技作品竞赛中成功立项，其中，"湖南省区域经济脆弱性的障碍性因素研究""传统村落居民保护态度和保护行为的影响因素研究"获奖。

此外，我从未放弃自己的兴趣爱好，积极参加各种竞赛活动，为所在的集体获得省、校、院多级荣誉。大一上学期，刚入学的我就代表学校参加了湖南省首届经典诗文诵读大赛，荣获湖南省首届经典诗文诵读大赛三等奖；在接下来的日子里，我又先后拿下城市与旅游学院第一届主持人大赛一等奖，城市与旅游学院"立德修身　诚信为本"主题演讲比赛一等奖，代表学院去学校参赛，演讲比赛结束后更是被学校关工委直推到湖南省参赛，最终获得 2018 年湖南省大学生主题演讲比赛二等奖。

这些荣誉并没有让我就此停步，而是让我更加努力前行。大一下学期，我又代表学校参加了湖南省黄金联赛，与 2017 年冠军队——国防科技大学研究生队的优秀辩手同台竞技，凭借"初生牛犊不怕虎"的拼劲获得了在场评委以及湖南省其他高校辩论队的一致赞赏。

对于志愿服务，我也一直在路上。从 2017 年 3 月注册志愿者开始，大大小小的志愿活动我参加了很多，第五届中国高校地理科学展示大赛，全国第四届南岳论坛，衡阳首届马拉松大赛，暑期"三下乡""关爱老人"志愿行都能看到我的身影……每一次志愿服务我都用最大的热情去对待，因此也多次获得"优秀志愿者"荣誉称号。

好的学习习惯、严谨的科研态度、丰富的竞赛经验以及志愿服务经历让我各方面得到提升，一直稳步向前。

默默坚守，点亮微光

熊浩老师曾说："微光会吸引微光，微光会照亮微光，然后一起发光。"对于我来说，这是我一直坚信也一直在做的。在校学习期间，我一直默默坚守在学校、学院、班级工作的第一线。

在初等教育学院的两年我是班长，大一时我是学生工作处新媒体中心采编记者、学院学生会学习部干事、校辩论队成员，大二时我是学生工作处新媒体中心采编记者团副团长、学院学生会副主席、校辩论队教练助理，大三时我是学院分团委副书记、辩论队副队长。很多朋友问我，为何能一直坚持兼任多重职务，我笑着说："因为热爱、责任可抵岁月漫长，这些都是我付出过热血与爱的地方，我希望自己可以不辜负老师、学长和自己的期望，也希望可以给学弟学妹们带来更多帮助。"

2020年，新冠肺炎疫情来势汹汹，我虽不能像医务人员一样冲锋在战"疫"一线，但也一直尽自己的最大能力，配合学院做好"抗击疫情"的宣传工作。在学习之余，我也积极参加"抗疫"主题的征文比赛，用自己笔下的文字传递正能量，为身边的人送去温暖与力量。

五年的学生干部经历、两年的宣传工作经历也让我对于"笃行"有了更为深刻的理解：笃行，是踏踏实实，勤勤恳恳，坚定自己要走的路；笃行，是将所学专业知识化为实际行动，探索科学奥秘；笃行，是在其职谋其事；笃行，是无论身兼几职，都能承担自己的责任，做好应做之事。

对于我来说，这些年变的是职责，不变的是我求学的热忱之心、来时的初心和为大家服务的真心，我也因此得到了老师、同学的认可，获得了衡阳师范学院"2018—2019学年优秀学生干部标兵""2019—2020学年优秀共青团干部""2017—2018学年优秀采编记者""2017—2018学年学工处新媒体中心团队之星"等荣誉。

我想用自己小小的微光去照亮他人，以微光吸引微光，以微光点亮微光。在以后的日子里，我将继续努力，不忘初心，在笃行中遇见更好的自己！

报道全文：
《衡师丁千隐：她凭什么代表全体2017级新生和校长同台演讲？》http://www.shwilling.com/portal/index/detail/1056121#wechat_ redirect

青春与志愿同行

——新闻与传播学院　王煜

　　王煜，2020 年"道德模范"（校级），新闻与传播学院 2017
级网络与新媒体 1 班学生。曾担任班长、院学生会社会实践部副
部长、新闻与传播学院蒲公英志愿者协会会长、新闻与传播学院
第十八届团委副书记。参加了新闻与传播学院"寸草心"暑期三
下乡志愿扶贫活动，其稿件在中国青年网上刊登。2020 年 2 月起
参加防疫抗疫的志愿活动。2020 年 4 月，获评江阴市"优秀志愿
者"。2020 年 6 月，到云南宁蒗等地为当地扶贫产业做宣传。

　　王煜是一位眼中有光、心中有爱、脚下有路的姑娘。大学里，她努力充
实自己，积极参加、组织志愿活动；疫情期间，她自发参与家乡的防疫工
作，被授予"优秀防疫志愿者"称号；实习中，她关注西南山区教育问题，
并以此作为自己毕业设计选题，自费去当地进行采访拍摄，作品引发了一定
范围内的社会关注。王煜立足学校，关怀社会，是一名优秀的当代大学生。

（新闻与传播学院讲师　杨祎）

　　热爱生活、常怀赤诚、永远开朗……王煜在我眼中的优点远不止这些。
她热心帮助同学，待人谦逊大方，有着极强的亲和力，总是能用自己积极的
态度去感染身边的人。她"读万卷书，行万里路"，扎实的理论和丰富的经
历让王煜看待事物有自己的见解，敢于发声。这些特质构成了她独特的个人
魅力。

（2017 级广告学 1 班　林雪岩）

　　青春是许多人心中美好的代名词，它意味着无限可能、无限希望。在青春年
华，总是要去做些什么，多年后才不会懊恼悔恨。我想：我的青春应当与志愿
同行！

志愿在于"心"

我多次参加志愿活动。自从进入大学，每逢有志愿活动都会主动报名参加，如文明督查、交通劝导等。大二时，我担任了新闻与传播学院蒲公英志愿者协会的会长，多次组织志愿活动。在衡阳市举办马拉松赛事时志愿担任记者工作，全天采写报道。联系衡阳市特殊学校，在儿童节和志愿者们一起去看望特殊儿童，为他们带去节日的快乐。

作为一名大三的学生，我已经参加了两次学院的迎新志愿者活动，暑气未消，三天高强度的迎新，几乎一直在太阳下暴晒，往返于新生寝室、体检点与迎新站点，看着学弟学妹们信任自己的脸庞，家长们的担忧逐渐变为放心，我心中比劳累更多的是开心，是快乐。

志愿在于"新"

我担任蒲公英志愿者协会会长期间，与社区牵头，每月和同学们一起到社区探望、慰问老人。和志愿者们一起利用专业知识，在新媒体平台进行宣传，让更多的同学参与到"扶老慰老"的志愿活动中去。2019 年，我在大二的暑假，参加了"寸草心·美丽江华"社会实践活动，实地调研探访江华瑶族自治县，切身实地地去采集当地旅游资源，详尽地记录可供开发的旅游资源，为当地旅游发展贡献力量。在实践中，服务社会，服务他人，为社会的发展贡献自己的一份力量，而自己在每一次的志愿活动后，都会有所思，有所感，有所兴，内心也是无比喜悦的。

志愿在于"行"

志愿服务工作相比于平常的工作，不光要把事情做得细致，在与人的相处中也要细致，要学会包容、理解和体谅，这十分考验志愿者的能力、责任感和态度，需要有一颗真心实意做志愿工作的心。2020 年疫情期间，我志愿参与支援武汉的物资运输；2 月，我在线上为苏州一线医护人员的子女一对一进行线上课业辅导和心理辅导；3 月，我参与了江阴市在澄高校学生防疫突击队，被任命为青阳镇临时团支部书记，每日在大型综合市场对返江阴人员测量体温，为不会使用智能手机的老人注册打印"健康码"。虽然有很多人不理解这些琐碎的工作，甚至对例行检查的志愿者冷嘲热讽、言辞激烈，但是我还是一遍一遍地解释，耐心地为每一位出入大型综合市场的人监测体温，并且还利用新媒体为受疫情影响的农民线上出售滞销的慈姑等农产品，用实际行动感动了群众。

受疫情影响，2020 年一些贫困地区的扶贫产业受到了冲击，于是我到三区三州进行助农扶贫。在我看来，志愿工作本身是一件十分具有意义的事情，是不能用金钱来衡量的，也不能对工作"挑三拣四"，哪里需要便去哪里。

愈发丰富的实践经历让我慢慢明白，"志愿"不是一个空洞的词，也不是光靠想就能实现的。它需要爱心的付出、需要创新的扶持、需要行动的支撑。志愿者的工作没有大小之分，因为每一项工作都值得被认真对待，既然做了就要不怕苦、不怕累。自己的付出能对别人有帮助，才是最重要的。

善存指尖　青灯不灭

——地理与旅游学院　曹庆云

曹庆云，2021 年"道德模范"（校级），地理与旅游学院 2018 级地理科学 4 班学生。她思想积极进步，学习成绩优异，曾获国家奖学金、校一等奖学金和省级、校级竞赛奖项 40 余项，并公开发表学术论文两篇；课余时间，她用行动服务社会，累计志愿服务时长超 1 000 小时，多次获"优秀志愿者""先进个人"等称号，创办公益团队开展 60 余次志愿服务活动，相关事迹荣登央视新闻、《人民日报》客户端等中央媒体。

> 曹庆云同学是一位富有爱心、责任心、进取心的学生，校内外各项志愿服务中常常能看到她的身影，她组织的教育扶贫志愿活动更是符合当前国家社会的需要，同时她勤奋好学、成绩优异。我认为她是一名真正践行公益精神、有青年责任担当的学子，是值得更多同学学习的好榜样。
>
> （辅导员　阳宏润）

> 回想和庆云在衡师一起走过的这几年，她一直走在开满鲜花的路上，目标清晰明确，眼神温柔坚定。从生活中的贴心通透到学习上的名列前茅、工作里的尽职尽责，从小舞台的璀璨夺目到志愿者这个大舞台的散发光芒，她用自己的行动诠释着什么叫"在热爱的世界里闪闪发光"，这般耀眼的她，也将会成为更多人的光。
>
> （2018 级地理科学 3 班　李偲偲）

积善以成德，笃志以修身

因为淋过雨，所以想为别人撑伞。我来自湖南边陲的一个小乡村，自小家境贫苦，风雨求学十五载，让我的人格中多了一份坚忍、一份进取、一份感恩，一颗决心帮助他人的种子，早已在心中生根发芽。大学四年，我一直践行于公益之路，参加校内外志愿服务百余次、累计志愿服务时长超 1 000 小时、组建大学生公益团队开展活动 60 余次，相关事迹曾被央视新闻、《人民日报》客户端、《湖南日报》、《岳阳日报》客户端等中央、地方媒体报道。

我是老师眼中志愿活动的"积极分子"、是山区孩子们眼中有问必答的"庆云学姐"、是学生们眼中和蔼可亲的"云云老师"、是防疫一线的"00 后"战士，而我深知，自己更是一名心怀师范梦的衡师学子，学习上我追求极致，连续两年班级第一，曾获 2020—2021 年度国家奖学金、公开发表学术论文两篇。我愿让青春在奉献中绽放出绚丽之色，在奋进中开出鲜艳之花。

感召星星之火，燎原公益微光

在校期间，我抓住一切参加志愿服务的机会，曾参加青鸟志愿协会清明节祭奠英烈、火车站志愿服务以及学院环教室卫生志愿者、关爱空巢老人志愿者、本科评估志愿者、雷锋志愿者等志愿活动，空余时间及周末基本被志愿服务活动"排满"；寒暑假也积极到山区义务授课，每学期服务时长超 40 小时；疫情期间奔赴防疫抗疫一线，志愿服务 22 天。我曾荣获 2018 年防艾主题系列活动"优秀志愿者"、2019 年湖南省师范生技能大赛"优秀志愿者"、2019 年青春心向党建功新时代主题活动"优秀志愿者"、2020 年衡阳师范学院"防疫抗疫优秀志愿者"、2020 年暑期"三下乡"社会实践活动"先进个人"、2021 年平江县长寿镇政务服务中心疫情防控"优秀志愿者"等多项优秀志愿者称号，累计总志愿服务时长超 1 000 小时。

在山区支教时，我发现贫困地区的教育虽已取得良好发展，但教育资源仍较缺乏，建档立卡贫困户和留守儿童占比非常高，因此我决定组建一支青年大学生公益团队，力求为贫困学子对接到更多优质的教育资源。

大学生公益团队首先从家乡发起，2019 年，在镇政府的支持下，我召集了数十名志同道合的朋友共同创办了大学生公益组织——星火学生联合会（称简"星火学联"）并担任主席，负责组织活动的开展。星火学联旨在把优秀大学生和贫困学子对接起来，通过宣讲交流和结对帮扶等形式，引导初高中生寻得学习榜样、树立人生目标，立志脱贫成才。目前已有 300 余名大学生加入，其中包括来自清华大学、北京大学、南京大学等多所高校的大学生志愿者；并已举办 60 余场公益活动，受益农村学生超过 20 万名。星火学联如同它的名字一样，给人光明希望，燃起燎原之势。

心系家乡学子，播撒希望之花

2020 年是我国打赢脱贫攻坚战的决胜之年，党和国家"扶贫先扶志，扶贫必扶智"的理念深入人心，作为一名师范生，我深知教育脱贫是阻断贫困代际传递的重要方式，由于疫情无法返校，我便在家乡举办了一系列的教育扶贫活动。

在当地疫情得到有效控制后，2020年4月我发起了一场"助力长寿学子立志成才脱贫"活动，联合当地公益组织——平江县天使公益协会，组建了社会公益力量、大学生志愿者、贫困学子三方联动的50支助力小团队，天使公益志愿者为贫困学子提供开学大礼包的物质支持，大学生则分享自己的成长历程，为贫困学子求学之路提供指导和建议，为学子送去物质和精神的双重支撑。

4月底，我召集了百余名优秀大学生，组织开展了湖南平江优秀大学生系列宣讲交流活动，到平江二中、平江一中、思源实验学校、桂桥中学等23所初高中，举办了24场励志演讲活动，活动为期22天，超50 000名中小学生直接受益。我积极参与了演讲，向学弟学妹讲述了自己的成长故事，并鼓励家乡学子心怀大志、奋发向上。除演讲外，作为核心负责人，我还负责线上采购、后台对接、公众号编辑等工作，虽然过程艰辛，常忙到深夜两三点，但当站上讲台，看到孩子们纯真灿烂的笑脸，敞开心扉诉说着自己的梦想时，我便觉得自己所做的一切都是值得的！

我也因此被当地人民政府授予"突出贡献者"称号，本次活动还刊登在多家中央、地方媒体：2020年5月8日，《岳阳日报》客户端发表文章《"弘扬五四精神，奉献火热青春"平江优秀在读大学生燃起莘莘学子激情》；5月13日，红网时刻发表文章《后浪掀起千层浪赋能成长向高远——平江启明中学举行"初心不改·薪火相传"主题励志演讲活动》；5月14日，平江县教育局官网发表《金龙学区：平江优秀在读大学生励志宣讲团走进木瓜中学》；5月9日，《湖南日报》发表文章《优秀学子奏响青年最强音》；5月19日，《湖南平江——疫情滞留大学生演讲激励家乡学弟学妹》在央视新闻（CCTV-13）新闻直播间播出，同天，华声在线官网、新华网官网分别发表文章《平江优秀在读大学生走进山区学校励志演讲》《湖南平江：滞留大学生为家乡中学生带来开学一课》，今日平江公众号发表文章《上央视新闻了！这群平江伢子真不错》；5月20日，印象平江网发表文章《厉害！中央台新闻点赞这群平江伢子》；5月21日，《人民日报》客户端发表文章《央视报道！滞留大学生为平江中学生带来一场"头脑风暴"》，均对本次活动进行了报道，收获了一致好评和点赞。

携手助力高考，传递爱心火炬

除了自己的家乡，湖南省还有许多贫困山区的孩子同样需要帮助，我希望将爱心火炬传播得更远。暑期正值高考和志愿填报时期，相比城市，贫困地区的孩子信息相对闭塞，面对成百上千的学校和专业，容易迷失方向。于是，在团队的共同努力下，我带领星火学联召集了千余名大学生，组织开展了大学生助力湖南贫困高中学子高考志愿填报活动，以线上线下双向结合的方式为贫困县高考学子及有需求的家长解读招生报考政策及专业介绍。

作为发起团队核心成员，我前期负责策划、分工、制作志愿者招募海报等工作，并成立了剪辑组，制作视频为高考学子送去祝福。6月30日，《岳阳日报》发表文章《送给乘风破浪的你！百名大学生给岳阳高三学子来祝福》对此视频进行了转发宣传，反响良好。

在前期有序策划下，活动在湖南省8个贫困市县开展，包括湖南省湘西州古丈县、冷水江市、祁东县、衡山县、临澧县、衡南县、临武县和平江县，每场活动都获得了当地高考学子和团委负责人的高度认可。在线下活动有序进行的同时，我还组织搭建了线上网络直播平台，共开展13场直播分享，给在志愿填报方面有困惑的学子送去帮助，据统计，线上直播累计观看人次突破13万。活动过程中，我还负责公众号运营，累计编辑文章20余篇，阅读量超30 000余次，后台回复报考问题超600条，为众多贫困地区学子点亮了希望之光。

这次活动荣登《人民日报》、华声在线等多家媒体，湖南省教育厅官网也进行了报道：6月30日，新湖南客户端发表文章《青春战场 有我相伴》、人民网发表文章《湖南平江百名优秀大学生开展为高三学子送祝福活动》、湖南省教育厅官网发表文章《平江：百名优秀大学生为高三学子送祝福》；7月7日，华声在线发表文章《大学生志愿者发起"领路计划"助力贫困学子迎高考》，该文章还重点对我的事迹进行了报道；7月14日，人民日报发表文章《"领路计划"走进湘西，助力贫困地区高考生填志愿》；7月16日，平江共青团公众号发表《领路计划｜活动预告——高考学子的专属福利大礼包来啦!》；7月21日，《人民日报》发表文章《冷水江市："领路计划"助力高考生"圆梦"》，湖南频道红网时刻发表文章《衡阳祁东："领路计划"助力高中毕业生"圆大学梦"》；7月28日，《人民日报》发表文章《平江：领路计划为贫困地区高考生志愿填报送上"及时雨"》；8月4日，《人民日报》发表文章《8场线下活动+13场视频直播，"领路计划"助力贫困地区学子志愿填报》。

勤学锻造本领，学以经世致用

用心守护他人梦想的同时，我更笃定了自己矢志不渝的师范梦。"唯有丰富所学，才能运用所学帮助到更多的人"，作为一名师范生，我始终不忘提升自身专业技能，用知识武装自身，连续两年班级第一，曾于2021年获得国家奖学金、中国大学生"自强之星"奖学金、衡阳师范学院第二十一届大学生课外学术科技作品竞赛一等奖；2020年获得第六届湖南省普通高等学校师范生教学技能竞赛中学理科组三等奖；2019 年获得衡阳师范学院优秀共青团员、三好学生等 40 余项荣誉，主持的两项课题均在校级科技创新竞赛中成功立项，并已经在《教育现代化》期刊上公开发表了学术论文两篇：2020 年 7 月，发表《基于受众反馈的高校师范生实践技能训练的实证研究与对策》；2021 年 8 月，发表《高校师范生实践性技能培养的实证研究》。

我还曾任地理与旅游学院地理工作室主任，负责学院师范生技能培训和师范生技能大赛开展，累计组织开展培训百余次；寒暑假我回到家乡贫困山区义务授课，每学期授课时长超 40 小时，学生们称呼我为"云云老师"，孩子们纯真灿烂的笑脸是我见过的最美画面。

我的事迹还荣登衡阳师范学院多个官方公众号：2021 年 11 月 29 日衡阳师范学院学生工作处官方公众号发表文章《榜样之道德之星｜曹庆云：善存指尖，青灯不灭》、2022 年 1 月 13 日衡阳师范学院团委官方公众号发表文章《向上 FM｜我追寻自己的梦想，也想让更多人能够为梦想而努力》对我的事迹进行了详细报道。

弹指间，我在衡师的日子即将画上句号。四年来，公益与学习成为我大学生活中的两大主题，我愿继续将满腔热情汇聚成水滴，将一身的力量凝聚成星星之火，用殷切与热情点燃公益服务的燎原之势！我愿自己所做的点滴能温暖更多的人、影响更多的人！我愿用专业知识武装头脑，用追求极致的方式奔赴自己的地理教师梦！

凡是过往，皆为序章。未来之路，我将继续怀揣对教育事业、对志愿服务的热忱，用实际行动奋力书写青年学子的爱与责任、书写青年学子的时代担当，让青春在党和人民最需要的地方绽放绚丽之花！

愿以善举行天下

——生命科学与环境学院 陈佳亮

陈佳亮，2021 年"道德模范"（校级），生命科学与环境学院 2018 级生物科学 4 班学生。曾任西校区自管会副主席、生命科学与环境学院执行主席、班级团支书。荣获校"优秀学生干部标兵""优秀共青团干部""优秀志愿者"等荣誉共计 30 余项，以及"春华秋实"奖学金、校奖学金。与此同时，她还积极参加各项志愿者活动。

> 陈佳亮同学乐观向上，乐于助人，一直给身边的人传递积极的正能量。作为大学生，她热心公益，服务社会；作为学生干部，她笃行实干，服务同学。担任院学生会执行主席期间，她以身作则，无私奉献，尽职尽责，全心全意为师生服务，她是当之无愧的"道德之星"。
>
> （辅导员 许若霏）

> 陈佳亮，对于我而言，就像是小太阳一样，性格开朗，待人热忱，在她身边你很容易被她的快乐感染。同时她又是一个责任心很强的人，兢兢业业地对待每一项工作，认认真真地迎接每一次挑战。你已经成为很多人的榜样了！
>
> （2018 级生物科学 3 班 龙燕）

笃行实干，服务同学

2016 年，我是初等教育学院 1609 班的体育委员和组织委员；2017 年，我是学院 1609 班的班长、西校区自管会副主席；2018 年，我是生命科学与环境学院 4 班的团支书、西校区自管会副主席；2019 年，我是学院学生会主席助理、学院 2019 级 5 班的班导师助理、衡岳公益协会信息组的一员；2020 年，我是学院学生会执行主席、衡岳公益协会信息组组长；在 2019—2020 学年，我被评为校级

"优秀学生干部标兵";在 2019—2020 学年，我获得校一等奖学金和校"春华秋实"奖学金。入校以来累计获得荣誉 30 余项，连续五年坚守在学生干部服务岗位，连续两年在学院学生会主席团、衡岳公益协会任职。

公益支教，奉献社会

在生活中，我乐于助人，热心公益，奉献社会。在面对生活中的困难险阻时，我从不放弃，总是以一颗积极乐观的心去对待。我热心公益，在一些志愿者活动中总能看到我的身影。无论是衡阳市的创文创卫，还是学院迎新志愿活动，我都积极参加。2020 年 8 月，我和小伙伴们在衡东县为当地留守儿童开展了为期十五天的"筑梦"支教活动，丰富了孩子们的暑期生活，开阔了孩子们的视野，这短短十五天当班主任的经历让我对志愿者活动更加向往。我们的事迹被学习强国于 2020 年 8 月 4 日报道，标题为《组图｜湖南衡东：扶贫先扶智　大学生支教为山区孩子"筑梦"》；中国新闻网于 2020 年 8 月 5 日报道，标题为《大学生志愿者为湖南衡东贫困学子开兴趣辅导班》；时刻新闻于 2020 年 8 月 4 日报道，标题为《湖南衡东：扶贫先扶智　大学生支教为山区孩子"筑梦"》。在此次支教活动中，由于表现突出，我被评为"优秀支教志愿者"。除了热心公益，我也在努力成为公益活动的组织者，加入衡岳公益协会，组织寒假励志演讲、支教、暑期夏令营等活动。在学习之余，我会抓住各种可能的机会，积极参加校、院组织的各项文体活动和社会实践活动，参加趣味运动会、校运会、迎新晚会、毕业晚会、排球比赛等课外活动，并在寒暑假，积极投身于各种社会实践活动，参与了支教、创文创卫志愿者活动，并进行了做家教、当服务员等一系列兼职，提升自己适应社会的能力，在实践中锻炼自己。

扶贫先扶智，暑期的支教是为了让留守儿童感受一份温暖，给他们带去积极正面的影响。作为一名初中起点的公费定向师范生，我也一直在用行动践行一名师范生的理想信念和师德情怀，努力为乡村地区的教育贡献自己的一份力量。

敬守孝道，心系家庭

我有一个姐姐和一个弟弟，妈妈在家开文具店陪读，爸爸是砌匠，爷爷奶奶在家务农。从小学开始，我就一直很懂事，每天放学总想早点回家帮家里看店、做饭，暑假下地搞"双抢"……我有着比同龄人成熟的心态。这种状态一直持续到初中，到了初中家中不再需要搞"双抢"，我也将更多的时间花在了学习上，从班上第五名到中考时的年级第一，我用实际行动感谢爸妈的养育之恩，努力奋斗考上了大学。进入大学，家里经营的文具店已关闭，弟弟还在上高中，家里开支大，经济来源减少。因此，我想通过努力学习，争取获得奖学金，业余时间进行校外兼职，以减轻家庭负担。

在大学紧张的生活中，我依然心系家庭，关心家人，用在学校、社会的所学所感，去回报我的家人。

"笃行实干，服务同学"是我作为一名学生干部的宗旨；"公益支教，服务社会"是我作为新时代大学生的目标；"敬守孝道，心系家庭"是我作为女儿、作为家庭成员的本能。今后，我将继续全心全意地为同学服务，提高自己，热心公益，更好地为国家和社会献出自己的一份力量！

脚踏实地　慎独修身

——化学与材料科学学院　梁馨怡

梁馨怡，2021 年"道德模范"（校级），化学与材料科学学院 2019 级化学 2 班学生。目前担任学院团委副书记。她始终坚信"有多大担当才能干多大事业，尽多大责任才会有多大成就"，凭借着脚踏实地的辛勤付出和积极乐观的生活态度，在学生干部队伍中起到了模范表率作用。

梁馨怡，是一个能给周围人带来阳光的学生干部，总能以微笑面对一切挑战和变化。时光不负有心人，经过两年的磨砺，你渐渐退去了一分稚气，多了一份成熟，你的学业成绩、工作能力、科研科创都有了喜人的收获。少年不惧岁月长，彼方尚有荣光在，望梁馨怡同学不惧艰辛，心之所向，终至所归！

（辅导员　唐升）

梁馨怡是一个非常可爱、阳光的学妹，一想到她就开心。她活泼开朗，在认真完成工作的同时，能够当部门的气氛"调节剂"，给大家带来快乐。遇事有主见、工作有创意、积极好学，勇于尝试新鲜事物、敢于直面挑战，这些都是她的闪光点。

（2018 级化学 3 班　代迎奇）

用理论武装头脑，积极参加学生干部培训

在新生入学时，我报名参加了衡阳师范学院第七次学生代表大会，成为一名光荣的学生代表。随后我积极主动报名参与了"湖南青马在线"第五期全省大学生骨干网络培训、衡阳师范学院津梁人才学院第八期青年马克思主义者骨干培养班、院学生干部培训。在老师的指导下，我深知作为一名学生干部的责任，故而不断探索如何做好一名学生干部，不断提升自身能力。随后我再次报名竞选，

成为化学与材料科学学院第八次学生代表大会学生代表。通过不懈的努力，在2021年9月18日的化学与材料科学学院第九次学生代表大会上成功当选分团委副书记。同时作为一名公费定向师范生，将在毕业后前往家乡偏远贫困地区农村中学执教六年，进行基础教育教学服务工作，在祖国需要的地方发挥自己的光与热。

用行动诠释责任，扎实开展团学工作

2020年12月荣获校级"优秀学生干部"，2021年5月荣获校级"优秀共青团干部"，2020年10月荣获院级"优秀志愿者"，2021年4月荣获院级"优秀青年志愿者"等荣誉称号。曾担任班级文娱委员、分团委干事，现任分团委副书记。在学院工作期间，曾组织了"我和我的祖国""不忘初心，牢记使命""众志成城，同心抗'疫'""学习寄语精神，展现青春担当"等主题团日活动近20次，始终将提高我院共青团员的思想道德素质及政治修养作为工作的重点。同时，2021年恰逢中国共产党建党100周年，我组织了我院"讲好入党故事，传承红色基因"主题班会、主题教育演讲比赛、主题教育征文比赛、主题书画大赛、主题篮球比赛。在"学党史、强信念、跟党走"主题教育活动中，组织开展了4次党史学习会，让全院每一个团支部、每一个团员青年都融入党和团的思想教育。除此之外，我也一直认真贯彻"爱，责任，奉献"的精神，以饱满的热情和责任心出色地完成了元旦晚会、毕业晚会、红色主题配音大赛、三月学雷锋、组建辩论队、团费收缴、推优入党、团组织关系转接等数项团工作，在实践中长知识、长本领、长才干，受到了老师、同学们的一致好评。

用责任彰显担当，用心投入志愿服务

在2020年防疫期间，我跟随党员干部的脚步，成为一名迎疫而上的志愿者，进入云南的大山深处，坐上村干部的面包车，挨家挨户地为当地少数民族讲解新冠肺炎的专业知识，带领群众做好防护措施。2020年暑期，我参加了大学生暑期"三下乡"志愿服务活动，从湖南湘潭出发，远赴何长工故居进行了为期五天的线下社会实践活动。通过调研、实地考察、采访等形式挖掘出了许多鲜为人知的红色文化故事。并于2020年9月11日在中国青年网发表稿件《湖湘学子三下乡：追寻长工足迹，感悟"长工精神"》，团队荣获国家级奖项2020年"镜头中的三下乡"优秀视频团队，校级奖项2020年暑期"三下乡"校级先进单位。我带领团队积极参加了第十四届"挑战杯"湖南省大学生课外学术科技作品竞赛红色专项活动，以2020年三下乡实践活动为基础，撰写了《探访湖湘红

色文化 牢记青年使命担当——大学生如何通过社会实践传承和弘扬湖湘红色文化精神》竞赛作品一篇。2021年暑期，我作为"三下乡"团长，组织策划了学院2021年大学生暑期"三下乡"社会实践活动。结合疫情防控趋势，突破地域限制，线上开展了以线上教学、实验直播、红色宣讲、在线调研为主要内容的义务支教活动，并参与制作了宣传读本《童心向党，献礼百年》。团队累计在中国青年网发表稿件31篇；团队于2021年12月被共青团中央青年发展部及中国青年报社评为国家级"优秀视频团队"，本人也于2021年12月获评国家级"优秀通讯员"。

用拼搏成就梦想，努力提升专业能力

我通过了英语四级水平考试、国家二级计算机水平考试、汉字应用水平考试、普通话水平考试，曾获校级二等奖学金、院级英语演讲比赛二等奖等荣誉。同时，我也十分注重创新思维的培养，从理论到实践，一步一步稳扎稳打，努力将自己培养成一名富有创造力的高素质大学生。在第七届衡阳师范学院"互联网+"大学生创新创业大赛中，我与我的团队成员在老师的指导下日夜奋斗、认真准备，最终我们的"防起雾玻璃"等两个项目在2021年6月获得衡阳师范学院"互联网+"创新创业大赛铜奖。

在担任学生干部的两年里，我始终投身于学院共青团工作中，努力做一个"厚德、博学、砺志、笃行"的当代大学生。对我来说，困难和挫折是达成奋斗目标的必经之路，这期间有太多的精彩瞬间值得我铭记，希望我们能始终怀有一颗赤子之心，在面对挑战时能脚踏实地，慎独修身。

博学笃行　知行合一

——外国语学院　周子凌

周子凌，2021 年"道德模范"（校级），外国语学院 2019 级
商务英语 1 班学生。曾任外国语学院团委宣传教育中心主任、"荷
韵"记者团副团长和"蕙兰"艺术团主持队队员。获 2021 年
"高教社杯"全国商务英语实践大赛华中赛区一等奖、衡阳师范
学院"全面小康、奋斗有我"主题演讲比赛校级三等奖、最具人
气奖，衡阳师范学院校级 2020 年度"优秀共青团干部"等荣誉。

子凌同学励学敦行，积极进取，有较强的写作能力，善于接受新事物。
在担任学院宣教中心主任期间工作认真负责，善于创新，对学院的宣传教育
工作做出了巨大贡献。她自主学习能力较强，成绩优秀，积极参与学校各项
比赛、活动，乐于助人，热心公益，凡事起到先锋模范作用，一直用自己的
行动践行"厚德、博学、砺志、笃行"的校训。"宝剑锋从磨砺出，梅花香
自苦寒来。"希望她今后能够再接再厉，取得更好的成绩！

（辅导员　邱国周）

刚入学时，我第一位遇到的同学就是她，第一眼就被她散发的自信美给
吸引了。在我眼里，她一直都是一位自信、沉着冷静、乐于助人、认真负责
的女孩。她就是这样一颗在我们身边闪闪发光的星星，希望她的未来能够走
得更稳、更好、更远，继续发光发亮。我想对子凌说，与你相伴两年多了，
很高兴大学生活有你，你是学校的"道德模范"，亦是我们大家身边闪耀的
星星。

（2019 级商务英语 1 班　刘婷婷）

明德修身，品行兼优

在思想上，我积极上进、砥砺前行，具有极强的爱国主义情怀。大二开学第一周，我曾代表外国语学院参加学校"衡师青年说"活动，在国旗下进行爱国教育主题演讲。2019 年 11 月 20 日，我获得"不忘初心、牢记使命"双语辩论赛最佳风采奖（院级）；同年，11 月 21 日获得"我和我的祖国"主题演讲比赛一等奖（院级）。2020 年 6 月，获得"她世界致青春云朗诵"比赛一等奖（院级）；同年 6 月，获得衡阳师范学院"全面小康、奋斗有我"主题演讲比赛三等奖、最具人气奖，获得衡阳师范学院 2019 年度"优秀共青团员"和 2020 年度"优秀共青团干部"等荣誉。自大学入学以来，我便积极向党组织靠拢，提升自身政治修养。先后获得了"湖南青马在线"第五期全省大学生骨干网络培训结业证书、衡阳师范学院第 61 期入党积极分子培训班结业证书、衡阳师范学院第八期津梁人才学院青年马克思主义者骨干培训班结业证书。

作为一名预备党员，我始终以一名共产党员的标准严格自己，时刻不忘时代责任与宗旨，立足于本职工作，努力学习，刻苦钻研，曾多次组织参加学院主题党日活动和主题团日活动，努力做到在实践中查找不足，不断完善自我。

脚踏实地，厚积薄发

在学习上，我刻苦努力，名列前茅，曾获衡阳师范学院年度三等奖学金。初入大学，我便积极考取了普通话二甲证书、大学英语四六级证书。作为商务英语专业的学生，我坚持每天打卡学习，练习口语，成功考取了英语专业四级证书。我希望发挥外语专业优势，能在国际舞台上传递中国声音。于是，我积极参加各类专业比赛，努力夯实专业基础，于 2020 年 12 月 28 日获得第四届商务英语实践大赛一等奖（院级），2021 年 6 月 22 日获得外国语学院首届商务英语翻译大赛一等奖（院级），2021 年 11 月 5 日获得 2021 年"高教社"杯全国商务英语实践大赛华中赛区（湖南、湖北、江西、河南）决赛一等奖（区域级）。

此次商务英语实践大赛，从 6 月的院赛，到 10 月的区域赛初赛，再到 11 月的区域赛决赛，最后到 12 月进军全国总决赛，一路走来，历时数月，着实不易。我和队员们克服了赛前半个月临时换题、比赛设备问题等困难，"关关难过关关过"，过五关斩六将，在华中赛区区域赛的比拼中，以一等奖的成绩成功晋级了全国半决赛，并在半决赛中突出重围，以小组第一的好成绩，成功晋级全国总决赛，和北京林业大学、广东外语外贸大学、上海对外经贸大学、广东财经大学以及广东技术师范大学同台竞技，最终取得了全国二等奖的优异成绩。

兢兢业业，一丝不苟

在工作中，我认真负责、积极主动。大一时，身为学院记者团和艺术团的一员，我深知从记者到好记者，从主持人到好主持人，不仅是作为一名媒体人扎实的路径，更是一个不断挑战自我的过程。舞台上，我从容不迫，尽展主持风采；舞台下，我认真奔赴新闻现场，跟踪报道院系活动新闻，获得 2020 年外国语学院"优秀学生会干事"等荣誉。

大二时，我选择留任，成为学院宣教中心主任，负责运营外国语学院官方微信公众号、衡师中学英语教育教学研究中心官方微信公众号、外国语学院官网及官方微博。在任期间，我带领团队认真落实学院的宣传工作，共发布学院活动新闻 160 余篇，累积字数有 10 万余字，阅读总量有 4 万余次，平均每月阅读量有 4 700 余次。

为支持学院师范生认证工作，在院长和老师的指导下，由我负责的学院官方新公众号"衡师中学英语教育教学研究中心"于 2021 年 1 月 30 开始筹建，于同年 3 月 26 日正式对外推广。新公众号的建设过程是艰苦的，我们从过年前开始策划，大年初三开始正式实施工作，每天制作更新的推文数量保持在 50 篇左右，这样的工作强度一直维持到了返校后的第一个月。就这样，在 3 月 26 日正式对外推广之前，我们新公众号累计发稿数量已有 600 多篇。而在这期间，我们还要继续保持外国语学院官微的日常更新工作。那段时间大家都很疲惫，但当看到一个新的公众号终于呈现大众面前时，喜悦之情油然而生。

为了进一步增强工作能力，我参加"2020 年全国大学生新媒体知识竞赛"并获得了优秀证书。在任职期间，我还获评 2020 年外国语学院"优秀迎新志愿者""军训优秀工作者""运动会优秀工作者"等荣誉称号。

心怀感恩，与爱同行

在社会实践上，我积极参加各类志愿活动。初入大学，我便成了注册志愿者，曾担任学校"食堂文明劝导员"，督促同学们文明就餐等。在大二暑期，我积极响应祁阳市共青团的号召，依次参与了"圆梦工程·七彩假期"防溺水社区宣传打卡活动，为小朋友们宣传防溺水知识；参与"河小清"保护湘江母亲河志愿服务，巡视河道是否存在污染现象，沿河清理白色垃圾；前往下马渡镇枫石铺村关爱留守儿童，教他们剪纸、绘画、唱英文歌；参与"逆风飞翔"关爱儿童志愿服务活动，帮助宣传让更多人了解关注孩子们的情况；参与统计社区居民疫苗接种志愿服务，劝导未接种人群尽快接种；参与祁阳市疫情防控志愿服务，在高铁站、汽车总站等站点进出口处帮旅客进行体温检测、检查健康码；参与"情暖疫线"慰问一线志愿者活动宣传拍摄工作；参与祁阳市交通文明劝导志愿服务，劝导行人文明过马路、骑行电动车佩戴头盔等多项志愿服务活动。

在志愿服务中，让我印象深刻的事情便是疫情防控。父母和哥哥都是医务人员，他们已经奋战在了一线，他们了解疫情，担心我的安危，所以当我向父母表达想加入疫情防控队伍的想法时，他们并不是特别支持。后来在得知永州市中心医院的医务人员在防疫工作时都会带上自己的子女让他们做志愿服务活动，比如测量体温、检查健康码等工作时，我再次向父母表达了自己想投身疫情防控战斗的意愿，他们也终于理解并支持了我的想法。我和小伙伴们在祁阳市青年突击队群里接龙报名，每天分上午、下午两班，在祁阳市高铁站、汽车总站、疾控中心、唐家岭汽车站四个站点的进出口处，协助测体温、查看健康码及疫苗接种情况等疫情防控志愿服务。值班虽然辛苦，有时候一个下午下来，口罩都湿了，手套摘下来发现手被滑石粉染得惨白，但也遇到了很多可爱的人，比如有一个安全意识很高的老爷爷，提前两天来高铁站询问出行需要准备什么（核酸检测证明之类的）；有个叔叔之前去过高危地区（株洲），已经隔离了两周，现在要坐高铁回去，非常礼貌地提前来询问医护人员相关注意事项，超级热情地配合医护人员的工作，听从医护人员的安排。最后在政府的防控下，在大家共同的努力下，疫情最终得到了有效控制。我在此次防疫服务活动中，也有幸被评为了"优秀志愿者"。

在2021年暑期大学生"三下乡"期间，为传播红色文化、传承红色精神，我与团队成员们一起，以线上线下联动的方式，为家乡村民们开展了一次别开生面的党史教育学习。在2021年全国节能宣传周和全国低碳日期间，我积极参加宣传活动，制作宣传海报，向所在社区居民宣传节约、循环、环保理念，倡导更多人践行低碳生活。

我也有幸参加了祁阳团市委组织的2022年返乡大学生"喜看家乡新貌，助力乡村振兴"观摩座谈活动。一路上，祁阳高新区的创新变化、现代农业产业园的油茶产业，眼前"1+20"示范区的美丽蝶变、麒麟庄园的创业之路、三家村村民的幸福生活等一幕幕场景，都让我印象深刻。2月17日，作为返乡大学生代表，祁阳新闻对我进行了采访报道，并发表文章《返乡大学生喜看家乡新貌》。

"志愿服务不是我生活的全部，但当我进行志愿服务时，我愿意将自己全部投入。"丰富的志愿者活动，让我接触到与平常校园生活不同的社会层面，社会不同的面貌和被需要的感觉带来了强烈的真实感。这些体验会让我觉得自己现在的生活是非常幸运的，要在自己有能力的时候帮助更多人。

在未来的日子里，我会坚守初心，不断完善自我，发挥先锋模范作用，"有一分热，发一分光"，承担起自己的责任，在校训"厚德、博学、砺志、笃行"和院训"文通古今，道贯中西"的感召下，努力成为更好的自己，成长为一个能够温暖他人的人。

心怀感恩　助人为乐

——文学院　张帅

张帅，2021 年"道德模范"（校级），文学院 2019 级汉语言文学 2 班学生。在 2019 年 9 月—2020 年 6 月担任衡阳师范学院文学院就业服务中心干事，协助成功举办"2019 年文学院毕业生招聘会"，多次协助同学完成信息采集与上报工作。参加 2021 年 5 月衡阳师范学院"第三届大学生气排球比赛"，取得第八名的成绩。积极参加志愿活动，2021 年 9 月 10 号荣获"优秀志愿者称号"。

张帅同学，品性纯良，思想端正，遵守学校的各项规章制度，学习成绩优良，生活朴素，团结同学，具有较高的服务意识与志愿精神。在家乡的疫情防控和抗洪救灾工作中，主动参与，认真负责，为地方排忧，为群众解难，充分展现新时代大学生良好的精神风貌。

（辅导员　邓明智）

张帅同学在平时的学习生活中，热心帮助同学；在班级事务中，主动担当重任，为老师和同学分忧；在家乡疫情和洪水期间，他敢为人先，为家乡疫情防控、抗洪抗灾积极贡献力量。

（2019 级汉语言文学 2 班　伍永）

淡泊明志，宁静致远

在日常生活中，我性格随和，为人幽默诙谐，与他人交往时乐于助人。在校期间，严格遵守学校纪律，努力学习专业知识，学习成绩良好。我积极参加志愿者活动，以自己的实际行动践行社会主义核心价值观。闲暇时间，我热爱运动，参加 2021 年衡阳师范学院"第三届大学生气排球比赛"，取得第八名的成绩。在担任寝室长期间，和室友和睦相处，寝室卫生整洁，并协助生活委员完成信息采集工作。曾担任文学院就业服务中心干事，参与举办"2019 年文学院就业招聘会"，多次协助完成毕业生信息采集与收集工作。

怀瑾握瑜，敢为人先

2021 年暑假期间，我的家乡河南省发生洪涝灾害，河南省的大部分地区都深陷于洪水之中，我所居住的村庄也深陷洪水。2021 年 7 月 21 日傍晚，河水有漫上河岸的趋势，村主任发布紧急通知：全村村民向高处转移。第二天雨水渐停，我回到村庄。为响应团组织号召，在防汛抗旱指挥部的指导下，我于 7 月 22 日至 7 月 24 日在河南省安阳市汤阴县白营镇后湾张村协助开展汛情防控志愿服务活动。在此次防洪活动中，我与其他志愿者在泥泞的路面上一起装防洪沙袋并搬运到地势较低的河岸，从艳阳高照的中午工作到月白风清的晚上。在大家的努力下，洪水终被击退。

河南省的洪水退却后，8 月初又爆发了新一轮的新冠肺炎疫情。在安阳市出现新冠肺炎无症状感染病例后，安阳市疫情防控迅速进入应战状态。作为一名大学生，我谨记学校和老师的教诲，承担起新时代大学生的责任，再次挺身而出，加入村内的疫情防控小组，在白营镇后湾张村协助开展疫情防控志愿服务活动。在此次的新冠肺炎疫情防控活动中，我与村内的青壮年在村内的文化活动基站协助医护人员进行全村人员的核酸检测。作为新一代的青年，我们主要在文化活动基站入口进行引导，例如测量体温、喷消毒液、拦截车辆、帮助不会使用手机的老人处理信息、录入核酸检测人员的信息等。在医护人员和众多志愿者的努力下，全村一百多口人的核酸检测工作顺利完成。

知行合一，乐于奉献

在校期间，我积极参加衡阳师范学院的志愿者活动，如参加"3.5 传承雷锋精神，营造文明校园"卫生公共区清扫活动，和同学一起打扫学校卫生公共区，维持校园的整洁；和室友一起到学院南门摆正共享单车等。在 2020 级文学院迎新生活动中，我作为一名迎新志愿者，负责 10 名同学的联系、接待任务。在新生开学之前，前往老校区熟悉路线、安排工作，同时提前帮忙打扫好新生宿舍。在新生到达学校后，帮助新生搬运行李、介绍食堂位置、办理热水卡等。在此次迎新活动中，我一共接待了近 20 名学弟学妹。在新生军训期间，走访新生宿舍，检查新生宿舍内务卫生，对新生寝室内务的清理进行监督和指导。

2021 年，我组织了"2020 级文学院学生校区搬迁活动"，帮助 2020 级学生装卸行李。由于工作突出，被评为"优秀志愿者"。同年 6 月，我参加了 2017 级毕业生欢送活动，为毕业生的离校提供帮助。

做道德的践行者、守护者

——美术学院　吉祥

　　吉祥，2021 年"道德模范"（校级），美术学院 2019 级美术学 4 班团支书，荣获校"优秀学生干部""优秀共青团干部""月度道德之星""优秀志愿者"等十余项荣誉。

> 　　吉祥同学在 2021 年 8 月家乡扬州严峻的抗疫形势下，选择了冲到抗疫前线，参与社区抗疫志愿者活动，用热情的志愿服务与抗疫一线人员共同筑起了抗疫长城。这不仅是她内心对扬州的那份坚守和大爱，对处于水深火热中的家乡人民的大爱与共情，也体现了新时代青年的实干和担当，展示了美术学院学子最靓丽的青春色彩。
>
> （辅导员　梁俊豪）

> 　　正如林清玄所说，漫长的人生旅途中，我们会遇到各式各样的朋友，有的朋友只懂索取，有的朋友只懂倾吐，还有的朋友懂得分享也懂得聆听，吉祥同学便是最后一种，她会和我们分享喜悦，也会在我们陷入低谷时倾听我们不开心的事。她是最难能可贵的朋友，也是一位值得我去学习的榜样，在生活中她乐观向上，乐于助人，在他人需要帮助时能伸以援手；在家乡被疫情笼罩时，她毅然成为社区中最年轻的志愿者。在工作中，她能认真负责地完成她的工作，且完成得十分出色。在学习中，她的成绩也名列前茅。人生贵相知，我的人生得吉祥这一知己，足矣。
>
> （2019 级美术学 4 班　胡小萍）

志当存高远

　　俗语说：为人有志，前途有望。做人应先从立志开始，志向也是人生希望的开始。

　　从小到大，我遇到的老师在我学业和学习生活上都给予了很大帮助，我一直十分向往和敬仰教师职业，结合自身兴趣爱好，在高中阶段学习了美术专业，每天大量的训练、繁重的课业让我压力很大，而我的老师们总是耐心地给我进行心理疏导，给予我自信。高考过后填报志愿，我便立志成为一名教师，希望以后帮助更多学生，找寻他们适合的方向，为他们拨开迷雾，斩开荆棘。

立志先立人，立人先立德

"有德此有人，有人此有土，有土此有财，有财此有用。德者，本也；财者，末也。"道德二字从小便扎根在我的心里，寓于日常的言行中。

小时候我就逐一背诵《三字经》《弟子规》《千字文》《论语》《道德经》，不仅让我了解到古老深邃的中国传统文化，也让我学会用爱去对待他人。《道德经》第一章里有"天下皆知美之为美，斯恶已；皆知善之为善，斯不善已"。我认为在专业技能方面提高的同时一定要修好"德"，德才兼具才是人才。我的小学班主任多次教导我们"勿以恶小而为之，勿以善小而不为"，多年来这句话一直印在我心头。我也常报名参与线上志愿活动，如参加"全国高校志愿者服务——线上积极传播抗疫知识"，并获得了正式志愿者证书；参加"2020 湖南省大学生防艾知识竞赛"，成为优秀参赛选手；成为衡阳市油画学会第二次代表大会志愿者等。

迎难而上，乐于奉献

2021 年暑假是不同寻常的，我的家乡扬州疫情再次袭来。此时大规模的核酸检测急缺志愿者，我便报名加入了"逆行者"的队伍，起初我的任务是穿上红马甲，带领年纪大的爷爷奶奶、高温下身体不适的群众、孕妇等特殊人群走绿色通道，他们会烦躁，也会恐慌，我要做的就是疏导他们的情绪让他们安心，同时维护现场秩序，严格执行"一米线"。八月的扬州湿热无比，我看着志愿者和医护们倒下了一个又一个，作为年轻人的我体力更好，于是转换工作成为一名信息采集员，穿上防护服坐在医护人员身边协助信息采集、扫描试管码、上门采样等，从不熟悉到熟悉，工作逐渐变得更加顺利、更加高效。对于健康码是黄码的群众，我们也要时刻关注他们的健康状况，对他们负责，确保辖区内每一位群众的安全。护目镜、面罩起了一层又一层水雾，衣服到裤脚湿透一次又一次，但是我们每一个人都坚守在自己的岗位上，守护着身边的人，守护着这座城市。

一个多月以来，在党旗下见证了凌晨四点半的朝霞，也见证了傍晚六点的日落，体验到了社区基层工作的重重困难，见证了医护防护服下的坚守，见到了冲锋在一线党员同志的义无反顾，这一切使我对攻坚疫情充满信心。

工作之余我利用所学专业在防护服上画可爱的图案，给医护人员带来欢乐，缓解工作的疲惫。为恢复常态化做准备时，所有市民居家隔离，我又成为小区楼栋管理员，监督居民居家隔离，帮助居民配送药品食品等物资，在能力范围内尽量满足他们的需求。我随手记录所见所感，被电视台的微信公众号以及校微信公众号报道，我希望有越来越多跟我一样的青年人，能够担起时代的重任，在有需要的时候挺身而出，贡献出自己的力量！

不待扬鞭自奋蹄

大学期间连续三年担任美术学 4 班团支书，在我的内心深处，早已有了强烈的集体荣誉感，身为团支书，带领 2019 级美术学四班荣获 2019—2020 学年"五四红旗团支部"称号，大一、大二的平均成绩与综合测评排名均位于班级前列，荣获 2019—2020 学年"优秀学生干部"、2019—2020 学年"优先共青团干部"等荣誉称号。工作之余我也积极参与学院活动，荣获第二十一届运动会海报设计优胜奖、第十届校园文化艺术节软笔三等奖、2021 年元旦海报设计优胜奖，2020 年元旦晚会表演的小品获一等奖，2021 年在学校风景（山水）写生中我的油画作品《秋寓太行》荣获二等奖。

在以后的日子里，我将继续努力，不忘初心，严格要求自己，用自己的言行感染身边人！

心之所向　素履以往

——计算机科学与技术学院　蒋梦玲

蒋梦玲，2021年“道德模范”（校级），计算机科学与技术学院2018级计算机科学与技术（非师范）1班学生。曾任班级生活委员、权益委员、院学生会文娱部干事、校学生会思教部副部长、大学生艺术团舞蹈队队长、校学生会主席团成员。曾获“省级防艾主题演讲比赛”二等奖、“省级师范生技能大赛”优秀志愿者、“省级优秀毕业生”、校级“优秀学生干部标兵”、校级一等奖学金等50余奖项。

在我眼里，她是一个非常优秀的学生。学习上刻苦勤奋，综合测评连续三年班级第一，曾多次获得一等奖学金；工作上踏实肯干，为学生会的建设做出了突出贡献；生活上乐于助人，参与了许多志愿服务活动，多次获得“优秀志愿者”称号；这样一个可爱又努力的女孩子是我们师生心目中当之无愧的“道德模范”。

（辅导员　徐峰）

蒋梦玲是一个乐观上进、为人友善的人，她平常喜欢助人为乐，当别人需要时只要力所能及她就会帮助别人，有机会便会参加志愿活动奉献爱心。非常有幸成为她的室友，见证她在大学不断奋斗的过程。她不仅是我的伙伴，也是我的榜样，正能量满满的她总能激励我努力奋斗。

（2018级计算机科学与技术1班　王珈琦）

政治信仰坚定，综合素质优良

我始终把正确的政治方向放在首位，在政治原则、政治立场和政治方向上始终与党中央保持一致，以党员的标准严格要求自己，在同学中起到了良好的模范带头作用。在举国上下喜迎中国共产党成立100周年之际，我加强党史学习教育，面向全校主要学生干部宣讲"中华全国学生联合会第二十七次代表大会"会议精神；线上参加2021年湖南青马在线并成功结业，线下参加2020年衡阳师范学院第八期青年马克思主义培养班结业并获得"优秀学员"称号，且于2021年6月转正成为一名光荣的中共党员。

在校期间我时刻以高标准要求自己，学习刻苦，态度认真，成绩优异：学习成绩名列年级前茅，连续三年综测第一，获衡阳师范学院2018—2019学年三等奖学金，衡阳师范学院2019—2020学年一等奖学金，衡阳师范学院2020—2021学年一等奖学金，衡阳师范学院2018—2019学年三好学生，衡阳师范学院2019—2020学年三好学生，并成功通过国家A级拉丁舞教师资格证、英语四六级、计算机二级C语言等技能证书，积极参加专业项目组，并担任组长，组织组员认真钻研，在"2020年衡阳师范学院第二十届计算机程序设计竞赛"专业组中获得优胜奖，2020年大学生创新创业训练计划项目"基于YOLOv3特定目标视频跟踪系统的设计与实现"获得校级立项。同时，广泛发展个人德智体美等多方面素质，曾获2020年湖南省第二届大学生防艾知识竞赛"优秀参赛选手"、2021年校"奔跑吧青年"主题团日活动二等奖、2020年校"全面小康，奋斗有我"主题教育征文比赛优胜奖、2019年院趣味篮球赛第一名、2018年院第三届主持人大赛二等奖等荣誉。

严格要求自己，生活作风严实

我能够妥善处理工作、学习和生活的关系，生活习惯良好；遵纪守法，对自己要求严格；勤俭节约，朴素踏实，谦虚谨慎，尊敬师长，为人正直，处事公道，敢于坚持，团结同学。热衷志愿服务，参与志愿活动超过30次，志愿服务时长300小时以上，受益群众300余人，被评为"优秀志愿者"10余次。在2020年湖南省暑期"三下乡"大学生社会实践活动中，作为队长，我组建了计算机科学与技术学院"爱心支教，助力家乡"实践团，以实际行动投身乡村教育"脱贫攻坚战"，通过传播计算机知识、辅导作业、教授舞蹈等多种形式，为50余名留守儿童送去了温暖，获得了家长们的一致赞扬，并通过努力，以我为第一作者撰写的《衡师学子"云"组队，助力家乡教育事业》于中青校园2020年9月8日成功发表；在湖南省师范生技能大赛中配合老师统计分数、用心准备工作人员伙食、去火车站迎接评委老师，为比赛的顺利进行保驾护航；在衡阳市首届国际马拉松中，及时、细心地为运动员存取包裹；在学校预防艾滋病活动中，以各种形式宣传预防艾滋病知识；在新生入学时，指导新生完成报到，帮助新生答疑解惑；还参加了校园巡逻、卫生清理、义务献血等各式各样的志愿活动，在志愿服务的过程中，展示了衡师学子的素质，也充分地锻炼了自身能力。

注重务实创新，善于组织协调

在班级、学院、学校的多个岗位上，我能吃苦、肯奉献、讲大局，工作中始终坚持高标准，认真细致，精益求精，体现了较强的敬业精神、创优精神。曾任班级生活委员、权益委员，及时将学校、学院的各项活动信息向班级同学传达，并鼓励同学积极参与，同时在班级积极宣扬党的先进精神和思想，努力营造良好的思想氛围，促进班级同学全面发展，形成了一股团结、蓬勃、向上的班风。所在班级于2021年被学校授予"2020年度红旗团支部"称号。作为大学生艺术团舞蹈队队长，任职期间，坚持每周一利用午休时间给学弟学妹们进行队训，并时刻为学校各项大型活动做准备，在2019年由湖南共青团发起的"团团带你逛直播"活动中，编排《我和我的祖国》舞蹈；在"2019年衡阳市战马高校青春大赛"中，获"齐舞人气奖"；在2019年衡阳市白沙洲工业园区"祝福祖国"国庆文艺汇演中，获二等奖；在2019年衡阳师范学院"第二届校园音乐节"，负责整场活动的主舞及伴舞。

曾任校学生会思教部副部长、院学生会文娱部干事，组织开展了2020年衡阳师范学院"新冠肺炎线上有奖答题"活动，制作防疫纠错小视频，全校参与率达80%，点击量达3万人次；参与策划组织学校"读懂中国"活动，学校一名同学获"2020年中国教育部关工委最佳征文奖"，学校关工委主题教育被评为"2020年中国教育关工委优秀组织奖"。作为校学生会主席团成员，团结引导广大同学高举爱国主义旗帜，服务广大同学成长成才，表达和维护广大同学的具体利益。根据上级团组织的工作要求及文件精神，积极协助校团委老师开展工作，带领校学生会本着高度的责任感和使命感，深化学生会组织改革、加强队伍建设，积极创建高水平、高能力、高素质的优秀学生会。曾带领同学至长沙市参加"湖南省2020高校大学生防艾主题演讲比赛"，从67支高校近300人中，脱颖而出，获二等奖，得到了老师和同学们的一致肯定。我还是衡阳师范学院第七届学代会学生委员会委员、湖南工学院第四届学代会特邀嘉宾，同时也是衡阳师范学院第七届青马班二班学习委员。三年来，我组织了大小型活动百余次，组织的活动被学习强国、光明网等媒体报道百余次，受益师生有3万余人。由于在工作方面的出色表现，于2021年获校"优秀学生干部标兵"、2020年与2021年连续两年获校"优秀共青团干部"等荣誉称号。

作为一名志愿者，担当、奉献、负责是我的座右铭；作为一名新时代青年，握好时代接力棒、答好时代问卷是我的奋斗目标。在今后的学习和工作中，我仍然会保持谦虚、认真的态度，不断努力学习，不断成长，以孜孜不倦的精神和昂扬向前的姿态，更好地做好志愿工作，更好地服务大家，为实现中华民族伟大复兴的中国梦贡献青春与力量！

博学篇

校训"博学"，语出《论语·雍也》："君子博学于文。约之以礼，亦可以弗畔矣夫。""博"，丰富，取得、换得；"博学"，学识渊博，知识面广。师"博学"为树人，生"博学"为立身。自孔子办私学至今，历代院校皆以"博学"为教育目标。如今作为社会主义事业接班人的当代大学生，更应该树立"博学而济天下"的志向。本篇主要展示我校2019年、2020年、2021年"榜样的力量"评选活动推选的"学习标兵"的优秀事迹。

做一粒最美的"师范种子"

——文学院　戚怀月

戚怀月，2019 年"学习标兵"（校级），文学院 2017 级汉语言文学 3 班学生，曾担任校学生会副主席兼学生社团联合会主席、校学生社团长风书法协会第二十届会长。先后荣获 2018—2019 学年国家奖学金、2019 年度"中国大学生自强之星"、2021 年度湖南省优秀大学生党员、湖南省 2021 届优秀毕业生、湖南省第六届师范生教学技能大赛一等奖等国家级、省级荣誉 15 项。

怀瑾握瑜，月朗风清，吾心有戚戚焉。戚怀月同学是一个性情温和又果敢坚定的女生。作为新时代大学生，她内外兼修，知行统一，在品、学、能三方面都有不俗的表现；作为共产党员，她严于律己，乐于助人，吃苦在前，享受在后，始终牢记着全心全意为人民服务的宗旨；作为中学语文教师，她以育人为本，不断提升教学水平与管理能力，愿做中学生的知心人、热心人、引路人。

（辅导员　邓明智）

怎么形容怀月？我觉得三个词最合适：执着、热爱、优秀。执着如她，每一件事情都要做到极致；热爱如她，三尺讲台承载她的梦想；优秀如她，学习工作两不误，还习得一手好书法。

为了上好一堂课，她可以磨一天课、备无数遍课；谈及教书育人，她的眼睛里一定会闪耀着光芒，当一名优秀的语文老师是她毕生的追求。每当我遇到困难的时候，总会想起怀月，从她的事迹中汲取力量，然后重拾勇气，继续前行。

（2017 级新闻学 2 班　彭赛男）

听党话跟党走，做一粒有使命的种子

我注重提升政治素养，参加湖南省青年马克思主义者培养工程，认真学习党的理论知识，积极向党组织靠拢，于 2019 年 5 月加入中国共产党。我时刻严格要求自己，充分发挥先锋模范作用，以实际行动践行青春使命。

在校期间，我积极组织参与"五个一"红色文化传承主题教育活动，传承红色基因，凝聚青年力量。在中华人民共和国成立 70 周年之际，我还参与组织"我和我的祖国万人大合唱"活动，全校师生用歌声表达对祖国的深情。

在新冠肺炎疫情爆发期间，我积极组织"凝聚青春，齐心抗'疫'"线上主题活动，引导青年了解防疫抗疫知识，声援抗疫一线医务人员和志愿者，活动吸引 5 万余人次参与，得到湖南省教育厅、校新闻网等新闻媒体的报道。而后我组织衡师学子用朗诵的形式致敬最美逆行者，在校团委官方微信平台推出系列推文，浏览量近 4 万，在师生中引起热议，影响广泛。我组织并参与了学校"与抗疫一线医护人员家庭手拉手志愿服务"活动，与一位衡阳市医护人员子女结对，提供为期半个月的精准帮扶，免除了医护人员的后顾之忧，得到家长、学生的一致好评。由于表现突出，我被评为"2021 年度湖南省优秀大学生党员"。

夯实理论知识，做一粒有梦想的种子

我勤学上进，注重文学素养和师范技能的提升。从入校起，我就把成为一名卓越的基层语文教师作为目标。大学期间，我学习认真刻苦，连续三年总成绩排名专业第一，连续三年获"校三好学生"荣誉称号。获 2018—2019 学年国家奖学金、2019 年度"中国大学生自强之星"、湖南省"第六届师范生教学技能竞赛"一等奖、衡阳市"向上向善好青年之勤学上进好青年"、衡阳师范学院"十大学习标兵"等 63 项荣誉。

雄关漫道真如铁，师范步伐竟向前。在师范生技能训练的道路上，我吃得苦、耐得烦，不断磨炼技能。连续三年参加湖南省师范生教学技能大赛，一次次总结经验，不断进步，几乎把每一分钟都用在了刀刃上。夜深人静时，我还在反复琢磨自己讲课的视频，分析每一字句的得失，衡量每个表情、手势是否到位，力求做到更好，赛前日日勤练板书，反复在教室磨课，把比赛范围内的课文教学设计全都做了一遍，两本教材翻到脱页。"热爱""扎实""执着"是对我最好的诠释，讲课时全身心地投入，看过我比赛的人都印象深刻。正因为有着成为一名卓越语文教师的梦想，才让我从大一坚持到大四，最终在湖南省师范生教学技能竞赛的舞台上拔得头筹。由于师范素养高，2020 年 11 月，我参加浙江省诸暨市教体局校园招聘，以综合排名第一的成绩脱颖而出，被诸暨市教体局录用，成为浙江省诸暨中学暨阳分校的一名高中语文教师。

我将课程思政元素有效融入语文教学，主持"湖南三师红色资源在当代师范教育中的实践及其反思"项目，获衡阳师范学院2019年度重点立项，在2020年大学生创新创业训练计划项目中，该项目接连获省级和国家级立项。

积极服务青年，做一粒有文化的种子

在校期间，我一直担任学校主要团学干部，工作能力突出，积极为学生成长成才服务。我曾担任衡阳师范学院长风书法协会会长，书法功底扎实，在全校掀起了中华优秀传统文化研习之风，推动了中华优秀传统文化的培育和传承。担任会长期间，协会人数增长到200人，举办校级活动3次，活动规模大、参与率高、影响范围广。2018年11月，我结合协会和专业特色，成功举办"逸趣横生，书艺传承"第一届校级三笔字大赛，大赛总参赛人数达425人次，引领了积极提升师范素养的良好校园风尚。2018年年底，我以手写春联为元素，组织制作兼具师范特色和传统文化元素的文创产品——2019学校新年台历。我还组织策划了同年元旦晚会上"金猪送福"写春联赠恩师环节，弘扬传统文化和尊师重教的传统美德。2019年5月，恰逢衡阳师范学院本科办学20周年，也是长风书法协会成立20周年，我承办"心怀家国，启梦衡师"书画作品展，征集和展示了来自全国各地校友和全校师生的书画作品130余件，充分展示了学校师范教育教学成果，得到了领导、老师的一致好评。入展作品还被制作成画册，作为馈赠校友的礼物和学校文化展示的成果。2020年元旦，我组织策划"笔墨凝神，庆元开春"迎新年、贴春联活动，该活动传承了中国优秀传统文化，全校师生千余人现场参与写春联、贴春联，还吸引了外籍教师和留学生的参与，该活动获得了师生广泛好评。

在我的带领下，长风书法协会一跃成为学校影响力最大的校级学生社团。我发动社员参加第三届全国书法、硬笔书法网络大赛，自己也荣获了青年组一等奖和优秀辅导教师奖，协会10余名同学获奖，荣获优秀集体奖。协会先后获评湖南省"百强社团"、校级"百优十佳"社团、校级"十佳明星社团"的荣誉称号。

由于工作能力突出，我当选衡阳师范学院第六届学生会副主席兼学生社团联合会主席。任职期间，我强化社团的思想政治引领，全面推进社团团支部建设，全校71个社团均建立社团团支部，坚持定期开展社团团支部主题团日活动。我积极推进学生社团改革，认真调研全校社团基本情况，推进《衡阳师范学院学生社团管理办法》等规章制度的建章立制，规范社团发展。

投身志愿服务，做一粒美好奉献的种子

我在实践中锤炼品德修为，努力践行教学实践，运用专业知识，奉献青春力量。在校期间曾赴衡阳市中小学开展支教服务。积极参加学校暑期"三下乡"社会实践活动，并评为学校"三下乡"先进个人。

我深入志愿服务，落实知行合一。在衡阳市创文创卫期间，我带领学校青年志愿者服务联盟，积极服务地方。落实校园清扫、食堂文明督察、建国里社区志愿服务、鄸湖汽车站志愿服务、太阳广场交通劝导等志愿服务活动，累计参与活动约 3 800 人次，活动时长约 15 000 小时。在我任职期间，我校的志愿服务社团在湖南省第四届青年志愿服务项目大赛中斩获金奖。

我热爱祖国，用青春热血奉献党；修德进业，以扎实的学识追逐卓越教师梦想；心怀家国，以自身特长致力于传承中国优秀传统文化；甘于奉献，积极投身到社会实践和各项活动中。我如一粒种子，在大学四年里栉风沐雨，茁壮成长。如今这粒种子怀着师范初心，播撒到家乡基础教育的广阔天地，相信未来一定会繁花似锦，开出最美的花，结出最美的果！

热爱为剑　坚守为盾　一往无前

——数学与统计学院 "建模合伙人" 团队

　　"建模合伙人"团队，2019年"学习标兵"（校级），组建于2018年12月，成员史莉娟、邓萍、郭锦权均来自数学与统计学院2017级数学与应用数学专业，他们因志趣相投、目标一致走到了一起，怀着对知识的热爱，共同探索、互相学习、相互督促，成为追梦路上的合伙人。2019年10月，团队荣获湖南省大学生数学建模竞赛一等奖；2019年11月，获"高教社"杯全国大学生数学建模竞赛本科组一等奖；同月，所申报创新训练项目"用网络点餐实现食堂数字化管理"获得国家级大学生创新创业训练计划项目立项。

　　"建模合伙人"团队是一支善于学习、敢于创新、追求卓越、团结合作的优秀队伍。团队成员之间充分信任，精诚合作，实现1+1+1>3的效果，近年来取得了多项国家级和省级荣誉，创造了我校数学建模参赛史上的最好成绩，希望他们延续辉煌，再接再厉，不断书写出数学建模新篇章！

（指导老师　周长恩）

　　我们是一个顽强拼搏、敢闯敢拼、不计较个人得失的团队。从三人成为组合那天起就决定了要荣辱与共。我们一起攻克数学建模上的一个又一个难关，从数据收集、模型构建到论文撰写，相互分工合作、展开讨论，功夫不负有心人，最终取得了数学建模国家级一等奖的好成绩。

（2017数学与应用数学3班　史莉娟）

默默耕耘，种下梦想的种子

　　平凡的人往往因理想而伟大，但通往理想的道路却是充满泥泞的，只要心中有梦想，再难走的路也可以用智慧与汗水去铺就，最终走向胜利的终点。"建模合伙人"团队三人均来自教育并不发达的地区，刚进入大学的时候，看着身边会书法、会乐器、会编程的同学，也时常感到失落，作为公费师范生的他们也曾想过，就算再优秀也只能回到乡村当一名普通的老师，不如就这样普普通通下去算了。但幸运的是，在这段所谓失落的时光中，他们不是一直低沉下去，而是结交到了"最好的朋友"——书籍。每当感到迷茫和痛苦的时候，阅读就成了他们缓解压力的最好方式。课余时间他们泡在自习室、"悦读吧"，读路遥《平凡的世界》，做《数学分析习题集》，研读学术论文。书本里的文字和知识成为他们的指路明灯，使他们开始积极思考、探索自我、发现自我，也渐渐明晰了自己的理想，哪怕只是一只小小的萤火虫，也要在黑暗里发一点光，不必等候炬火。无数个日夜的埋头苦读使他们在专业学习领域收获颇丰：史莉娟、邓萍每学年平均成绩都在90分以上，在数学分析、高等代数等专业课程中也取得了近满分的好成绩，学习成绩位列班级前茅，获得衡阳师范学院2019—2020学年一等奖学金、2020—2021学年二等奖学金，在2019年10月、2020年10月分别获衡阳师范学院"三好学生"、衡阳师范学院"优秀共青团干部"等荣誉称号；郭锦权自学Premiere、Photoshop等软件及C语言、MATLAB、Python等编程语言，2020年获衡阳师范学院计算机程序设计竞赛理科组一等奖。

汗水浇灌，结下梦想的果实

数学建模竞赛是数学与统计学院每年都会组织学生参加的一项传统学科竞赛。近年来，学院收获颇多，取得多项省级和国家级奖项，却一直没有取得国家一等奖。"建模合伙人"团队从组建之初，就给自己定下了一个目标——朝着数学建模竞赛国家一等奖的目标奋进。既然目标是地平线，留给世界的只能是背影。于是，他们利用一切可以利用的时间去学习、研究，理科楼的自习教室经常出现他们埋头苦读和共同探讨的身影。2019年3月，他们在吴雄韬老师的指导下深入学习建模方面的知识，同时还利用所学到的建模知识积极申报大学生创新创业训练计划项目，所申报项目"用网络点餐实现食堂数字化管理"在2019年5月获得校级重点立项，6月获得省级立项。同一时期，他们还成功通过数学建模竞赛校内选拔赛，开启了紧张的备赛征程。

2019年暑假，团队三人参加了学院组织的为期15天的建模培训，培训的每一天都格外充实，早晨7点之前赶到教室，晚上10：30之后回寝室，除去必要的吃饭和睡觉时间外，他们不放过任何可以用来学习的时间，学习算法编写、软件操作、论文写作。他们注重合作，团结一致，同时又根据建模竞赛的特点和每个成员擅长的领域进行了合理分工：史莉娟对数学知识较为熟悉，更多地负责题目的数学解题思路和框架，以及数学算法的设计；郭锦权的计算和编程能力较强，负责把解题思路和设计进行计算机实现；邓萍的文笔较好，负责将两位同伴的工作进行文字表述，转化为论文。他们对从未接触过的专业术语感到混乱，被数字的排列组合、推算演变弄得焦头烂额。放弃、休息等想法曾无数次出现在他们的脑海里。但每掌握一点新知识、解开一道难题的成就感，让他们感到离自己的目标和梦想越来越近，给予他们坚持的动力。

经过了两次模拟竞赛，2019 年 9 月 12 日到 15 日，终于迎来了正式的比赛。从 12 日下午 6 点拿到题目开始，他们就进入了紧张的赛程。在这个过程中，他们秉承着"一直钻一直钻总能想到一种合适的方法，再综合考虑题目的要求，就能把题目完成"的理念，紧张而有序地分工合作。比赛那几天他们吃饭点外卖，午休不超过半小时，晚上近 12 点才离开机房，14 日晚更是通宵熬夜解题，饿了吃碗泡面，困了就到窗户边吹风。得益于前两次的认真模拟和长时间的扎实学习，他们较好地把握了解题节奏，在 15 日晚上 10 点多成功提交了论文和相关材料。

付出的汗水，终有一天会让梦想开花结果。2019 年 10 月，湖南省大学生数学建模竞赛的成绩终于公布，"建模合伙人"团队获得了湖南省一等奖。11 月，更大的惊喜降临，他们获得了数学建模竞赛国家级一等奖，这是学校在这项赛事上的历史性突破！好事成双，同月，《教育部高等教育司关于公布 2019 年国家级大学生创新创业训练计划项目名单的通知》公布，他们申报的创新训练计划项目"用网络点餐实现食堂数字化管理"获得了国家级立项。

不忘初心，开启梦想新征程

成绩和荣誉只代表过去，他们深知未来要走的路还很长。数学建模竞赛告一段落后，他们又投入到创新训练计划项目的研究中，现在正在准备申请"智能食堂数字化管理系统"的国家发明专利。另一方面，作为公费定向师范生，他们也时刻不忘夯实专业基础、提升专业技能，朝着卓越教师的目标努力，让更优秀的自己引领更多乡村的孩子，为乡村教育的振兴贡献自己的力量。

胡适先生曾经说："怕什么真理无穷，进一寸有一寸的欢喜。"学习之路是永无止境的，追求理想的道路也不是一帆风顺的，但是，他们会永远在路上，追寻那一寸一寸的欢喜，踏实前行，不忘初心，开启梦想新的征程。

向下扎根　向上开花

——马克思主义学院　文雪微

文雪微，2020 年"学习标兵"（校级），马克思主义学院 2017 级思想政治教育 2 班学生。在校期间，她脚踏实地，勤勉刻苦，力求做一个德智体美劳全面发展的大学生。曾获中国生态文化协会大学生征文比赛全国一等奖、第三届"明渊杯"全国青少年自由写作大赛三等奖等荣誉。

文雪微是思想政治教育专业的公费师范生，她致力于成为扎根在教育基层的优秀教师。每每见到她，脸上都是带着自信的笑容，这种自信来自她日积月累的知识沉淀，来自她在校内外各平台展示自我时所赢得的肯定，也来自她作为学生干部服务同学时所得到的支持。她在大学里一点一滴收获，一步一步成长，最终成为一个获得国家级、省级、校级等 20 余项荣誉的优秀毕业生。

（辅导员　周丹妮）

第一次见雪微，是在六年前。曾经的文静少女如今已经可以独当一面了。她勤于学习，高分与证书皆得；她忙于工作，认真与热忱全付。面对困难，她很少诉苦、抱怨，仿佛永远都在告诉我坚持的意义。初识时温柔如风，深交才知她坚韧如松。她当得起"优秀"二字，但她的志向远不止于此，我期待着她活出自己想成为的模样，活得有声有色。

（2017 级英语师范 5 班　李睿佳）

学向勤中得，萤窗万卷书

我在学习上认真细致，勤学刻苦，努力夯实专业知识根基，力求把专业知识学细、学实、学深、学透。我的学习成绩在 2019—2020 学年名列班级第一，专业课平均分达 85 分以上，综合测评成绩连续三年名列班级第一。此外，我一次性通过国家计算机二级、普通话二级甲等、国家汉字应用水平二级、初级高级中学教师资格证等考试；曾于 2017—2018 学年、2019—2020 学年两次获校级二等奖学金，于 2018—2019 学年获校级三等奖学金；于 2019—2020 学年获"春华秋实"奖学金及"校级三好学生"等荣誉。课外时间，我爱好阅读与文学写作，利用零碎时间进行移动学习，培养良好的管理意识，提高自我管理能力，坚持每天阅读 1 小时，每月精读 4 本书，同时积极输出，将所思所想化作文字，我始终相信文字温柔有力量，立志做一名坚定的记录者。此外，我多次参加征文比赛，2021 年作品《井》在省级期刊《湖南文学》发表，2019 年作品《来生树》荣获中国生态文化协会"新中国 70 年·我家乡的变化"大学生征文比赛全国一等奖，2019 年作品《苦酒》荣获第三届"明渊杯"全国青少年自由写作大赛三等奖，2018 年作品《无声告白》荣获首届"雁城杯"征文比赛校级二等奖等。在文学创作这条路上，我始终相信自己可以越走越远。

业精于勤，行成于思

我秉持严谨的学习态度，坚持学与思、学与问、学与行相结合，曾在 2020 年获"第二届全国师范生微课大赛"优秀奖、衡阳师范学院"富企来杯"第三届师范生素质五项技能大赛暨第六届师范生教学技能大赛综合奖和优胜奖，2018 年获准教师比武入赛院级二等奖，真正做到了理论与实践相结合。我曾任法学院微光志愿者协会会长，组织参加志愿活动 20 余次，累计志愿服务时长 300 小时，受益人数在 300 人以上，我希望能将温暖传递给更多的人。我曾作为湖南省第十三届运动会暨第十届残疾人运动会志愿者、衡阳市首届国际马拉松比赛志愿者，获 2019 年校级"道德之星"、2020 年衡阳师范学院向上向善扶贫助困好青年等荣誉。除此之外，我在担任学生干部期间，服务于广大师生，能够合理安排时间，较好地平衡工作、学习和生活，是一名德智体美劳全面发展的学生。我在大一至大三连续三个学年里获校级"优秀学生干部"，在 2018—2019 学年获校级"优秀学生干部标兵"，在大二和大三两个学年里均获"优秀共青团干部"的荣誉称号。

不忘初心，继续前行

千淘万漉虽辛苦，吹尽狂沙始到金。如今我已毕业，如果要问我在大学里学到了什么，我会说：尝试与坚持。人生中难免会有"百步九折萦岩峦"之际，但要学会知难而进、平衡心态、勇于尝试、敢于试错、自强自立。在未来的日子里，我将带着这份勇敢与坚定，继续秉承勤奋刻苦、认真严谨的学习态度，在深入钻研专业知识的同时，努力提升自己的教师素质，提高自己的教学水平，成为一名全面发展的卓越教师，聆听更多孩子花开的声音。

"雄关漫道真如铁，而今迈步从头越。"我不惧怕暂时的落后与迷茫，也不以取得的辉煌成绩而骄傲自喜。我相信，在未来的日子里，我会一如既往地努力，一直保持今日的初心与热忱，在哪里扎根，就在哪里绽放，无愧于自己的青春芳华！

探索文字传递爱

——文学院 何晴

何晴，2020 年"学习标兵"（校级），文学院 2018 级汉语言文学 2 班学生，在校期间，品学兼优、积极探索，坚持综合素质全面发展，曾任 2018 级汉语言文学卓越班生活兼权益委员、文学院易班工作站办公室副主任。曾获国家奖学金、第十五届全国大学生文学作品大赛二等奖、第四届湖南省大学生写作竞赛二等奖等荣誉。

何晴同学政治思想坚定，追求进步，学习认真，待人真诚，适应能力强。2018 年作为新生代表在新生开学典礼上发言，经过大学的磨炼，现在的她品学兼优，获得的荣誉和奖项不计其数。"功崇惟志，业广惟勤"，希望她踏实地守住一方天地。时光荏苒，岁月如梭，韶华不负，未来可期！

（辅导员　方慧）

何晴在我的印象中是一个"腹有诗书气自华"的女孩子。在生活中她把谦逊这个词做到了极致，荣获诸多奖项的她未曾停下脚步、满足现状，而是乐观进取、求真探索、顽强奋进、力争更好。她能取得今天的成绩和光芒，付出了我们难以体会的辛苦。能拥有这样一位好朋友，我感到很骄傲！

（2018 级汉语言文学 3 班　雷萱）

爱党爱国，思想端正

我热爱祖国，积极向党组织靠拢。我于 2019 年递交了入党申请书，同年参加了文学院分党校第 59 期入党积极分子培训，考试合格获得了结业证书。我在 2018 年、2019 年均获得衡阳师范学院"优秀共青团员"的荣誉称号。

狠抓专业，积极探索

我一直以"博学之，审问之，慎思之，明辨之，笃行之"的标准要求自己，求学问知，连续两年的学习成绩与综测成绩均位列班级第一。在 2019 年，我取得了全国计算机等级考试二级 MS Office 高级应用合格证书、普通话水平测试二级甲等证书、全国大学英语四级和六级证书。

我深知德智体美劳全面发展的重要性，所以，在巩固基础知识的同时，积极投身研究性学习、学术文化活动和科技创新活动，并取得了不错的成绩。2019年 6 月，我获得衡阳师范学院第五届研究性学习成果展示竞赛决赛一等奖；2019年 11 月，我通过了衡阳市作家协会第一届中青年作家文学创作研讨班考核。

"纸上读来终觉浅，绝知此事要躬行。"作为两个科技创新活动的项目负责人，我于 2020 年和小组成员一起制定好周密的调查方案，分组前往衡阳市衡阳县、衡山县与衡南县进行实地调查。在调查时间紧、调查对象相对分散、调查环境相对恶劣的情况下，我和课题组成员在做好疫情防护工作的基础上与当地村委会取得联系，掌握了三峡移民的基本情况并入户考察。虽然调查地点交通不便，但我们还是克服了种种困难走访了不同村落。我们用脚步丈量调研之路，也取得了不错的成效。

探索语言，全面发展

语言的神奇之处值得我用一生去探索。在课余时间，我积极参加英语竞赛并获奖：2019 年 9 月获全国高校创新英语挑战赛优秀奖，2020 年 5 月获 2020 年度"希望之星"英语风采大会湖南省分会区三等奖和湖南省大学生网络口语竞赛二等奖。

我也始终谨记自己选择汉语言文学专业的初衷——提升专业素养，做勤勉优秀的师范生。我积极参加学科竞赛，把握每一个提升自我的机会，也获得了诸多荣誉：2019 年 10 月，荣获湖南省第四届大学生写作竞赛衡阳师范学院选拔赛一等奖；2019 年 11 月，荣获第四届湖南省大学生写作竞赛二等奖；2019 年 5 月，文章《不负情谊不负卿》获得第十五届全国大学生文学作品大赛二等奖；2018 年 9 月，获衡阳师范学院"我要上典礼"开学典礼发言代表选拔活动一等奖。除此以外，我还在 2021 年 10 月获得了衡阳师范学院"富企来杯"第三届师范生素质五项技能大赛暨第六届师范生教学技能大赛优胜奖的成绩。通过这些经历，我加深了对专业知识的宏观把握，并不断思考如何将所学运用到中小学语文教学之中。

心系社会，志愿服务

2020 年是不平凡的一年。在疫情肆虐的情况下，我投身于社区服务，协助工作人员测量来访人员的体温。于我而言，参加社会实践与志愿服务是常态化行为：2019 年 7 月 29 日至 8 月 2 日，我在社区进行"投身社会服务，倡导垃圾分类"的实践活动；2018 年 11 月，我被评为湖南省第四届师范生教学技能大赛优秀志愿者；2019 年 3 月至 6 月，我担任了衡阳市珠晖区曙光小学支教志愿者，教授小学五年级语文课程；2019 年 6 月，我是衡阳师范学院第十七届校园十佳歌手大赛志愿者；2019 年 3 月，我是 2019 裕华集团湖南衡阳首届国际马拉松赛志愿者……在社会实践和志愿服务的道路上，我始终心存善良，与爱同行。

我曾在新生开学典礼上说过："我们衡师学子，定当孜孜汲汲，努力寻找实现自我价值的路径和方法，给老师，给家人，给自己一个满意的答复。"我时刻谨记自己的目标，以"厚德、博学、砺志、笃行"的校训严格要求自己，努力成为一个拥有高尚情操、踏实严谨的人。在未来的时光里，我定会不忘初衷，在最美韶华放飞青春梦想，用点滴汗水书写人生篇章！

以声之名　治愈心灵

——音乐学院　黄新月

　　黄新月，2020 年"学习标兵"（校级），音乐学院 2018 级音乐学 2 班学生，她积极上进、全面发展，曾荣获国家奖学金、国家励志奖学金、校一等奖学金、校三等奖学金等荣誉。

> 　　黄新月同学给我的最初印象是一个温柔腼腆的小女孩。通过三年多的磨砺，如今的她已经是一名能力出众、能独当一面的学生干部。她善良、有爱心，作为小百灵志愿服务的形象大使，宣讲细致生动，用最热忱的心支教。雏鹰的生长是翅羽的丰满，树木的成长是年轮的增加，在过去的几年里，我见证了她的成长、成才，未来的日子期许她成功。
>
> （音乐学院党总支副书记　陈雅斐）

> 　　新月让我坚信了"越努力越幸运"这句话，在学习和生活中，我觉得她都是一个标杆。我喜欢与她一起在琴房练歌，每次一待就是一个下午，只为唱出那个正确美妙的音调；我喜欢与她一起去尝试各种活动，探索未知的事物。她开朗和踏实的性格总能在各个场合闪烁光芒，我相信她一定能在自己喜欢的领域发光发亮！
>
> （2018 级音乐学 2 班　刘君艳）

砥砺奋进，勤学专业知识

　　我出生在一个小城镇，父母都没有固定的工作，靠打工维持生计。由于家庭底子薄、负担重，现已是债台高筑。作为长女的我，从高中起便开始找兼职贴补家用，减轻家庭负担。在这种环境下成长，我比同龄人更懂事、更成熟、更稳重，也造就了自己踏实努力、坚韧不拔的性格。

　　2018 年我被衡阳师范学院录取，跨越 1 200 多千米来到衡阳。可由于区域教育的差异，我身边的同学大多从小就接受音乐培训，而我只是半路出家，这让我经常感到自卑，在入学专业摸底考试时，我是班上的倒数几名。虽然心里很难过，但我却毫不气馁，痛下决心，一定要用自己的努力缩小与其他同学的差距。

我选择先从文化课开始下苦功夫，专业课再慢慢地日积月累。学习目标确定后，我每次上课总是坐在第一排的位置，认真听讲、记笔记，课后积极完成作业。清晨第一个来到教室的是我，深夜最后一个离开教室的也是我。当别人逛街购物或休闲娱乐时，我在琴房练琴或者练声，通过十倍甚至百倍的努力付出，我的文化课成绩终于连续两年排名年级第一。

学院里所有学术讲座我没有落下一场，所有的专业汇报和演出机会我都积极报名参加，这也使自己的专业素养得到了大幅度的提升。功夫不负有心人，我参加的女声小合唱《最爱的亲人》荣获 2020 年湖南省第六届大学生艺术展演活动一等奖。

勤勉向上，苦学管理技能

进入大学以来，我就一直注重综合素质的提升。大一我加入了音乐学院分团委学生会、学工处若兰淑女班、大学生艺术团主持队、礼仪队、至乐艺术团等社团组织。从未当过学生干部的我，要在大学里学习到书本上没有的东西，培养自己的管理能力、组织能力及人际交往能力等。我在担任音乐学院党建部部长时，在组织党员发展、党员主题活动和党支部党建材料整理等方面做了大量扎实的工作，竭尽全力为学院入党积极分子、学生党员服务，在同学中赢得了良好的口碑，同时也在各项党员活动组织过程中提升了自己协调能力、组织能力和社交能力，现在已经成为音乐学院党总支党建工作的有力助手。同时我还秉承艺多不压身的理念，参加各项社团活动，丰富了课余生活、拓展了知识面，在工作中学习，在工作中成长。

乐于奉献，苦练教学基本功

初中的时候，我在电视的新闻联播上看到过"最美乡村教师"的事迹介绍。那时，我就立志要当一名人民教师，萌发了要做"志愿者"的愿望。大一时我毫不犹豫地加入了音乐学院"小百灵"青年志愿者协会，在这期间，我用实际行动诠释"奉献、友爱、互助、进步"的志愿者精神。我还加入了"乡村音乐教室"志愿服务队伍，几年来一直坚持每两周以一名支教老师的身份踏入乡村学校给孩子们上课，刷新自己的定位，认真上好每一堂支教课，教会乡村孩子知识、教会他们做人、培养他们家国情怀。在那里，我被孩子们单纯的举动和言语所打动，与孩子们打成一片，用歌声带给孩子们快乐，用精彩的课外活动驱散留守儿童心灵的孤独。

我作为"乡村音乐教室"团队主要成员积极拓展，全面发展，参加各种比赛：2019 年"乡村音乐教师"志愿服务项目荣获湖南省第四届青年志愿服务项目大赛金奖；2020 年"乡村音乐教室"行动项目荣获湖南省"建行杯"大学生创新创业大赛二等奖、衡阳师范学院第六届"互联网+"大学生创新创业大赛一等奖、湖南省"雷锋杯"志愿服务项目大赛 60 强和 4A 项目等荣誉。2019 年 12 月 1 日衡阳广播电视台对我支教的事迹进行了采访和报道。

2021 年我参与了衡阳师范学院"我和我的学校"《向更好的我们出发》MV 的录制，1 月 11 日湖南教育电视台、新湖南、微言教育等微信公众号均进行了报道，1 月 14 日微言教育微信公众号也进行了报道。

在这一系列的比赛和活动中，我不仅锻炼了自己各方面的能力，还开阔了眼界，学到了新的项目实施方法、服务理念，也坚定了继续服务乡村教育的信念。

积极探索，投身创新实践

我认为学生不仅要学习理论知识，还要注重创新实践，两年的支教历程让我发现，乡村学校的音乐教育仍存在一些问题：一是对音乐教育不重视，教学观念落后；二是音乐教师严重缺失，师资力量薄弱；三是乡村孩子学习音乐的欲望非常强烈，但学习条件极为有限。于是我去图书馆查阅资料、去中国知网查阅文献、去不同的乡村进行实地考察、去各种培训班进行系统培训、在网上与全国的志愿者进行交流研讨，在本校老师的指导下，对音乐教育扶贫进行系统研究，经过无数个昼夜的伏案写作，无数次修改论文细节，终于撰写出了《"乡村音乐教室"志愿服务助力教育扶贫实践探索》一文，并于 2020 年 5 月发表在《青春岁月》杂志上。凭借此作品，我参加了衡阳师范学院第二十届大学生课外学术科技作品竞赛，获得了重点立项二等奖。现在，我不但成为"乡村音乐教室"志愿服务团队的核心骨干，还成了学弟学妹们的志愿导师。

"生如蝼蚁，当有鸿鹄之志。"这是我的人生理念，也是我砥砺前进的动力。我将朝着自己既定的目标勇敢坚定地走下去，活出属于自己人生的那份精彩。

永恒的法律守护者

——法学院　文子纯

文子纯，2020年"学习标兵"（校级），法学院2017级法学1班学生，曾任法学院分团委学生会团学办公室副主任、新生班导。她在学习上脚踏实地、勤奋好学；生活中严于律己、热情待人。面对各种困难，她始终坚信：越努力越幸运。

子纯是一个积极向上、勤奋刻苦的学生。大学四年，她一直努力向着自己的目标靠近。她以高分通过法考，考上选调，考上事业单位，当大多数毕业生还在为未来工作发愁的时候，她已经有了好几个选择。一份份成绩的背后离不开她的刻苦努力。上天从来不会亏待每一个努力的人。相信她未来的道路一定会越走越宽，越走越好！

（辅导员　钟佩玲）

热烈而真诚、敏捷而全面，就是这个厉害的女孩给我留下的印象。我内心由衷地喜欢、欣赏她。在学习上和她讨论，一定会学到不少知识；在工作中和她合作，一定能完成得很出色。一直以来，她都是我学习的榜样。

（2017级知识产权1班　李金阳）

刻苦学习，勇攀高峰

学习是第一要务。我的学习目标明确、态度端正、刻苦努力。正是因为有着这种信念，我的成绩在班级中名列前茅，大二学年的综测成绩和学习成绩均位列班级第一，并获得2017—2018年校级三等奖学金、三好学生。此外，我积极参与学科知识竞赛，荣获湖南省"学宪法讲宪法"竞赛大学组一等奖。同时，我也利用课余时间自学其他技能，取得工息部教育与考试中心速录师四级技能证以及法学院第五届法庭速录竞赛二等奖。

知法明礼，学以致用

学习不能只停留在书本上，更重要的是将学到的东西运用到实践中去，我加入了湖南省衡阳师范学院工作处法律援助中心，希望用自己的专业知识和实际行动去帮助需要帮助的人。在 3 月学雷锋活动月中，我积极推进"法治进社区"，向衡阳市珠晖区冶金街道建国里社区的居民传播法律知识，并耐心为居民解答知识疑惑。我还协同律师一起参与衡阳市雁峰区人民法院开庭审理工作，积极帮助当事人解决法律上的问题。我想，能将自己所学到的知识真正化为行动，运用到生活当中，何尝不是一种快乐呢？去成为自己想成为的人，付诸行动，是对自己的一种鼓励，也是对自己梦想的坚持。在这个过程中，我必将不忘初心，砥砺前进。

自立自强，认真负责

在工作方面，在担任院分团委学生会团学办公室副主任时，我工作认真负责，具有较强的组织能力和管理能力，有较强的集体荣誉感，注重团队合作。我深刻认识到作为一名学生干部所肩负的责任，立足本部特点，结合学院实际，在老师的指导下落实学生会制度建设，做好办公室的本职工作。我曾担任新生班导，积极投身于新生班级的管理与建设，不断奉献自己，为学弟学妹们做好榜样。

坚定信念，不断前进

我严格遵守法律法规和学校的各项规章制度，有良好的道德修养，树立了正确的世界观、人生观、价值观。我热爱祖国，拥护党的领导，坚持科学理论知识的学习，不断提高自身的科学文化政治素养，做到理论与实践相统一，积极参加各类志愿者活动，在实践中服务社会和他人，为社会的发展贡献一份力量。

一切的成绩终究属于过去，明日东方又有一轮崭新的红日升起，人生如旅途，我亦是行人，凡是经历过的，必将留下足迹，不一定掷地有声，却是永恒的记忆。我将珍惜在大学里的每一天，将自己有限的精力投入无限的追求中去！

我的未来我做主

——地理与旅游学院　李优

李优，2020 年"学习标兵"（校级），地理与旅游学院 2018 级地理科学 3 班学生，她学习刻苦、工作出色、德智体美劳全面发展，带着明确的奋斗目标、百倍的信心、万分的努力前进，牢牢把控着自己的人生，不断朝着理想的高峰攀登。

> 李优同学在我印象中是一个特别上进的学生，她学习成绩优异，曾获国家奖学金、"优秀学生干部"和"三好学生"等荣誉；工作认真负责，善于思考，遇到问题积极与老师沟通寻找解决办法，综合能力比较突出。相信她在未来一定能成为一名优秀的人民教师。
>
> （辅导员　谭盛广）

> 李优是一个阳光向上、脚踏实地、有毅力的人。在初等教育学院时，大家刚开始接触毛笔字，都不太会写，李优每晚会花一个小时练习，就算熄灯了也要坚持写完，日积月累，她的毛笔字写得非常出色。她后来加入英语协会，每次看到她，不是在练习英语单词发音，就是在看英文文章，真的是一个很自强、很上进的女孩子。
>
> （2018 级地理科学 3 班　辛宇）

思想进步，紧跟党走

大学是世界观、人生观、价值观形成的重要阶段。一直以来我都积极向党组织靠拢，大一时我就递交了入党申请书，现在我已经成为一名预备党员。我一直努力学习党的理论知识，时刻以党员的标准要求自己，以先进正确的思想和理念武装自己的头脑。在工作中任劳任怨，生活中艰苦朴素，希望成为同学们的榜样。

刻苦学习，成绩优秀

我始终牢记学习是学生的第一要务。在过去的两年中，我刻苦努力，抓紧分分秒秒学习专业知识，同时博览群书，拓宽知识面。在老师的指导和同学们的帮助下，我取得了理想的成绩：在 2018—2019 学年荣获校级"优秀学生干部"荣誉称号和校级三等奖学金；在 2019—2020 学年专业成绩排名第一，学年必修课程超过 80 分，单科平均分 90.44，并荣获国家奖学金、校一等奖学金和校级"三好学生"等荣誉奖项。

"踏实做事，诚实做人"是我为人处世的原则。我乐于与同学们分享我的学习经验，与大家交流沟通、互相学习、取长补短。我会在完成老师布置的学习任务的基础上，积极进行自主学习。学习的过程中有苦有甜，看着自己用汗水换来的成绩，心里的感动和喜悦总会油然而生。

工作出色，认真负责

我曾担任班级学习委员、EH 英语协会副会长、班级校友联络员、守望者心理工作室助理等职务。工作认真勤恳，时刻做好自己的本职工作，虚心向他人学习，以全心全意为同学服务为自己的工作宗旨，以热心诚恳、乐观向上为自己的工作态度。此外，我还多次参与社会实践活动，如参加曙光小学文艺汇演、解放小学支教、南华附属医院服务等志愿活动，为广大社区人民提供无私的帮助，奉献爱心。

立足专业，全面发展

作为地理科学专业的学生，我深知动手能力的重要性，因此，在学习专业知识的同时，我积极参加各项课外活动，将专业知识付诸实践。我参加了 2019 年度湖南省创新创业项目，通过了校级普通立项，并以第二作者的身份发表论文《赣南地区花岗岩型红土剖面粒度特征及其环境意义》。2020 年，我在"外研社杯"大学生英语演讲比赛中荣获 2020 级地理与旅游学院英语演讲比赛一等奖、衡阳师范学院第二十届大学生英语演讲比赛非专业组二等奖，并获得了湖南省第二十六届普通大学生英语演讲比赛非专业组三等奖。现在回首那几个月马不停蹄的准备，心中蓦然升起一阵温暖与幸福。犹记得老师们一次又一次地督促我写稿、背稿，为我加油鼓劲，也记得临赛前朋友们的祝福，让我觉得自己不是在孤身奋战。

在工作学习之余我还注重德智体美劳全面发展。积极参加各项课外活动，丰富提升自己，努力成长为一名品学兼优、综合素质过硬、专业素质突出、全面发展的大学生。

同时我也明白荣誉好比圆形的跑道，既是终点也是起点，再好的成绩已是过去，不能作为骄傲的资本，未来的目标才是我们更高的追求，只有不断努力，不断完善自己，才能拥有美好的未来。

自强不息，奋斗不止

我来自一个偏远的农村，父母都是农民，全家一共五口人，爷爷身体不好，妹妹年幼，加之爸爸身体残疾，家庭收入微薄。但是农村的生活赋予我吃苦耐劳、不畏艰难险阻的品质。在节假日我进行了大量的社会实践活动，通过课余时间做家教、假期做兼职等方式赚取生活费，以此来减轻家庭负担。

我从没有因为家庭困难而自卑过，我时刻告诫自己：虽然我不能选择我的出身，但我可以把握自己的命运、掌舵自己的未来。坚强的意志和不服输的精神支撑我在人生的道路上走得更远。

"路漫漫其修远兮，吾将上下而求索。"在未来的生活中，我将以百倍的信心和万分的努力去迎接更大的挑战，用辛勤的汗水和默默的耕耘谱写更美好的明天！

始终如一　坚持到底

——物理与电子工程学院　谭鹏

　　谭鹏，2020 年"学习标兵"（校级），物理与电子工程学院物理学 4 班学生。她勤练教师基本功，提高自身教师职业技能，积极投身实践，志为人师。曾获"优秀共青团员""三好学生"以及国家奖学金等荣誉。

　　聪慧、勤奋、自律、优秀，这是我给谭鹏同学的四个标签。她在校期间认真学习专业技能，曾荣获国家奖学金和各类校级奖学金，拿到了不少证书；她连任三届班长，热心服务同学，并积极投身于各类社会公益活动，多次荣获"三好学生"和"优秀学生干部"的荣誉称号；她每天都坚持早晚自习，周末就泡在自习室，从不同层次、不同角度不断磨炼自己，提高自己；她目标坚定，在通往优秀的道路上砥砺前行，被评为 2020 年度十大"学习标兵"（校级）、湖南省 2021 届优秀毕业生。不忘初心，方得始终，过去谭鹏以物理与电子工程学院为荣，相信未来物理与电子工程学院会以谭鹏为傲。

（辅导员　赵鹏）

　　我和谭鹏同窗六年，她是个聪明、努力、上进的女孩。我见过泡在自习室刻苦努力的她、竞赛场上大放异彩的她、实验室里专注投入的她、电脑前忘我工作的她……小小的身体蕴含着大大的能量。她永远都是那么积极向上，充满正能量。我觉得遇见她是我一生的幸运。

（2017 级物理学 4 班　刘婧）

脚踏实地，厚德博学

　　在学习上，我积极钻研专业知识，态度端正，勤奋刻苦。在课堂上，我认真听讲、积极与老师互动，课后及时回顾复习，善于总结学习经验，不断改进学习方法。大一时我顺利取得国家计算机二级 C 语言证书和全国大学英语四级证书，大二时取得国家计算机三级网络技术证书和全国大学英语六级证书，大三顺利通过了初中物理教师资格证笔试、面试。

我能很好地平衡学习与工作的关系，连续三年担任班长一职，三年如一日地默默奉献，班级建设成绩骄人。作为班长的我需要全面管理班级各项事宜，积极配合院学生分会以及学院老师的工作，日常事务繁多，但每当我想到这些都与同学们的切身利益相关，再苦再累也有了坚持的动力。我默默付出，服务同学，不求回报，正是这种精神影响到了班级的成员，将集体成员拧成了一股绳，牢牢地团结在一起。在全班同学的共同努力下，班级被评为 2019 年度衡阳师范学院五四红旗团支部。此外，我还带领班级获得了 2018 年物理与电子工程学院"课堂文明公约"设计征集大赛一等奖、2019 年物理与电子工程学院寝室文化艺术节趣味运动会二等奖等荣誉。

我积极参加校级羽毛球比赛、征文比赛、知识竞赛、课外学术科技作品竞赛等。在 2017 年和 2018 年两届衡阳师范学院大学生羽毛球比赛中荣获团体第二名，在 2017 年衡阳师范学院首届宿舍文化艺术节羽毛球比赛中荣获女子单打第三名，在 2019 年衡阳师范学院第十九届大学生课外学术科技作品竞赛中荣获三等奖。作为寝室的一员，我与寝室里其他成员一起认真经营四人的小家，所在寝室先后获得了 2018 年衡阳师范学院"活力型典型示范宿舍"、2019 年衡阳师范学院"四星级寝室"等荣誉。

投身实践，志为人师

在学好专业知识的同时，我还勤练教师基本功，提升自身专业素养和教师职业技能。我积极抓住学校开设的锻炼教师基本素养的理论与实践课程的机会，课后也多次进行家教、支教等实践活动，将所学运用到实践中，进一步提升自己的教师基本素养。在班级里，我会树立良好的学习榜样，助力班级形成良好的学习风气。

在平时的课外生活以及寒暑假中，我积极参加各种类型的志愿者活动和专业实践活动。在寒假期间，我帮助家乡小学组织排演舞蹈、话剧等节目，与孩子们打成一片。我曾组织班级同学去衡阳市聋哑儿童康复中心做志愿活动，给孩子们带去自信与快乐。这次实践获得了康复中心老师的肯定，同时也在学院树立了良好的班集体形象以及个人形象。2018 年暑假期间，我报名参加了湖南省第十三届运动会志愿服务，担任青少年组体操比赛电子裁判以及后勤部志愿者，为省运会比赛贡献自己的绵薄之力。

慎思明辨，笃行致远。在以后的学习生活中，我会不断地学习知识，充实自己；参与实践，提升自己；帮助他人，丰富自己。未来的路还有更多的挑战等着我，但我相信自己能走得更远、看得更高！

愿做园丁　静待花开

——生命科学与环境学院　向建博

　　向建博，2020 年"学习标兵"（校级），生命科学与环境学院 2017 级生物科学 2 班学生。在大学里，她没有放弃过任何一个可以锻炼自己的机会，总是把提升自我、努力进步放在第一位。成为一名优秀的老师是她一直以来都不曾放弃的梦想！

　　在我的眼中，努力、执着、自信、真诚是向建博的代名词。她符合新时代意气风发的大学生形象。她珍惜在大学的每一天，将自己有限的精力投入到学习与进步中。她在支教过程中，传递的不仅仅是温暖，更是无私奉献的精神，展现出了衡师学子的优秀品格！

（辅导员　刘树芬）

　　优秀、上进、幽默、有责任心是她的代名词。她活跃于学校各大舞台，是闪闪发光的辩手，是谦虚自信的全能型学霸，更是志愿支教的小向老师！大学期间她将多项奖学金、各种证书收入囊中。一棵树摇动另一棵树，一朵云推动另一朵云，在她的带领下，生命科学与环境学院 2017 级 2 班成为优秀班集体。希望在未来的生活中，向建博能继续闪闪发光。

（2017 级生物科学 2 班　李格）

宝剑锋利，来自磨砺

　　若想拥有珍贵的品质或出色的才华，就需要自我不断地努力、锻炼，克服诸多的困难。初入校园之时，我的年龄尚小，还不能很好地适应大学的生活节奏，也曾有过手足无措之时，但是我始终保持着积极进取的心态，尽力去克服种种难关，不言放弃！

　　人生的各种经历、各种尝试，都成为我身体和思想的一部分，成为我人生旅途中独一无二的风景。大二我担任班长一职，虽然管理、协调班级的各种工作有些许劳累，但也收获颇多，班级在 2018 年、2019 年均获得了校优秀班集体、五四红旗团支部的称号。2018 年 3 月我参加了第三届大学生政治理论研究成果展示竞赛，在这个过程中我深入乡村学校，了解到了乡村教师真实的现状，也更加坚定了要当一名优秀人民教师的决心。2019 年 11 月，我站上校师范生技能大赛的舞台，同全校优秀的同学们比拼五项技能，这让我收获了宝贵的教学实践经验。在 2019 年年末全国师范生微课大赛中，我设计的微课作品取得了国家级一等奖。我还参与衡阳市环境保护协会的志愿工作，发挥自身的专业特长，帮助落实河长制，发挥公民意识，保卫共同的母亲河。疫情期间，许多农村学校没有办法开课，我主动参与长沙市公益组织发起的线上支教，成为一名乡村支教志愿者，获得了"最美公益支教志愿者"的称号。

在成长中努力，在努力中成长，在迷茫的时候不放弃，终有一天会走过严寒，迎来自己的春天。

努力奋进，思想端正

大学阶段正是我们世界观、人生观和价值观形成的关键时期，树立怎样的理想信念和人生目标，将直接影响未来的人生道路。在日常的学习中，我会用中国化的马克思理论武装自己的思想，指导自己的行动，塑造全新的自我。作为一名积极向党组织靠拢的大学生，我自递交入党申请书之日起，就不断地加强思想理论修养，端正入党动机，积极通过学习强国等平台了解时事，了解党的思想主张，确立起为实现共产主义而奋斗终生的信念。

学以致用，知行并进

为了成为一名合格的人民教师，我努力学习英语、计算机、专业知识等，还积极备考导游资格证、教师资格证和雅思的考试。每天给自己制订了学习计划，循序渐进。我深知不仅这些知识会在今后的工作中发挥重要作用，更重要的是在学习知识的过程中锻炼出来的能力会让我受益终生。通过不断的努力，我拿到了普通话二甲证书、国家计算机等级优秀证书、大学生英语四六级证书和教师资格证书，现阶段正向雅思的考试迈进。在努力学习科学文化知识的同时，我还积极扩展自己的视野。学习之余，我会大量阅读文学和历史作品，每年的阅读量在 30 本以上，还开通了个人的微信公众号，坚持输出自己的所思所想。

目前我正在家乡的中学实习，作为一名刚走上讲台的实习老师，我为了展现一堂精彩的课，常常需要备课到凌晨。在大学校园里面积累的各种经验给了我很大帮助。我一直努力展示出最好的自己，而不仅仅是为了应付工作。在家长会上，我也收获了来自校领导和家长的一致好评。

予人为乐，与己而乐

在日常生活中，我乐于助人、关心同学、以诚待人，拥有和谐的人际关系。作为学院护绿创绿社团负责人，我经常在周末组织学弟学妹进行植物组织培养和植物识鉴活动，帮助大家深入了解专业知识，培养专业实操能力。在这个过程中，大家的积极主动，也深深地感染着我。

我始终认为，人生路漫漫，每一次经历都会帮助我们成为更好的人。得以与身边人相逢，得以与好友为伴，此乃人生的宝贵财富。凡是经历过的，必将留下足迹。努力、执着、自信、真诚是我的写照。我敬畏在大学的每一天，教书育人将会是我奋力追逐一生的事业！我愿做园丁，静等花开。

梦想为帆行动为桨　扬帆起航无惧风浪

——法学院　帅静丽

　　帅静丽，2021 年"学习标兵"（校级），法学院 2018 级历史学 2 班学生，曾任学生工作处新媒体中心采编部副部长。自入校以来，她积极参加校内外组织开展的各类活动，至今已获得国家级、省级、市级、校级、院级荣誉共计 70 余项。

　　帅静丽同学是一个在求学的道路上孜孜不倦，在梦想的领域中熠熠生辉的学生。她学习态度认真，学习成绩连续三年位居班级第一；她努力追求梦想，在写作领域大放异彩，三年来获得七十余奖项荣誉；她友爱同学，乐于助人，是同学和朋友心中的小太阳；她工作成绩出色，能很好地完成老师布置的任务，深得身边人的赞许。希望她未来能够继续坚持写作的梦想，并取得更加优异的成绩！

（辅导员　彭婷婷）

　　从 2018 年我认识帅静丽学姐以来，她一直都是我学习的榜样。我参加辩论、演讲比赛也是受她的影响。在我看来，她极具韧劲，有勇气，执行力强。我们因为写作结识，直到现在我还记得，当我们在夜空下聊起写作时，她的眼里有比星辰还璀璨的光。温文儒雅是她，霁月清风是她，肆意青春还是她。

（2020 级数学与应用数学 6 班　段晓莹）

纵使天空暗，心中灯犹亮

　　如果说天是黑的，那么心中一定要有光，才不会迷路。初二的时候，自卑自弃的我遇到了改变人生的老师，她给当初迷茫的我照亮了一束光。自此，我开始树立自信，努力学好擅长的学科，同时也不放弃偏科的学科，经常出入老师办公室询问题目。在这位老师的教导下，我从年级六十多名一跃为前十，并在初三一

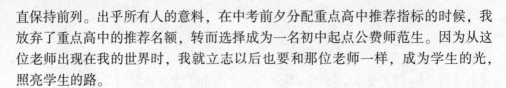

直保持前列。出乎所有人的意料，在中考前夕分配重点高中推荐指标的时候，我放弃了重点高中的推荐名额，转而选择成为一名初中起点公费师范生。因为从这位老师出现在我的世界时，我就立志以后也要和那位老师一样，成为学生的光，照亮学生的路。

独处且安静，行动又坚定

从成绩经常倒数到成绩连年第一，从同学眼中的"学渣"到众人眼中的"学霸"，从迷茫惶恐不知所措到目标清晰志向坚定，从说话低声细语到演讲侃侃而谈，从懦弱自卑到阳光自信，从老师眼中没有天赋只有努力的写作者到写作获奖证书摆满书柜的梦想家。这一切的转变当然不是一蹴而就，如今光辉的我，背后其实付出了许多人都不知道的努力。我自始至终都不肯相信老师说我没有写作天赋的事实，别人说什么"天赋不可逆，努力还是命"，我偏要说"努力换天赋，时间换幸运"。

于是，无论是狭小的阳台，黄昏无人的学校荷花亭，还是夜深人静的书桌，只要我有灵感一定会写下去。只要学校举办和写作有关的活动，我都一定去参加。在别人眼里，似乎我每次写征文一定能拿奖，可没有人知道，那是我用无数个苦思冥想的时刻和不厌其烦改稿的夜晚换来的。我曾经也因为心态崩溃而失眠发烧。在别人惊叹我连续学年成绩和综合测评都稳居班上第一时，却不知道我为了准备好考试，梳理了多少资料，看了多少书籍，背了多少遍，抄了多少遍。我自2018年入校以来在学习上从未松懈过，也从未放弃过梦想。不懈努力终得丰硕成果，获得国家级荣誉8项、省级荣誉8项、市级荣誉2项、校级荣誉40项、院级荣誉10项、国家级期刊发表文章1篇、省级期刊发表文章3篇、省级媒体发表文章1篇、校报发表文章2篇：2020—2021学年国家奖学金、2018年新绎杯大学生生态文化征文全国二等奖（《她与青山在》）、2019年"新中国70年·我家乡的变化"大学生征文全国二等奖（《摆渡》）、2020年"保护野生动物，共建和谐家园"大学生征文全国一等奖（《白鹤女孩》）、2020年"以奋斗青春，担时代重任"易班网全国征文一等奖、2021年第三届"瞳孔之光"青年文学征文全国优秀奖（《那些年，火车与我》）、2018年青年兰夜杯征文全国优秀奖（《写给恋人的情书》）、2021年"百年绿色长征路，峥嵘岁月报国情"大学生征文全国三等奖（《百年古树的自述》）、2019年湖南省青马网"庆祝改革开放四十周年，纪念五四运动一百周年，献礼新中国成立七十周年"主题社会实践活动优秀作品（《走过改革开放四十载，观览农村改变大不同》）、2019年湖南省一校一书优秀读书心得奖（《不认命才是命》——读《红楼梦》有感，同时获校级一等奖)、2020 年湖南省一校一书优秀读书心得奖（《君子之道》——读《诗经》有感，同时获校级一等奖)、2018 年三湘少年阅读之星、2020 年"2020·感动青春"红网征文比赛湖南省二等奖（《以后，我替你保护世界》)、2020 年《新冠肺炎防控知识校园测试题》湖南省优秀奖、2020 年湖南省高校"立德树人"视频学习社会实践证明、2020 年第二届湖南省大学生防艾知识竞赛优秀参赛选手、2018 年衡阳市少年阅读之星、2019 年通过衡阳市作家协会第一届中青年作家文学创作研讨班考核、2020 年衡阳师范学院十大"笃行先锋"、2021 年衡阳师范学院十大"学习标兵"、2019 年"绿色网络，健康生活"征文校级一等奖（《世界上最遥远的距离》)、2019 年一校一书征文校级二等奖（《孤独——生命的礼物》)、2020 年一校一书征文校级二等奖（《从荒芜中出发》——读《这里是中国》有感)、2020 年"凝聚青春，齐心抗疫"征文校级二等奖（《"疫"记》)、2020 年湖南省大学生贯彻习近平新时代中国特色社会主义思想暨第六届大学生思想政治理论课研究性学习成果展示竞赛校级二等奖（《衡阳师范学院大学生使命感现状及提升研究——以新冠疫情为例》)、2020 年"抗疫在行动，微作传暖情"征文校级二等奖（《"疫"记》)、2019—2020 学年衡阳师范学院校级一等奖学金、2018—2019 学年衡阳师范学院校级二等奖学金、2018—2019 学年衡阳师范学院校级三好学生、2019—2020 学年衡阳师范学院校级三好学生、2019 年衡阳师范学院一校一书推广创新案例优秀奖、2020 年衡阳师范学院学生工作处新媒体采编记者团优秀干部、2018—2019 学年衡阳师范学院"春华秋实"奖学金、2019—2020 学年衡阳师范学院"春华秋实"奖学金、2018 年衡阳师范学院学生工作处采编记者团十一月团队之星、2018 年一校一书征文校级三等奖、2021 年"全面小康，奋斗有我"主题征文校级三等奖（《神笔》)、2019 年第三届寝室文化艺术节故事演说比赛校级三等奖（《我与衡师的春夏秋冬》)、2018 年"我与改革开放"征文校级一等奖（《钟声》)、2018 年"寻找身边榜样"新生征文比赛校级一等奖（《海棠迎风开》)、2020 年衡阳师范学院科技创新大赛一般项目立项、2021 年衡阳师范学院"继湖湘精神，扬船山文化"朗诵比赛校级二等奖、2020 年衡阳师范学院三农学社读书心得比赛校级一等奖（《不认命才是命》——读《史记》有感)、2021 年"讲好入党故事，传承红色基因"征文比赛校级二等奖（《你听我说》)、2019 年"仁慈友善，感恩尚上"征文校级优秀奖、2020 年衡阳师范学院"四型之笃行型"寝室、2019 年衡阳师范学院校级文明和谐示范寝室、2018 年"言值杯"辩论赛校级三十二强、2018 年习近平新时代中国特色社会主义思想"天天见天天新天天深"主题征文校级三等奖（《海棠迎风开》)、2020 年"于寝相识，幸会甚哉"征文比赛校级优胜奖（《雨季的一场突变》)、2021 年衡阳师范学院易班站"四个自信"主题活动征文校级优秀作品（《爷爷这一生》）、2020—2021 学年衡阳师范学院校级一等奖学金、2020—2021 学年衡阳师范学院校级三好学生、2021 年衡阳师范学院第二十一届大学生科技创新项目竞赛校级三等奖、2019 年第三届寝室文化艺术节个性寝室校级入围奖、2019 年"大学生新媒体知识竞赛"校区海选赛校级一等奖、2019 年"从心开始，一路阳光"心理征文院级二等奖、2019 年法学院寒假社会实践优秀报告、2019 年"仁慈友善，感恩尚善"演讲比赛院级三等奖、2018 年法学院励志之星候选人、2020 年抗疫之三行情书院级二等奖、2020 年"你我皆'雷锋'，共同护生态"院级优秀口号、2019 年"仁慈友善，感恩尚善"征文比赛院级一等奖、2021 年"讲好入党故事，传承红色基因"征文比赛院级一等奖、2021 年衡阳师范学院第六届"互联网+"创业大赛院级二等奖，2020 年国家级期刊《生态文明世界》刊登文章《摆渡》、2019 年省级期刊《社会科学 II 辑》收录文章《人间有味是清欢》和《唯一的地球》、2018 年省级期刊《十几岁》刊登文章《成熟也是一种选修》、2020 年湖南省红网刊登文章《以后，我替你保护世界》、2019 年衡阳师范学院校报发表文章《海棠迎风开》、2020 年衡阳师范学院校报发表文章《不认命才是命》。这些荣誉和奖项都见证着我这些年来的努力。

用力去拼搏，梦想开出花

每当寒暑假同学在走访亲戚、拜年、玩手机、旅游的时候，我却在学习下一个学期该学的东西，并完成了相应的习题。所以新学期上新课我从不慌张，任课老师也夸赞我。我不仅把专业基础知识学得很扎实，更是一举通过计算机考试和英语四六级考试。我曾在"三校言值杯"辩论赛、院级辩论赛中担任四辩职位，舌战群儒，与队友携手一起创造了良好的成绩；我的声音温婉而有力量，直击每个人心，在 2018 年"仁慈友善，感恩尚善"演讲比赛中荣获院级三等奖；我的文章曾三次刊登于《潇湘晨报》旗下省级刊物《十几岁》上，两次被刊登于《衡阳师院报》上，更是在国家级、省级、市级、校级、院级的许多征文比赛中斩获佳绩，如 2020 年易班网"以奋斗青春，担时代重任"征文全国一等奖、2019 年湖南省一校一书优秀读书心得、2019 年湖南省青马网"庆祝改革开放四十周年，纪念五四运动一百周年，献礼新中国成立七十周年"主题社会实践活动优秀作品、2020 年湖南省一校一书优秀读书心得，2020 年在国家级期刊《生态文明世界》发表文章《摆渡》，2019 年通过衡阳市作家协会第一届中青年作家文学创作研讨班考核。我不仅在征文比赛方面表现良好，在工作方面也不落下，2018 年我加入了衡阳师范学院学生工作部新媒体中心采编部，成了一名采编记者，积极工作，认真写稿，大一至大三学年发表推文 30 余篇，在大一时获得了"团队之星"的称号，在大二时获得了"优秀干部"的称号。

"越努力越幸运"，我身上有的是一腔追逐梦想的热血，未来，我将朝着一名优秀的人民教师和优秀作家的梦想坚定地走下去，让青春在祖国最需要的地方绽放最美的光彩！

追寻科创的星光万点

——化学与材料科学学院 刘艳

刘艳，2021 年"学习标兵"（校级），化学与材料科学学院 2019 级化学 1 班学生，现任学生开放实验室光明科技创新团队学生负责人。曾获"挑战杯"中国大学生创业计划竞赛国家级铜奖、全国大学生节能减排社会实践与科技竞赛三等奖、湖南省"'互联网+'大学生创新创业竞赛"银奖、全国大学生实验创新设计大赛华南赛区二等奖等荣誉。

> 刘艳是一名学习能力和思辨能力较强的同学，喜欢深入分析问题，敢于探索创新，总能以乐观和自信的心态面对挑战。大学这几年里，她因为脚踏实地而成长，因为努力奋斗而优秀，希望她能够乘风破浪，扬帆远航！
>
> （辅导员 唐升）

> 独立且昂扬，上进且笃定，温柔且纯净。在我看来，刘艳除了这些优点之外，她还有难以复刻的知性。荷能承风擎雨，菊可傲霜凌寒，牡丹国色天香，她是集大成者。同窗两年多，她的性格不骄不躁，三观端正不倚，思想也极富思辨力。我感受到了她宏大的格局、丰盈的内心力量，这些由内而外透出来的东西支撑着她的言行举止：清而不娇，直而不粗，她就是如此。
>
> （2019 级化学 1 班 唐胤恒）

选择化学，奔赴热爱

兴趣是求知的导向。我在幼儿园时喜欢涂涂画画，喜欢绚丽色彩，也喜欢调色。那时候还太小，理解不了物理和化学的概念，更不知道二者如何划分，只是觉得将蓝色与黄色混合得到绿色是一种超级神奇的变化。年长几岁后，偶然看到了一本关于化学元素的科普读物，它将各个元素被发现过程中的掌故逸话、代表性化合物以及当前的主要用途依照元素周期表的顺序一一道来，语言生动有趣，插图丰富精美，我读得津津有味，对化学的兴趣也更深了几分。真正地接触化学学科之后，我对它的兴趣更为浓厚了，我很喜欢化学反应产生的光与热，钟情于那些美丽绚烂的晶体，沉醉于化学物质的微观构造，也正是因为有了这份热爱，在高考填报志愿时我毅然填报了化学专业。

追寻科创的星光万点

大一刚入学，怀揣着对实验室的好奇、对科创的热血，我在 2019 年 10 月加入了光明科技创新团队——一个拥有十多年历史的学生开放实验室。当时，我没想到未来的整个大学生活都将与它紧密相连。

第一次加入实验室的我很迷茫，幸得团队中老师和学长学姐耐心的指导与关心，我慢慢消除了局促不安的焦虑情绪。加入实验室以来，我一直从事环境功能材料的研发以及水污染的治理与修复等环境分析方向的研究工作。从 2019 年开始，我就以合作人的身份参与了多个项目的研究，以主持人身份主持了多项课题，共获得国家级荣誉 2 项、省级荣誉 3 项、校级荣誉 2 项：2020 年 12 月获第十二届"挑战杯"中国大学生创业计划竞赛铜奖；2021 年 8 月获"力诺瑞特杯"第十四届全国大学生节能减排社会实践与科技竞赛三等奖；2021 年 8 月获第二届全国大学生化学实验创新设计大赛"微瑞杯"华南赛区二等奖；2020 年 10 月获第九届"挑战杯"湖南省大学生创业计划竞赛银奖；2021 年 8 月获第七届"建行杯"湖南省"互联网+"大学生创新创业大赛铜奖；2020 年 12 月获第二十届大学生课外学术科技作品竞赛校级三等奖；2021 年 11 月获第二十一届大学生课外学术科技作品竞赛校级二等奖。此外，我还以合作者的身份发表了 2 篇论文：2021 年 9 月于 Elsevier 固体化学杂志发表 SCI 二区论文 Efficient adsorption of Pb（Ⅱ） by sodium dodecyl benzene sulfonate intercalated calcium aluminum hydrotalcites: Kinetic, isotherm and mechanisms（已接收），2020 年 9 月于《广东化工》发表省级论文《水滑石类化合物对水体中污染物的吸附研究进展》。我还申报了 1 项专利：2021 年 1 月获澳大利亚实用新型专利 An Electromagnetic Control Wastewater Treatment System。没有什么东西是轻而易举就能得到的，荣誉背后的辛酸与苦楚只有自己知道。暑假留校做实验时，我连续半个多月在实验室从早上八点多站到晚上十点多，那段时间瘦了八斤，辛苦是必然的。在准备竞赛项目那段时间里，我和组员熬了无数个夜晚，为了一个方案细节推敲上百遍。沮丧、低落、懊恼、迷茫这些情绪再常见不过了，而我们就是在不断的自我怀疑与自我肯定的过程中向前。当我们的努力得到回报时，我的心里又惊喜又感动，因为那些奋斗的夜晚总算是没有白熬，成功如约而至。

学习是学生的天职

如果说科创是源于我的热爱，那么学习就是我的天职。自入学以来，我一直将"求真、尚美、砺志、笃行"奉为自己的学习理念，努力实现知行合一。平日里，我勤奋刻苦、锐意进取、总结经验，注重拓宽自己的专业知识领域，优化知识结构，培养自己的科研思维和实践能力。"书山有路勤为径，学海无涯苦作舟。"正是这种信念让我在大一、大二期末考试中获得了第一名的成绩，曾获国家奖学金、国家励志奖学金、校级"三好学生"等荣誉。在课余时间，我积极准备各种等级考试，现已取得英语四级、计算机二级、普通话二级甲等证书。我始终相信天道酬勤，只要坚持不懈、刻苦努力，一定能去到自己想要去到的地方，也能在未来的学习之路和科研道路上越走越远！

爱与服务是初心

在我看来，优秀的学生不仅仅要在学习上要有良好的表现，在工作中同样要具备一定的能力。在进校之初，我有幸加入院团委任职干事，组织过多项大型活动，如元旦晚会、辩论赛等，还负责转接团组织关系以及推优入党等工作。此外，我还担任了实验室学生总负责人，指导成员完成实验设计、项目撰写、数据处理等多项事宜，任职期间团队获得了化学与材料科学学院第八届"十大新元素"荣誉称号。在帮助他人中，我实现了自我价值。

逐梦征途，回首走过的路，那些鲜活的悲喜与哀乐、那些闪烁的星泪与汗水，翩跹着我不悔的时光和坚持。我将会继续向着梦想的尖碑，不忘初心，砥砺前行。明日之我，胸中有丘壑，立马震山河！

明日有明日的春光　一朝有一朝的敞亮

——文学院　庚丹

庚丹，2021 年"学习标兵"（校级），文学院 2019 级汉语言文学 5 班学生，曾获国家奖学金、校一等奖学金、校三好学生等荣誉。她对热爱的事情敢试敢为，努力从无到有、从小到大，把理想慢慢变成了现实。

庚丹同学思想上积极进取，明德修身，认真领悟党团的相关理论知识；学习上勤学善思，刻苦钻研，成绩名列前茅；生活上为人朴实，作风正派，与人为善，乐于助人；工作上能充分发挥主观能动性，高效地完成学院交办的各项任务，是新时代优秀的大学生！

（辅导员　邓明智）

越努力越幸运，庚丹好像就印证了这一句话。生活中的她总是会全力以赴地做好每一件事，永远都是那么热情洋溢、自在洒脱。一直以来，她都坚信心中的那个方向，即使前路星光微弱渺茫，但她从来不会认输，反而在成长的道路上越来越勇敢。希望她能够一直发光，用更多的努力去承载自己的那份幸运！

（2019 级汉语言文学 5 班　何珮琪）

记得小时候，妈妈曾对我说过一句话："你得明白，笨鸟要先飞噢。"明明是很不经意的话，恐怕妈妈早已忘却，但我一直将这句话记在心里。我不是一个很聪明的人，从小到大的成绩也不是最拔尖的，只是凭着一点热爱、一点勤奋、一点坚持，才很幸运地慢慢实现了一些小目标。我作为一名公费师范生，进入衡师以来，似乎摆在自己面前的就是一条一眼望到底的康平大道，而我所用心做的一切，只是尽可能地在这条道路上看到更多不一样的风景。

笨鸟先飞早入林，功夫不负有心人

进入大学以来，面对崭新的环境，我有过失落、有过迷茫。大一时，我忙于各种工作和活动，身影穿梭在校园的每一个角落，恨自己不能分身乏术；大二时，各种比赛、考试的压力接踵而来，踏霜踩露而出、披星戴月而归就是我每一天的作息；大三的日子就是待在自习室的朝朝暮暮，我曾问自己：作为一名初中起点的公费师范生，毕业后确凿无疑地要回到当地工作，那我的大学生活为什么不可以懒散一点？何必将每一个日子都过得这样辛苦？每当这样的念头出现在脑海时，我的耳畔总会有一个声音柔和地响起，好像一阵清风熨平了褶皱：但行好事，莫问前程。是啊，在度过了看似波澜不惊的日复一日后，我相信总有一天自己会看见坚持的意义。

夜色之浓，莫过于黎明前的黑暗；而一旦走过这段泥泞的路，总能迎来温柔的晨曦。

大二这一年，我顺利完成了二十门课程的学习，并以优异的成绩通过了期末考试，各科成绩均为 85 分以上。其中，2020 年下学期的各科平均分为 94.625 分，2021 年上学期的各科平均分为 91 分，学年平均分为 92.813 分，综测成绩总分为 80.590 分，均位列班级第一、文学院年级第一。

业精于勤，荒于嬉。在这一学年里，我还考取了普通话证书、英语四级证书、英语六级证书、计算机一级证书、计算机二级证书。不断进步的成绩和这些逐渐累积起来的证书是努力的有形见证。此外，我还积极参加各项活动和专业技能竞赛，拓展综合素质。2021 年 3 月，我凭借文学作品《盛一汪月色》荣获第十六届全国大学生文学作品大赛二等奖；2020 年 12 月，我代表衡阳师范学院文学院前往湖南省岳阳市参加第五届湖南省写作竞赛，荣获湖南省二等奖；2020年 12 月，我凭借摄影作品《灿烂千阳》荣获全国创新教育成果征集展示活动高校组一等奖……犹记得自己在参加写作竞赛时的那紧张焦虑、惴惴不安的模样，其时雨雾蒙蒙，秋景秋色映入眼眸，而自己怀揣着一份朦胧的期待踏入考场，又心藏希望地等待竞赛结果出来。那些日子是平淡忙乱的，亦是充实人心的。

当我在国家奖学金获得者的名单上看到自己的名字时，很难形容那一瞬间的心情——是喜悦和快乐，也有不少惶恐和不安。惊喜于该奖项之重，快乐于一分耕耘终于有了一分收获，惶恐于我自身之轻，不安于自己还有太多不足与松懈之处。我深知学习贵在坚持，未来的每一天，我前进的脚步一刻也不能停止，求知的愿望一点也不能抑制。

知者行之始，行者知之成

大一时，我担任了文学院易班工作站活动部干事、校津梁传媒采编中心干事、校学生社团联合会社团部干事，每一天都忙得连轴转，各种各样的工作纷至沓来，但我还是精心规划时间，争取做到学习工作两不误。大二以来，我担任了寝室长、文学院易班工作站活动策划部部长。较之大一的青涩和缺乏经验，我各方面的能力都得到了很大提升：在担任寝室长期间，所在寝室获评"文明和谐示范寝室"的荣誉称号；在担任活动部部长期间，我组织了"讲好入党故事，传承红色基因"主题演讲比赛、"圆梦百年"主题教职工演讲比赛等一系列丰富多彩的校园文化活动。现在，我担任文学院易班工作站的站长一职，也将继续努力，无私奉献，砥砺前行。

古人曾说"知者行之始，行者知之成"，意为学到的东西，不能停留在书本上，不能只装在脑袋里，而应该落实到行动中，做到知行合一、以知促行、以行求知。因此，我积极参与学术研究，作为负责人带领队伍参与项目研究，2021年《试论南岳火文化的传承保护和传播策略》获衡阳师范学院第二十一届大学生课外学术科技作品竞赛三等奖；我还参与了"互联网+"项目"文化创意产业下的彭玉麟故居的旅游开发"的研究，在运动会、师范生技能大赛、三下乡社会实践活动、志愿抗疫抗洪等活动中锻炼自己的实践能力，培养自己的社会奉献精神。

很久以前，有人曾对我说："你呀，不就是成绩好一点，其他的还会什么呢？"当时的我无以应答。而现在，我收获了更多的知识和实践经验，提高了社会实践能力和心理素质，在实践活动中做到了全面发展，终于可以平静地面对他人的质疑。

莫听穿林打叶声，何妨吟啸且徐行

我很喜欢苏轼的《定风波》，写得这般自在洒脱，我也希望自己能更加鲜活灵动、乐观通达一点。

在课余生活中，我广泛涉猎各类书籍，尤其偏爱文学名著。在大二的一整个学年里，我的课余时间几乎都在文综楼的自习教室和悦读吧度过，独处是孤独的，亦是激奋人心的。我醉心于文学的世界，小心翼翼地翻动一页一页的纸张，生怕惊扰了书中的喜怒哀乐；我也热爱电影和音乐，跳跃的音符和一帧帧的画面让我知晓了存在的与非存在的奇风异俗。

我来自农村家庭，有三个弟妹，我要以自身的实际行动为弟弟妹妹树立榜样，同时，我也希望自己能为周围的同学树立一个模范人物的形象。我认为自己的身上有一股强烈的"向上"精神。乐观自信、热情大方、谦逊有礼、心怀感恩是我的性格；兴趣广泛、追求进步、全面发展是我永恒的目标。

"志之所趋，无远弗届，穷山距海，不能限也。"对热爱的事要敢试敢为，努力从无到有、从小到大，把理想变为现实。梦想是一种只要坚持就会感到幸福的东西。因此，我相信自己会如以前一样，扎扎实实地朝着更高的目标奋斗，矢志不渝地努力，直至实现理想。

明日有明日的春光，一朝有一朝的敞亮。在人生旅途上，我们一程一程地跋涉，一山一山地攀登，当我们翻越一个又一个的山头，看见那漫天的曙光或浩渺的落晖时，一定能自豪地告诉自己——能看见这样美丽的景色，真是不负此行啊！

努力拼搏　为梦想撑起一片蓝天

——计算机科学与技术学院　付文丽

付文丽，2021年"学习标兵"（校级），计算机科学与技术学院2018级计算机科学与技术（非师范）2班学生，曾被评为"优秀共青团员""三好学生"，曾获国家励志奖学金、中国电信奖学金和校奖学金等。

> 每个目标的完成都离不开长期的坚持，任何的进步都需要漫长的积累。付文丽同学刻苦学习，致力科研，获得的一张张荣誉证书是她奋斗岁月最好的见证，相信努力拼搏的她终将在人生的舞台上绽放出更加夺目的光芒。
>
> （辅导员　徐峰）

> 付文丽在我的印象里永远都是那么努力阳光、积极向上、充满正能量。在学习上，她认真刻苦、追求上进；在生活中，她乐于助人，为人仗义，一直向阳而生；在科研的道路上，她能够从容接受挑战，面对失败不气馁。希望她能够越来越好，活出自己的精彩人生！
>
> （2018级计算机科学与技术2班　夏淞玲）

厚德笃行，奋勇向前，力求先进

我始终将自己的梦想与国家的发展紧密联系在一起，坚定拥护中国共产党的领导，积极参加学校组织的各项活动，在思想和行动上向党组织靠拢。我品行端正、崇尚科学、自觉遵守法律法规，具有良好的综合素质。我通过参加党员重点发展对象培训、学生干部培训，在思想上有了质的飞跃。未来，我会努力成为一名合格的共产党员，为社会主义事业的建设贡献自己的青春力量。

不忘初心，追求梦想，敢于拼搏

从拿到衡阳师范学院录取通知书的那一刻起，我就许下承诺：我要全力追赶自己的梦想，让大学生活过得充实精彩。从大一开始，我就培养自己的学科思维，每天多学一点算法，这也为我后来加入智能感知与深度学习实验室打下了一定的学科基础。进入大二，正是我做科研项目的起点，我始终牢记自己的目标，并坚持到底。

我积极参加各项科技创新与竞赛活动，为学校赢得荣誉。2020 年，在物联网应用创新设计大赛中，我完成的"网络流量侦测系统"荣获三等奖；2020 年，在第二十届大学生课外学术科技作品竞赛中，我和团队同学设计的"基于移动 RFID 的自助结账智能购物车仿真系统"荣获校三等奖；2021 年，在第二十一届大学生课外学术科技作品竞赛中，我和实验室同组同学设计的"基于实例分割的皮肤斑检测系统设计与实现"荣获校二等奖；2020 年，在第八届全国大学生数字媒体科技作品及创意竞赛中，我带领团队不断调试优化项目系统，最终荣获全国三等奖；在 2020 年第九届"挑战杯"湖南省大学生创业计划竞赛和 2021 年第十四届"挑战杯"湖南省大学生课外学术科技作品竞赛中，我和团队成员共同努力，最终在两项赛事中分别荣获省铜奖和省二等奖；2020 年，我主持的"互联网+"方面的灵盾项目，经过层层选拔，荣获校三等奖，并成功进入省赛盲评阶段。无数个煎熬的夜晚，无数次修改计划书，无数次完善 PPT……这些都磨炼了我的意志，锻炼了我各项综合能力，让我懂得了如何发挥集体的力量。

我自大二进入智能感知与深度学习实验室跟随邓红卫教授进行智能感知和图像处理方向的研究起，就要求自己每天阅读文献、每周写一篇学习总结，这样的习惯一直保持到现在，也让我体会到了从事科研事业需要有持久坚定的恒心和高效的学习方法。后来，我设计的"基于轮询机制的比特时隙 ALOHA 算法"实现了 RFID 标签识别的低时延、低丢失率和 100% 的吞吐率。2020 年，我和团队成员撰写的论文 *Bit Slotted ALOHA Algorithm Based on a Polling Mechanism* 在 *Springer* 的《智能系统与计算的进展》上发表；2021 年，我们撰写的《一种改进的 Mask R-CNN 的图像实例分割算法》论文被《软件》期刊录用。在图像处理研究方向上，我充分地将所学知识用于解决实际问题，2020 年我参与的大学生创新创业计划项目《基于图像语义分割的道路破损检测系统的设计与实现》荣获国家级立项，2020 年及 2021 年我完成的"道路破损 AI 智检系统""基于 MATLAB 的帧时隙 ALOHA 算法仿真系统""病变皮肤斑智诊系统"均已获得相关软件著作权。

认真负责，态度积极，热情付出

任职班长的经历培养了我良好的组织管理能力和强烈的责任感，在处理班级工作中，我积极与其他班委沟通，团结一心带领班级朝更好的方向发展。在全班同学的努力下，班级团支部获得 2020 年度"五四红旗团支部"的荣誉称号。平常我会尽力帮助同学解决各类问题，鼓励并帮助大家参加各类专业竞赛，激发每位同学的积极性。担任班干部的经历让我做事更加果断，提升了自己的实践能力。

生活简朴，自强拼搏，乐于奉献

我来自一个偏远的村庄，家里的爷爷奶奶已年过七旬，父母都是农民。母亲身患重病，已动过两次大手术，在家休养，只能靠父亲一人打零工补贴家庭日常生活费用，没有能力承担我昂贵的学费。但我没有屈服于现状，为了实现理想，我只能加倍努力。在日常生活中，我始终保持着勤俭朴素的生活状态和自强自立的生活态度，自己做兼职赚钱，不问家里要生活费。兼职的经历让我学会了坚持，有了克服一切困难的决心和勇气。此外，我热心参加各类志愿服务活动与社会实践活动。在疫情期间，我一有空闲时间就会去帮助村里人维修家电设备，教村里老人使用智能设备，村里的爷爷奶奶都称我"会电脑娃儿"。

一切的成绩终属于过去，未来的道路还需继续坚定地向前走。今后，我将时刻以"厚德、博学、砺志、笃行"的校训严格要求自己，争做一名新时代的优秀大学生，朝着理想的高峰攀登，为实现第二个百年奋斗目标奉献自己的青春。

追梦路上　越努力越幸运

——新闻与传播学院　罗伊洁

　　罗伊洁，2021年"学习标兵"（校级），新闻与传播学院2018级新闻学2班学生，曾获国家奖学金、特等奖学金、三好学生标兵、2021年湖南省大广赛优胜奖、院第五届研究性学习成果展示竞赛决赛一等奖等荣誉奖项。

　　罗伊洁在我印象中一直是一个性格活泼且十分优秀的女孩子。她成绩优异，专业扎实；积极参加学校和学院举办的各项活动，热爱篮球，在院际篮球比赛中表现突出。她的领导能力很强，在担任班长期间做好了学院与学生沟通的桥梁，遇到突发状况也能沉着冷静地应对并顺利解决，是一个全面发展的优秀大学生。

（辅导员　陈琴）

　　罗伊洁一直都是我心中最优秀的榜样。她成绩优异，在课堂上的表现非常活跃，总能带动我们一起学习。她有着很强的组织能力和领导能力，获得了许多荣誉。作为班长的她能组织好班级事务，作为小组组长也能带领我们做出让老师满意的成绩。大学三年里她给予了我很大的帮助，我为有她这样的朋友而感到自豪。

（2018级新闻学2班　任杰）

勤学如春起之苗，绽学习之花

　　东晋诗人陶渊明曾说："勤学如春起之苗，不见其增，日有所长。"我的学习经历就如同这株春起之苗一般，虽然不出类拔萃，却一直在努力向上生长。中学时的我还是一个有些许叛逆的小姑娘，那时的我还没意识到学习对一个人成长的重要性，不过在进入大学之后我就立下了勤奋学习、深造学业的目标，希望在大学里能不负青春、不负时光。

学习如逆水行舟，不进则退。目前，我已经顺利通过了大学英语四级笔试和口语考试以及大学英语六级笔试，取得了国家计算机一级、普通话二甲证书。我认为，大学是学习现代科学知识的黄金时期，我应该抓住这个有利的时机，用知识来武装自己的头脑。在学习上我坚持理论与实践相结合的原则，从专业课本学习出发，认真对待每一门学科，做好课堂笔记和资料整理；在实践中，我会积极培养和专业有关的兴趣爱好，提高自身的实践能力，拓展自己的知识视野。

我深知大学是一个不断充实、完善、塑造自我的过程。自习室里埋头学习的身影、课堂上渴望知识的眼神、清晨朗朗的读书声、课后不断追问的问题，都是我追梦的印记。对我来说，大学最幸福的时刻莫过于每天背着沉重的书包回到寝室，虽然身体上很疲惫，但收获了沉甸甸的知识，内心就有了巨大的满足感。

在大一至大三这三个学年中，我的学习成绩在班级排名第一，综合测评取得两年第一、一年第二的好成绩，荣获 2018—2019 学年二等奖学金、2019—2020 学年特等奖学金、2019—2020 学年国家奖学金、2020—2021 学年一等奖学金，连续三年获得校级"三好学生"的称号。我在 2021 年 7 月 21 日获衡阳师范学院第五届研究性学习成果展示竞赛一等奖；在 2019 年 5 月的新闻与传播学第四届读书征文暨首届影评比赛中，获影评系列二等奖；在 2020 年 6 月的新闻与传播学院第五届读书征文暨第二届影评比赛中，获影评系列三等奖。在 2021 年，获得湖南省大广赛优胜奖。我茁壮成长着，就如这春起之苗一样，带着一股韧劲不断向更优秀的自己迈进，时刻让拼搏成为自己的一个标签。

笃行如冬伏之笋，破怠惰之土

孔子的《礼记·儒行》篇中有一句至理名言："博学而不穷，笃行而不倦。"广泛地学习，没有止境，忠实地实行，不知疲倦。学习与实践要紧密结合，是我在大学成长中的第二份感悟。成长过程中的每一次进步都是一次蜕变，每一次努力和坚持获得的不仅仅是一张证书，更是我成长路上不可或缺的一部分。

生活中，我会积极参加各种社会实践活动，其中令我记忆最深刻的是院里举行的暑期"三下乡"社会实践活动。我积极参与了"我为家乡出一份力"主题摄影活动，将在课堂学习中掌握的观察与摄影技术与"三下乡"实践活动相结合，走访家乡各地扶贫村、扶贫县，在调研过程中记录下那些精彩的瞬间。

我热心公益，积极参加志愿活动。社区防疫的志愿者队伍中有我的名字，湖南省衡阳市首届国际马拉松比赛现场有我为参赛选手加油鼓劲的身影，学校组织的校园志愿服务中有我身穿红马甲的背影。

我曾担任班长、组织委员、院学生会组织部干事。在学生会和班团委的工作中，我掌握了基本的办公能力，能熟练运用办公软件，也锻炼了我的人际交往能力与沟通能力。作为班长，我具有较强的领导、组织、协调能力和集体荣誉感，能够很好地做老师与同学们之间的桥梁，带领班委做好班级建设，班级曾获得"2018—2019学年先进班集体""2019—2020学年五四红旗团支部"的荣誉称号。

我积极参加院校的各种活动并获得院迎新辩论赛亚军、院迎新辩论赛最佳辩手、军训"优秀学员"、2019年院"仁慈友善感恩尚善"主题微电影制作大赛三等奖、2019年院寝室文化艺术节三等奖、2019年度校寝室故事演说比赛二等奖、2021年校院级篮球赛联赛女子组第四名等诸多荣誉。在这些活动中，我不断提升自己，收获了满满的果实。

理想如盛夏萤火，享逐梦之光

苏格拉底曾说："世界上最快乐的事，莫过于为理想而奋斗。"我有一颗热爱新闻的心。在2020年11月8日的记者节，我跟随学院组织开展了第一次专业见习，深入新闻工作者工作的现场，紧跟有几十年工作经验的记者，从准备到采访再到最后的写稿发文，全天跟访学习。大三的暑假我在一家党媒机关实习，大四前往武汉九派新闻担任实习记者，发表稿件40余篇，在实习中，我见证了记者们背后的不易与艰辛，也明白了作为媒体人的责任和担当，更坚定了我对新闻事业的理想和追求。

在思想上，我始终以党章来严格要求自己，坚持正确的政治方向，坚持党的基本路线，积极向党组织靠拢。在大一下学期我就提交了入党申请书，在大四上学期成为一名中共党员。这时的我，更是以身作则，言行举止都做好表率，发挥模范先锋的作用。

我有远大的理想抱负，同时也有生活中的细水长流。在生活中，我用热心和真诚对待每一位同学，以感恩和尊敬之心对待每一位老师，用孝心和耐心对待身边的至亲。在寝室，我是室友的开心果，让寝室充满欢声笑语；在校园里，我是青春可爱的少女，喜欢怡心湖的清澈，欣赏笔架山的奇特，感受望月台的微风，享受红旗广场上的活力……

我知道，逐梦的道路是靠自己一步一个脚印踏踏实实走出来的；我明白，荣誉属于过去，辉煌属于未来，前进的步伐不能停下；我相信，命运掌握在自己的手中，追梦路上，越努力越幸运。未来，我会更加严格地要求自己，成为一名有理想、有目标、品学兼优的新时代青年！

长风破浪会有时　直挂云帆济沧海

——物理与电子工程学院　陈湘涛

陈湘涛，2021年"学习标兵"（校级），物理与电子工程学院物理系2018级物理1班学生，曾获全国大学生数学建模竞赛湖南省一等奖、湖南省大学生物理竞赛二等奖等荣誉，现拥有三项国家实用型新型专利。

> 陈湘涛同学是一个全能型的人才。他各科成绩优异，积极加各类竞赛、参与科研活动；思想上积极进取，向党组织靠拢；工作中认真负责、善于合作；生活中乐观开朗、富有爱心。总之，陈湘涛同学在大学中磨炼的品质和收获的荣誉，将为他开启美好的未来。
>
> （班主任　曹勇）

> 陈湘涛同学自进入大学以来，学习成绩一直位于班级前列，同时也担任学院足球队队长，带领球队在学校比赛中取得了不错的成绩。他在数学建模和大学生物理竞赛中取得了优异的成绩，拥有三项国家专利。我经常在教室和实验室看到他忙碌的身影，看见他在球场上尽情地挥洒汗水。他的学习态度和自律的精神值得我学习。
>
> （2018级物理学1班　罗金虎）

明德修身，脚踏实地

进入大学后，我就递交了入党申请书，认真了解国家政策和时事动态，积极参加学校组织的政治活动，思想和行动上与党中央保持高度一致。终于，我在2021年12月12日成了一名中共党员。

勤业笃行，奔赴山海

在学习上，我用心钻研、实事求是；在工作中，我积极主动、认真负责、勤恳踏实、善于合作，能圆满完成学院和班级交办的各项任务。

我踊跃参加学科竞赛，并获得诸多奖项：2019 年 12 月，荣获衡阳师范学院"创新杯"数学建模竞赛二等奖；2020 年 7 月，荣获校级数学建模选拔赛一等奖；2020 年 9 月，荣获全国大学生数学建模竞赛湖南省三等奖；2021 年 4 月，荣获校级大学生物理竞赛专业组一等奖和"创新杯"数学建模竞赛一等奖；2021 年 5 月，荣获湖南省大学生物理竞赛二等奖；2021 年 6 月，荣获校级数学建模选拔赛一等奖；2021 年 9 月，荣获全国大学生数学建模竞赛湖南省一等奖。在参加比赛的过程中，我带领团队积极开展合作，锻炼了自己的组织能力，收获颇多。

我在 2019 年 10 月加入了衡阳师范学院有机光电实验室，迄今已有两年多的时间。在这里，我掌握了有机发光二极管的实验操作，并深入学习了相关光电知识。作为项目负责人，我主持了 2020 大学生创新创业项目"基于光电效应的高精度长度测量仪"的研究和衡阳师范学院第二十一届大学生课外学术科技作品竞赛"钙钛矿氧化物的光电效应特性研究——以 $SrTiO_3$ 为例"并成功结项，我还参与了 2021 大学生创新创业项目"基于劈尖干涉及 CCD 检测系统的微质量测量仪"的研究（已立项）。在指导老师的带领下，我和队友戴志平、刘金汝在 2020 年 11 月 3 日申请了三项专利，分别为"一种具有稳定底座的利用光的干涉效应的高精度测量仪""一种可调节式利用光的干涉效应的高精度测量仪""一种多工位利用光电效应的高精度测量仪"，这三项专利分别于 2021 年 6 月 29 日、2021 年 6 月 29 日、2021 年 9 月 10 日得到授权公告。此外，我还参与了湖南省教育厅省级重点项目"非局域性晶格系统中多级孤子的传输性研究"的研究。

在专业成绩方面，我的学习成绩和综合测评均位列班级第三，曾获 2018—2019 学年国家励志奖学金、校二等奖学金，2019—2020 学年校三好学生，2020—2021 学年校三好学生，2020—2021 学年国家励志奖学金等奖项。

乐观开朗，热爱生活

在生活中，我是一个乐观开朗、富有爱心的人，注重身体素质的发展。作为院足球队队长，我带领球队获得校级足球联赛第 6 名和第 7 名。假期里，我也严格要求自己，在不影响学习的前提下利用寒暑假在外当家教，生活费和学费自给自足，以减轻家中负担。

　　未来，我会继续严格要求自己，立志高远，直面更多的困难，迎接更多的挑战。"长风破浪会有时，直挂云帆济沧海！"通往梦想的道路崎岖坎坷，但我一直在路上！

平凡而不平庸

——外国语学院　满茜

　　满茜，2021 年"学习标兵"（校级），外国语学院 2018 级英语 4 班学生，曾任外国语学院第二十一届分团委学生会网络信息与安全保障部副部长、院辩论队副队长，现任班级学习委员。曾获 2020 年"外研社杯"全国英语阅读大赛校级特等奖和省级二等奖等荣誉。

　　满茜同学是一位优秀上进的同学。在学习上，她脚踏实地，积极性高；在工作中，她恪尽职守，责任心强；在生活里，她为人友善，尊敬师长，是个懂事的好孩子。希望满茜同学能够一如既往地向前走，不忘初心，在自我提升的道路上越走越远。

（辅导员　邱国周）

　　在我眼里，满茜是一个勤奋刻苦的女孩子，她对自己的要求非常高，是一个不甘于停下前进脚步，而且每一步都走得很扎实的人！我想正是因为她的拼搏、她的勤奋、她的勇敢，让她成长为真正有内涵、各方面都很优秀的女孩子。

（外国语学院 2018 级英语 4 班　谢强）

思想决定行为

　　在思想上，我信念坚定，热爱祖国，拥护党的领导，积极执行团的决议，曾多次获得校级"优秀共青团员""优秀共青团干部"的称号。我始终严格要求自己，遵守学校和班级的各项规章制度，敢于正视自己的缺点，主动进行自我反思、自我提高。此外，我十分注重提高个人的道德修养，乐于奉献，积极参加各项志愿活动。2019 年在迎新志愿服务活动中获评"优秀工作者"，在外国语学院的鄞湖中学爱心支教活动中获评"优秀支教志愿者"。

态度促成结果

在学习上，我勤于思考，乐于钻研，重视自己专业知识的学习，始终保持着一颗好学上进的心，连续两年学业成绩和综测成绩位列班级第一，曾获 2018—2019 学年校"三好学生"和校二等奖学金、2019—2020 学年校二等奖学金和年度十大"学习标兵"提名奖、2020—2021 学年校"三好学生"和校一等奖学金以及年度十大"学习标兵"奖、2020 年"外研社杯"全国英语阅读大赛校级特等奖和省级二等奖、第五届英语口译大赛院级一等奖和省优秀奖，以及师范生技能大赛院级二等奖等荣誉。

在专业学习之余，我还积极参加各项有意义的活动，也取得了还算不错的成绩：2018 年下学期在"言值杯"三校辩论联赛中晋级八强；2019 年上学期参加"湖南省大学生学习贯彻习近平新时代中国特色社会主义思想暨第五届大学生思想政治理论课研究性学习成果展示竞赛"，获得校级特等奖与湖南省本科学生组三等奖；在校第二十届科创赛中，《职业归属感对高中起点公费定向师范生专业学习的正向激励探究》获校一等奖，《语词汇记忆法的路径变迁研究分析》获校二等奖；在校第二十一届科创赛中，《第二语言学习对高校大学生思维可塑性的调查研究》获二等奖。目前，我已取得汉字应用水平一级证书、普通话一级乙等证书、全国计算机一级证书、大学英语四级和六级证书、专四良好证书，同时也通过了高中英语教师资格证的笔试和面试。我从各个方面不断提升自己，致力于促进自身的全面发展。

集体是归宿

在生活中，我非常重视集体的荣誉，能够为身边人起到带头表率作用。作为班级学生干部团队中的一员，我和各个班委以及班上同学们团结协作、一起努力，力求不断加强班级各方面的建设。班级曾获诸多荣誉，包括"五四红旗团支部"和"先进班集体"的称号、"行云流水，吟咏大美"朗诵比赛校级一等奖、院 2018 年评估最佳贡献奖、院班级文化设计大赛二等奖、院"歌诗意衡师，唱英隽韶华"班级合唱比赛二等奖、班级网络歌唱大赛三等奖、校"庆祖国七十华诞"合唱比赛三等奖、班级视频大赛二等奖、院心理健康操一等奖、班级文化艺术节二等奖等。

服务他人，默默奉献

对于工作，我严谨负责、恪尽职守，在院学生会干部的两次考核中均获优秀等级。作为寝室长，我带领寝室成员先后获得校"四星级寝室"、院"三星级寝室"的称号。现任班级学习委员的我对待工作也十分认真负责，在班级里有较高的威信和号召力。

但行好事，莫问前程。我明白，自己是一个再平凡不过的人，没有过人的天赋和傲人的背景，但平凡的我有着一颗上进的心。我坚信，厚积而后才能薄发。只要我不忘初心，在人生的道路上一步一步地踏实前行，积跬步而后至千里，积小流而后成江海，总有一天我会成为更加优秀、更加闪闪发光的自己！

砺志篇

校训"砺志",语出清代李渔《慎鸾交·久要》:"待拿我砺志青云,立身廊庙,做些显亲扬名的大事出来。""砺",磨砺,磨炼。"志",意志,志向,理想。"砺志",磨炼意志,亦有追求远大志向、理想之意。对当代青年大学生而言,"砺志"表现为在学思践悟中不断坚定理想信念,初心如磐,不畏艰难险阻,锐意进取。这既是一种过程,亦是一种结果,青年人"不忘初心,方得始终",皆应保有"砺志"的精神面貌。本篇主要展示我校 2019 年、2020 年、2021 年"榜样的力量"评选活动推选的"励志人物"的优秀事迹。

飞越过往阴霾　仰望蔚蓝晴空

——法学院　阳彩虹

阳彩虹，2019 年"励志人物"（校级），法学院 2017 级思想政治教育 2 班学生，曾获校级一等奖学金，被评为校级三好学生、省运会优秀志愿者。她曾一次性通过普通话考试、全国计算机二级考试、大学英语四级考试。在同学们眼里，她是一个意志坚韧的女孩。

> 阳彩虹学习刻苦，曾获得多项院校荣誉。她是一位综合能力强、专业技能优秀的学生。她积极参加社会实践活动，勤工俭学，时刻保持着一颗积极上进的心。她尊敬师长，善待同学，具有良好的道德品质和行为习惯。生活中，她乐观开朗，乐于助人，意志坚强，是一位品学兼优的好学生。
>
> （辅导员　周丹妮）

> 阳彩虹同学积极上进，对自己要求严格。很多时候，我们都怀疑她"耳背"——她时常沉浸在书海里，乐此不疲。她虚心好学，成绩优良，平时和大家相处融洽，有说有笑。她兴趣爱好有很多，组织能力和动手能力都很强。总的来说，她是一位有理想、有抱负的优秀学生。
>
> （2017 级历史学 2 班　易贵英）

生，别怕太阳还会升起

我经历过重大家庭变故：我的父亲因医疗事故逝世，母亲承受不住生活的打击，自杀未遂后身体受到重伤，在医院进行了长达三年的治疗。出院后，母亲还留有严重的后遗症，每个月都要去医院复诊。她拖着羸弱的身体照顾着我和年幼的弟弟。父亲去世后，我们没有经济来源，依靠赔偿金生活。

母亲多愁善感，家里沉寂的氛围让我感到压抑。久而久之，我患上了心理疾病。我经常头痛，时常幻想死亡后的场景。一天晚上，我梦见了父亲，他带我们一家人出去玩。朦胧中，望着他那高大的身躯，我的内心十分安稳。他抱着我举高高，用柔和慈爱的目光望着我，轻轻地对我说：别怕，我在。

在母亲治疗期间，我和弟弟寄养在二姑家。学习上，我深知自己的基础知识掌握得不到位，时常向老师们请教。老师们了解我的情况后，对我倍加关注，悉心指点我。他们的鼓励对我而言像和煦的春风，温暖着我幼小无助的心灵。渐渐地，我喜欢上了学习，我把精神、情怀寄托在书中。阅读拓宽了我的眼界，让我的心胸变得更加开阔，他人的评价似乎都变得不再刺耳。

敢，风雨扬洒成星光

有所依，便不畏过往，不惧将来。中学时期，我的成绩突飞猛进，在大家眼里，我由不起眼的普通学生转变成"学霸"。当最后一次期中成绩公布后，母亲脸上现出欣慰的微笑——她看到了未来的希望。母亲收起了多愁善感的苦脸，不再念叨着没有收入来源的我们将何去何从。从那时开始，我下定决心：我一定要成为母亲的骄傲！

偶然一次，我看到了衡阳师范学院公费定向师范生的招生消息，我毫不犹豫地选择填报衡阳师范学院。录取名额很有限，在我们市内只有八个。班主任露出担忧的神情找我谈话，甚至打电话给我母亲，她觉得我的成绩离目标有一定差距。让我欣慰的是，我的母亲相信我一定能考上，她尊重了我的意见，并给予我莫大的鼓励。我带着母亲的期许，从万千考生中脱颖而出，考上了梦寐以求的衡阳师范学院。

我没有显赫的家庭背景，也没有富足的生活条件。但我始终相信：有志者，事竟成！

破，一腔热血奔涌成长

进入大学后，我严格遵守学校各项规章制度，积极配合院校完成各项工作。我对学习也从未松懈，有明确的学习目标，能认真钻研专业知识，刻苦学习，具备较强的学习能力。大一期间，我取得了学习成绩班级第一、综测第二的好成绩，被评为"军训期间优秀学员"、校"三好学生"。在校期间，我一次性通过了国家普通话等级考试、全国计算机二级考试和大学英语四级考试。此外，我还积极参加院校举办的各项活动，在衡阳师范学院海报设计大赛中脱颖而出。

生活上，我活泼开朗，与同学们融洽相处。我勤俭节约，获得的助学金从不乱花。我知道，只依赖国家的资助是不行的，所以我选择勤工俭学，利用假期做家教赚取生活费。

　　虽然乌云没过了太阳，黑夜遮住了星光，我依旧选择前行。这一路上，我收获了至真至纯的友谊，更收获了丰富的生活经验与人生阅历。我能有今天的成就，离不开老师、同学、母亲的鼓励和支持。是他们，让我增添了坚强和自信、执着和勇气、达观和内敛。无论身处何方，我都会一如既往，不骄不躁，心存感激之情，用自己的行动证明自己，回报国家，回报社会。

生之微末 凡心不凡

——生命科学与环境学院 蒲江丽

蒲江丽，2019 年"励志人物"（校级），生命科学与环境学院2020 级生物科学专业 6 班学生。2019 年，被评为"优秀学生干部标兵"、校"优秀共青团干部"，荣获三等奖学金、一校一书读书心得征文活动二等奖、湖南省一校一书阅读活动优秀读书心得奖。2021 年，荣获衡阳师范学院大学生运动竞赛800 米第一名和3 000 米第二名，荣获衡阳师范学院院际学篮球联赛女子组第二名。

加缪曾说过："没有任何一种命运是对人的惩罚，只要竭尽全力去穷尽它就应该是幸福的。"蒲江丽同学命运多舛，家庭贫困。她积极面对困难，发扬着积极向上的奋斗精神，刻苦学习，强健体魄。她乐于助人，多次参与志愿活动，展现了百折不挠的拼搏精神。生活不易，她有追求远大理想的决心。希望未来她能继续自强不息，砥砺前行。

（辅导员 唐乾翔）

蒲江丽是一个意志坚定的人，她给我的第一印象是自律。她永远是课堂上最认真的同学之一。她不仅在学习上刻苦努力，还热爱运动，运动项目中她最热爱篮球，一直在坚持训练、比赛。作为朋友，我希望她可以一直坚持她的梦想，奋发进取。生活虽苦，但迎着光前行，未来一定是一片坦途，鲜花盛开，绚烂多彩！

（2020 级生物科学 6 班 潘欣）

回首来时路，坎坷无限

于我而言，生活从来不是易事。我哥出生没多久死了，爸妈偷偷在江苏生下我。父亲放荡不羁，赌博、抽烟、酗酒。母亲养不活我，把 2 岁的我送进了孤儿院。后来，她实在不忍心，又把我领回来，送到了爷爷那里。

爷爷年过七旬，养育我很辛苦。我们靠政府救济和种地勉强维持生活。6岁时，我被父亲偷偷带走，那段时间，我出了车祸。车祸中落下的伤成了我一辈子都好不了的顽疾。但我又是幸运的，爷爷万般辛苦找寻，终于将我带回了家。从此，他更加仔细地保护我。我16岁那年，爷爷去世了，我被迫开始一个人生活，在学校旁租了个房，熬了一年，考上衡阳师范学院。考上大学的那一刻，我感觉自己似乎重获新生。我告诉自己：必须好好地活！

岁月与热爱，不可辜负

我没有完整的家，没有亲情的暖，什么也没有；但我似乎又什么都不缺，我有爱我的爷爷，有这个社会给予我的脉脉温情。我的命是爷爷给的，他是个善良温厚、有学问的人。他写得一手好字，还勤劳能干，养鸡、养鸭、养牛、养羊，靠这辛勤劳作养活我；他还给我缝衣补鞋、洗头洗衣……后来爷爷实在没钱送我读书，在社会爱心人士的帮助下，我才有了上学的机会。于是爷爷又督促我学习，教我写字。他教我写名字，记住自己的出生年月和家庭地址，他说："我不知道你能不能读完小学，就算以后是文盲，在收到救助的时候起码能签名，迷路了也起码能记得回家的路。"

为了让我懂得感恩，爷爷总是敦促我在节假日给爱心人士打电话表示祝福和感谢，他教会我做一个开朗礼貌的人，每每遇到邻居好友，他就告诉我该如何称呼。那时候没有车，我从家到学校要走两小时，爷爷要照顾牲畜，没办法接送我，我太小，又营养不良，总是会头晕，路远书包重，我就把书包向前扔去，走到书包跟前再捡起来重新背上，含着泪继续走。后来我想了个自认为的好办法，把书给撕掉了，恰巧爷爷第二天去赶集，捡到了我的书，他问我是不是丢书了，我不承认，他拿出写有我名字的碎纸片，从此我再也不敢撕书，学会了珍视书和知识。

我与牛羊同长大，我守着牛羊吃草，在山间奔跑，见美丽的星辰，听鸟唱蛙鸣蝉叫，看花开，闻稻香。爷爷护我成人，他教我做饭、种地，教我认识能吃的野果、可吹笛的树叶，教我砍柴烧火。他说，他希望我一生安稳，做个老师或银行职员，护士也挺不错，进入衡阳师范学院最终如了他的愿，也圆了我的梦想。如今，我正在为成为一名人民教师而努力。爷爷说，他儿子是脱缰的野马，管不住的，而我是他的希望，是他生活的盼头。

爷爷省吃俭用，我的每一个生日，都给我买新衣、新文具。他就是我的精神支柱，可他最终患上癌症去世。我看见他的最后一滴眼泪，也听见他的最后一句话：江丽，你要好好读书。爷爷死后，我非常认真地思考着死亡，思考着这个让我痛苦的世界，我想，我要让这一生充满意义！

风霜雨雪后，涅槃重生

人永远想象不到生命究竟能蓬勃到何种姿态。我是一个爱笑的女孩，身材小巧，同学们都说我娇小的身躯蕴含着无限能量。我凭借我的干劲担任初等教育学院体育部部长，还接连担任过班长、寝室长、课代表、体育委员等职务。我勤勤恳恳工作，踏踏实实学习，热心地服务同学，给其他人带去温暖。

命运让我残缺，却让我的生命变得丰满。我喜欢体育，我的阳光和拼劲都是体育带给我的，在旁人看来，我似乎没有运动天赋：个子不够高，身体硬件条件不够出色。他们说我不过是凭着一腔孤勇，拼命与命运对抗。每天早上五点半，我开始训练跑步，风吹日晒，从不懈怠，慢慢地，我终于能超过那些身体条件好的人了，后来更是成为别人眼里的赛跑英雄。他们难以想象，1.55 米高的身体里能有如此强大的能量。

对我来说，体育是一种信仰，一种使命。高强度的训练使拉伤、扭伤等经常光顾我，但我不会为此退缩，我想看看生命究竟能拼搏奋发到什么程度……

刚刚进入学院女子篮球队时，我常因为个子矮小而感到自卑。幸运的是，我遇到了篮球路上的伯乐——我的好教练陈德恩。在一对一教学时，教练告诉我："你有自己的优势，你个子矮可以跑得更快、更灵活。好好打球，不要怕！"这句话深深刻在我的脑海里，让我时刻充满信心。大一时，我作为学院篮球队主力，在第一学期打进全校篮球赛前六强，在第二学期时带领球队获得全校篮球赛亚军。赛场上，观众们的呐喊声源源不断。我相信，拼尽全力，就是对他们最大的回报！

"苔花如米小，也学牡丹开。"没什么可怕的，大胆去活就好。我如今很幸福，身体有顽疾但万幸不致命，能正常生活，能做一切我想做的。生命苦涩如歌，我经受着它的苦难，却也享受着它的灿烂。我相信，只要努力拼搏，就能活成我最想要的模样。

做一棵沙漠里的白杨树

——音乐学院 刘睿

刘睿，2020 年"励志人物"（校级），2017 级音乐学 1 班学生。她曾担任音乐学院分团委副书记、勤工助学与权益部部长、班级团支部书记、学院学生第一党支部副书记。她认真学习，积极参加学院各项志愿活动。她曾获国家励志奖学金、国家助学金，被评选为"优秀共青团干部""优秀志愿者""优秀支教教师"。她曾带队参加创新创业大赛，荣获湖南省二等奖、校级一等奖。

刘睿是一个爱操心的女生。同学们都叫她"睿妈"——她总是事无巨细地去关心、帮助他人。因为自己淋过雨，所以总想为别人撑伞。她以怒放的生命，向困难表达着自己的倔强。她是个爱"做梦"的女生。支教期间，她穿梭在各个乡村教室，用温婉而有力的歌声温暖每一个孩子的心灵。相信她会继续将青春献给祖国，以昂扬的姿态，奋力开启人生新篇章。

（辅导员 刘颖）

平生感知己，方寸岂悠悠！我要感谢我的好友刘睿。她有着广泛的兴趣爱好，积极参加院校各类活动。她担任学院团委副书记，做事踏实稳重，有着极强的组织能力和管理能力。她一直都在影响着我。她对待他人十分包容，十分友善。我时常感慨"和志趣相投的人一起相处，值得纪念一生"。我希望她能继续保持热爱，奔赴山海。

（2017 级音乐学 1 班 杨露）

勤俭节约，自立自强

2017 年，我成功考入衡阳师范学院。家庭的变故使我更早步入社会。高考结束后的暑假，我开始做兼职贴补家用。上了大学后，我把更多的空余时间用在学习专业文化课和训练专业技能上。一放寒暑假我就会去找兼职打工，还会用零散的时间学习新的职业技能，尽可能地让业余生活更充实，让自己更快地成长。

2019年冬天，妈妈回老家照顾年迈的姥姥，左腿半月板不慎受损。爸爸在家不慎摔倒，腰椎挫伤，可他依然坚持工作，一个人支撑着整个家。爸爸早出晚归，高强度的工作量压弯了他的脊背，但是收入依然十分有限。我立志一定要好好学习，将来去保护家里的每一个人。

以爱报答，用心回馈

大学期间，我把自己的生活安排得充实又丰富。我担任班级团支部书记，工作做得十分出色，得到了学院老师的赞赏，班上同学还亲切地称我"知心睿姐"。大一时，我曾做过学院勤工助学岗位的工作；大二时，我加入了新的勤工助学部门，带领团队成员们对待工作精益求精；大三，我担任学院的团委副书记，认真负责，赢得了院校师生的一致好评。

我喜欢待在琴房练习，夯实自己的专业基础。我理解陆游说的"功夫在诗外"的深刻含义，深知理论知识是远远不够的。我还利用空余时间参加学院组织的各项志愿服务活动，如敬老院慰问老人、特殊教育学校演出、火车站督导服务、乡村小学支教等。

跟党步伐，基层扶贫

2020年伊始，新冠肺炎疫情席卷中国，作为一名党员，在隔离期过后，我第一时间主动请缨到新疆和硕县乌什塔拉乡大涝坝村委会参加抗疫工作，既坚定了理想信念，发扬了五四精神，又担负起坚定不移跟党走，做有理想、有本领、有担当的新一代中国青年的使命，在基层实践中投入自己的青春热血。

在疫情期间的志愿工作中，我响应党的号召，成为村委会的一名扶贫专干。刚开始时，烦琐的工作让我疲惫不堪，但并未打倒我。我越干越起劲，每天都去贫困户家里听取贫困户诉求，帮助他们喂牛羊、打扫庭院，陪老人们聊天说话；我给扶贫农户进言献策，帮助他们招揽顾客；我顶着烈日迎着狂风，骑着电动车在沙土之中穿梭，只为按时上交文件……一段时间后，热情开朗的我已经和乡民们成为朋友，大家都拿我当自己家人招待。在走访时，望着那些思念自己外出务工的孩子的老人们，我告诉他们，"爷爷奶奶，我们国家不同以前了，你们要好好保重身体，有什么困难尽管告诉我，还有我们呢！"

在基层扶贫期间，我的心里又埋下了一颗种子——那是一颗扎根边疆的种子。

扎根边疆，放飞梦想

少年壮志潮头立，青春击掌要打拼。青年要立足本职岗位，做出不平凡的工作，为基层建设贡献力量。

我在深入基层工作后，感触最深的有三点：一是基层事务繁杂，需要时刻保持耐心；二是人民群众对美好生活的向往，需要自己用心；三是处理复杂矛盾的能力，需要自己的慧心。民众是国家的基础，在这片广阔的天地里，要俯下身子认真倾听最真实的话语。

菊美多吉、王川、周卫东、秦明飞，他们的"美"，正是源自为民的情怀，源自对基层无限的热爱，源自百姓发自内心的赞誉和跟随。我一直以他们为自己心目中的榜样。

新疆，在别人的眼里是一个荒凉、遥远、偏僻的地方。在我心里，那是我第二个故乡，是我割舍不下的梦想。我从小和父母在新疆生活，像新疆本地人一样热情开朗、活泼可爱。新疆的一切都影响着我，吸引着我！现在的新疆交通发达，城市井然，不仅特产丰富，有神奇秀美的自然美景，更有热情淳朴的民风民俗。乡村小路两旁最多的就是白杨树，不管遇到风沙还是雨雪，不管遇到干旱还是洪水，它总是那么直，那么坚强，不软弱也不动摇。从小在杨树林奔跑玩耍的我，就像杨树一样坚韧不拔，迎难而上。

在沙漠里，还有万千热爱这片土地的人，他们就像一棵棵白杨树，用自己的力量，筑起了新的"白杨林"。我也要做一棵白杨，坚持自我，坚持梦想，融入沙漠里的白杨树林当中，为他人抵挡风沙。我相信，只要我们这一代人将青春与热血投入边疆去，荒凉的沙漠就会变得欣欣向荣！

自立自强　梦想起航

——新闻与传播学院　马安娟

马安娟，女，2020 年"励志人物"（校级），新闻与传播学院 2017 级新闻学 2 班学生。她曾担任班级权益委员和班长。2018 年，她被评为校级"优秀共青团员""优秀志愿者""三好学生"，荣获国家励志奖学金、湖南省"我是答题王"知识竞赛一等奖。2019 年，被评为湖南省"仁慈友善，感恩向上"先进人物，荣获校级二等奖学金、国家励志奖学金。

马安娟思想上坚持中国共产党的领导，始终以共产党员的标准严格要求自己。她学习上刻苦勤奋，团结同学，诚信待人。在担任班长期间，她对待工作认真负责，有较强的团队精神。她尊敬老师，遵守各项规章制度，积极参加社会活动和各项实践。总体来说，她是一名德智体美劳全面发展的优秀大学生。

（辅导员　欧阳素珍）

马安娟性格开朗，在校期间成绩优异，多次获得校级荣誉。担任班长期间，她尽职尽责，为班上同学服务。她一到周末就积极参加各种志愿活动，乐此不疲，是一名综合素质较强的大学生。

（2017 级新闻学 2 班　罗威）

父爱如山，伴我自立

因为家境贫寒，妈妈在我 3 岁时离家出走。但是，我并不觉得生活黯淡无光，爸爸教会我什么是友善、自信、独立和自强，他一直守护着我的健康成长。如果说爷爷奶奶在我的青少年时光里扮演着不可或缺的角色，那么爸爸就是我强大的精神支柱。

爸爸只身去广东打工，只有小学文化程度的他在找工作时困难重重，最后只找到一家物流公司的工作，每天替老板搬运货物，来来回回不停歇地劳动，这份工作整整持续了四年多。他用男人的臂膀扛住了整个家庭。在爸爸的悉心照顾下，我渐渐长大了。

我家的生活并不容易，爷爷奶奶身体虚弱，爸爸常年外出挣钱。为了不让爸爸操心，我每天都会自觉地写好作业，帮爷爷奶奶做饭、洗碗、干活。通过努力，我考上了市里最好的中学。六年里，我在市中学学到了扎实的知识，增长了见识，变得更加自信、独立。

我考上衡阳师范学院之后，爸爸专门陪我来学校报到，他一只手拿着我的行李箱，另一只手提着我的桶，让我有满满的安全感和期待。那一天，看着爸爸那宽厚的肩膀和黝黑的皮肤，泪水渐渐模糊了我的眼眶，我真想说："爸爸，辛苦了，我爱你。"随后，我便目送着爸爸消失在小路拐弯的尽头。

爸爸离开衡阳后，重回工作岗位。我每天都在认真地学习，积极地为班级服务，充实地过好每一天。爸爸在我心里是伟大的，爸爸心里也是为我骄傲，我们各自忙碌着，我希望有一天，我和爸爸能在同一个城市，看六月夜空里的繁星。

志愿无偿，我本自强

每个人都渴望被他人关心，我深知一个微笑能够给人带来多大的温暖。我也想传递自己的力量，去帮助他人，给他人带来善意与温暖。

进入大学后，我利用周末空余时间去参加志愿者活动。2017 年 9 月 16 日，我前往珠晖区的一所聋哑学校进行志愿服务。抵达学校前，我内心特别紧张：我不知道大家共同的话题是什么。透过玻璃窗，我看到一群非常可爱的小朋友。我认识了一个可爱又有点害羞的小女孩。当我尝试第一次去握小女孩的手时，小女孩会抓得紧紧的。我拥抱小女孩时，小女孩会双手紧紧地抱着我的脖子。我知道，那是渴望关爱的表现。我知晓了每个孩子都有好奇心。离别时，孩子们眼圈红肿着，依依不舍地望着我们这些志愿者。这让我十分心酸。

此外，我还去了珠晖区敬老院帮老人们打扫卫生、收拾衣物，还参加了网友清明祭奠抗日英烈活动、动物园开展的"声之缘"活动、珠晖区图书馆"花蕊阳光"少儿读书会活动等。

为梦想而战

我的梦想既朴实又简单。我决定考研，考到广州，和爸爸在同一个城市，一起奋斗，一起努力。为了实现这个梦想，我一直不敢松懈。

学习上，我一直坚持自我鼓励式的方式，每天对自己说"加油，我可以"，这个方法是我沉下心学习的秘密武器。事实证明，努力总会有回报。每一个学年，我的学习成绩排名和综测排名都是第一。

工作上，我努力锻炼自己的组织和管理能力。大一、大二时，我一直担任班级的权益委员，帮助同班同学解决生活上的难处。大三期间，我成为大家的班长，为同学们服务，和同学们一起进步，一起成长。

一直以来，我坚持着远航的方向，扬起梦想的风帆，在大海中乘风破浪，在困难的航道中航行。不论前路有多艰险，将来的我，一定会跨越浩瀚的大海，抵达理想的彼岸。

愿将青春之花绽放在农村课堂

——法学院 段菲

段菲，2020年"励志人物"（校级），法学院2017级历史学2班学生。她曾任法学院团委副书记、班级班长。入校至今，她已参加校内外实践活动50余项，志愿服务时长500余小时。她曾获校级及以上荣誉40余项，多次获得奖学金和"三好学生""优秀学生干部"等荣誉称号。

在我的印象中，段菲是一个乐观积极、勤奋向上的女孩。她时刻充满着正能量。她学习成绩优秀，荣获全国微课大赛一等奖。她工作能力出众，是老师的得力助手。她心地善良，关爱儿童，积极参加志愿服务活动。她是人群中耀眼的光芒。

（辅导员 黎兆萍）

段菲在我心中是一个各方面都很优秀的女孩，与她相处的四年中，我一直把她作为学习的榜样。她办事认真细致，创新点子多，会竭尽全力做好每一件事。她待人友善，对有需要的同学总会给予最热心的帮忙。她还会给身边人带来温暖和力量，就像一个小太阳，用阳光开朗的性格去感染所有人。

（2017级历史学2班 李幸妮）

播撒梦想，生根发芽

我来自一个普通的农村家庭，家中有六口人。父亲靠打铁为生，母亲每天都得赶往集市摆摊卖铁器制品。父亲患有严重的腰疾，神经被压迫导致右腿股骨下陷，走路不太平稳；母亲经历两次大手术，又遭车祸，致左腿胫腓骨粉碎性骨折，休养许久；姐姐患生理疾病多年不见好，需长年服药；爷爷患有骨髓瘤，双腿无法长时间站立和下蹲；奶奶意外摔跤，左大腿三根骨头骨折，至今跛脚，行动不便。

"世界以痛吻我,我却报之以歌",我在这种环境下,学会了珍惜家人,学会了勤奋好学,一路以优异的成绩保送重点小学和初中。

然而,我却在初三这关键的一年开始掉链子,上课走神、睡觉、不完成作业,班主任注意到了我的反常。那夜,老师和我长达三小时的谈话和一记轻轻的耳光改变了我的一生。我受恩于师,那时,教师职业的伟大和无私在我心中不再虚幻:教师的一个动作、一句话足以改变一个学生!

初三填报志愿时,原已被市重点高中保送的我毅然决然地报了公费定向师范生,以优异的成绩考取了衡阳师范学院历史专业。

汲取养分,向上生长

当独自来到陌生的城市时,我深刻明白了责任之重。要为家乡教育事业做贡献、给孩子们带去优质课堂,光凭一腔热血是不够的,我必须要好好规划自己的大学生活。

初等教育学院阶段,我刻苦学习文化知识,夯实各科基础。大学阶段,我深知要想成为一名优秀的教师,必须提升综合素养和教学水平。入校以来,我时常学习名师的教学方法,积累经验。六年来,我的学业成绩和综合测评名列前茅。

我参加过各类活动,教学、演讲、模拟招聘、创新创业、知识竞赛……足球场、自习室、天台都留下过我的汗水,一张张密密麻麻的讲稿、图纸、计划书、展板都见证过我的努力。

2018年上学期,我参加了学校青盟组织的曙光小学支教活动,担任六年级思想品德教师。初入班级,我了解到男女同学相处不融洽,我在第一堂课时精心设计了"叠报纸"游戏,引导男女同学学会合作,解决了性别分歧的小难题,班级氛围变得更温馨,班主任赞不绝口。此后,我准备了很多个"小惊喜",给孩子们带去知识与乐趣,孩子们说我是他们最喜欢的老师。支教的最后一节课,我给54个孩子每人准备了礼物,离别之际,我与学生相拥而泣,流下的泪有甜味,也有苦味。这段经历让我加深了对农村教育现状的认识,深入了解了学生学情,也积攒了经验。事后我认真总结,致力于乡村学校游戏化教学探索。

除了投身教学实践活动,我认为通过任职学生干部获得的经验也非常重要。大学四年,我担任了主要学生干部,曾任院团委副书记,大四仍担任班长。多次被评为"优秀学生干部"的我,2019年被评为"优秀学生干部标兵"。这些经历让我提高了组织管理能力,为做好教学工作奠定了基础。

初有绽放,花姿可期

随着教学理论知识与经验的增加,我决定开始探索自己的教学风格,开始以

"输出"带"输入"，通过发挥自身价值来获得更大的进步。我开始参加师范生技能大赛，提升教学基本功，经常独自在自习室试讲、磨课，在粉笔字、教学技能、模拟招聘等比赛中崭露头角。

2019年暑假，我有幸被我校国培项目管理团队选中，担任国培助理，主要负责课程准备、主持、宣传、班级管理与文化建设、研学活动开展、专家接待。10月，我继续担任统编教材研修班助理。之前所做的努力对我完成高强度的工作起了很大的帮助，当然在这儿我也有了许多新的挑战：第一次端起相机，第一次举办红歌会……2019年10月10日，《今日头条》曾报道称我为"衡阳师院段菲老师"，这无疑是对我莫大的鼓励。

第二次参与国培，虽然日常工作大致相同，但我没有选择按部就班，而是根据班级特点重新调整了工作计划，并在忙碌的工作中顺利一次通过教师资格证考试。为了达到更好的效果，我收集每位学员的特写，结业前奋战至凌晨3点，制作了8分钟视频，结业典礼上让全场气氛达到了高潮，许多学员感动落泪。有人问我怎么会想到这样做，我说："有心才有教育。"我的用心和努力也收获了许多赞扬，最终我被评为了"国培先进工作者"。回校后，我将学习成果与同学们分享，并在课堂上展示新式教学课例，也时常帮同学磨课、评课，看着我飞速成长，专业老师评价："不愧是见过世面的人！"

2020年新冠肺炎疫情来势汹汹，面对农村小学教育断层严重的问题，我自告奋勇跟随带队老师在村小进行义务辅导。前后历经20多天，我辅导小朋友们完成寒假作业、预习新学期知识、开展趣味游戏。同年11月，我因工作表现出色，入选参加了由衡阳市实验中学承办的"市培计划（2020）"培训，我认真学习，积极探讨，被衡阳市实验中学评为"优秀学员"。

比别人多一点决心、多一点努力、多一点自律、多一点实践、多一点反省，多一点点就能成为更好的自己！我始终坚定着心中最初的梦想。既然选择远方，便只顾风雨兼程；既然选择了地平线，留给世界的就只能是背影。我希望能将自己的青春之花绽放在农村课堂上，让更多的孩子眺望更广阔的美景！

雨过天晴　望见曙光

——新闻与传播学院　张美娟

　　张美娟，2020 年"励志人物"（校级），新闻与传播学院 2019 级广告学 1 班学生。大一担任院学生会生活部干事，大二担任院学生会生活部副部长。在同学眼里，她是一个认真、积极、有进取心、懂得感恩的女孩。

　　张美娟一入学便加入了学院的生活部，成为一名踏踏实实做事的学生干部。大一时，她坚持早晚横跨宿舍楼查寝，风雨无阻。学习上，她善于提出问题，乐求真知，经常与授课老师进行交流。生活中，她待人友善，与同学相处融洽。在我眼里，她是一个集勤恳、善良、友爱于一身的女孩。

（辅导员　欧阳素珍）

　　美娟性格开朗、幽默风趣，是我们身边的开心果。她给我们带来了欢乐和温暖。无论在学习还是工作中，她为了自己的目标不惧困难，全力以赴。刻苦努力是她学习的底色，一丝不苟是她工作的态度。她是一个在开心时会开怀大笑，遇到困难绝不轻言放弃的人。

（2019 级广告学 1 班　杨婧）

世界以痛吻我，我仍报之以歌

　　我出生在湖南省安化县羊角塘镇的一个小山村，父母都是农民，他们收入微薄，只能靠体力劳动勉强支撑家庭。小时候，父母感情不和，只有母亲愿意抚养我，并让我寄住在外婆家。我的外婆外公也是农民，他们勤劳朴素，诚实热心，用满是皱纹的双手为年幼的我创造了一个有爱的家，填补了我内心的空缺，还教会了我许多为人处世的道理——做人要坦率真诚，做事要勤劳认真，一切都要靠自己。

　　初三那年，我的父母离婚了，我不想让爱我的人失望，于是尽全力微笑着面对生活：努力学习，取得好成绩，和同学友善相处，帮助他人，积极参加活动，为个人和学校争取荣誉。从此，我感受到我人生的意义。

高一那年，我的母亲因为意外，左手手臂和手指受伤致残，失去了长时间劳动的能力，无法供我读书。在我以为无路可走的时候，父亲开始打工为我赚取学费，我得以继续完成学业。

高三那年，我认为一切都变得越来越好的时候，我的父亲身体状态不佳，半个月瘦了十几斤，医院检查是肝癌晚期，我觉得这个世界只有痛苦。

咽下昨日伤痛，化作今朝春光

那段艰苦的岁月里，我无法陪在父亲左右，幸运的是，有亲人帮我照顾父亲，也有良师益友给我鼓励。

在生活和大考的双重压力下，我无法摆脱内心的苦痛，深感无力与茫然。在高考前，我的成绩下滑了。接连的打击让我萌生了放弃学业的想法，我苦苦思索为何命运对我如此狠心。临近高考，在老师的建议下，我停止了与父亲的电话联系，尝试让自己从思想的黑洞中走出来。高考那天，我以平静的心态顺利完成考试。我满心欢喜，以为终于可以陪伴父亲，回到家里才知道，家里人怕影响我考试，一直瞒着父亲已经去世的消息。泪眼蒙眬之际，我收到衡阳师范学院的录取通知，恍惚间觉得明天与希望仍在。

来到衡阳师范学院以后，我选择了广告学专业，明白了传播的意义就是把积极向上的理念传递给他人。我突然发现，这就是我正在做的一件最有意义的事。

风雨不为所惧，未来掌握手中

我从小就积极参加志愿活动，从中感受到团队合作的温暖。在参与学考、高考志愿活动时，我被评为了"优秀志愿者"。进入大学后，我选择加入学院的生活部，因为这里有很多可以帮助他人的机会。我为能够帮助同学、服务学院而高兴。在未来，我也希望能继续服务大家，温暖大家；并希望能以党员的身份投身于社会主义建设，将党的优良作风发扬光大。在认真完成工作的同时，我努力适应大学的学习节奏，用心听课，取得不错的成绩。还被评选为优秀学生干部。在课余时间，我通过做家教赚取生活费来减轻母亲的负担。

生活中，大雨滂沱是常态，我却始终向往着盛开鲜花的原野。回顾这一路上的风风雨雨，我怀疑过命运，也怀疑过自己。我受到许多人的帮助，也懂得感恩是一种美德，并努力为学校和社会做出贡献。我想把自己的故事讲述给同样身陷困境的同学，告诉他们一定会苦尽甘来，一定要成为更优秀的人来回报社会。雨过天晴，一定能望见曙光！

我们都是追梦人

——计算机科学与技术学院 谭小祥

谭小祥，2020年"励志人物"（校级），2020级计算机科学与技术专业（非师范）1班学生。在初、高中学习阶段期间，一直被任教老师称赞为努力学习、敢于拼搏的学生，也曾多次被评为"学习标兵""三好学生"。从小到大，他的学习成绩在班级位居前列。但他的求学之路充满着坎坷。在经历了复读和家庭变故后，他学会了成长。在2020年的高考中，他不负努力，最终考上了衡阳师范学院，选择了心仪的计算机科学与技术专业。

> 谭小祥是一个努力的学生，他的上进我都看在眼里。而且他是一个有着明确目标的学生，在学习上有认真严谨的态度。在生活上，他也是一个乐观向上的学生。希望他今后看待问题能更深更广，多站在别人的角度考虑，尽量去理解和包容，继续做到严于律己，宽待他人。
>
> （辅导员 马杰）

> 谭小祥是一个挺优秀的同学，我跟他挺有缘分，既是高中校友，也是大学校友。在复读的日子里，我佩服他的坚持、努力。他身上有着不一样的光环，能带动别人一起努力学习。在大学里，他依旧戒骄戒躁，认真严谨，保持着谦虚沉稳的优良品格，很值得我学习。
>
> （2020级软件工程2班 徐小平）

积极乐观，自强不息

我虽然身体上存在缺陷，但学习能力却与常人无异，只是写字速度不如一般人，正因为如此，第一次高考中我没能考出理想的成绩。但我不甘于此，不屈不挠，高考失败后经过慎重考虑，在家人的支持下，踏上了复读之路，最终考入衡阳师范学院。

身体的缺陷让我在求学过程中不得不付出比别人更多的努力，入学以来，我起得比别人早，睡得也比别人晚，从未迟到。在老师眼里，我一直是个很优秀、很自强的学生；在同学和室友眼里，我是个令人敬佩的同学和友爱的室友。我坚信"No pains，no gains—没有付出就没有回报"，哪怕一时半会儿得不到与自己努力相符的回报，我也将无怨无悔地付出。

我一直接受到社会各界的帮助，但我明白不能一辈子依靠他人，所以，我将终生奋斗。

天道酬勤，自强不息

我热衷于学习。入学期间，上的第一节思修课就被老师点名来回答："对于大学学习生活，你应该怎么度过？"我回答的"珍惜时间，树立远大理想"被老师反复在课堂上提起，我写的大学规划被班主任给予"思想上有深度，视野看得远"的评价。老师对我的评价我将一直铭记于心，我也始终相信"行胜于言"。

在学习上，我极其投入，认真参加相关课程并请教老师。对于自己的人生，我也有着不一样的规划。我认为大学规划只是人生规划的一部分，一切得脚踏实地，才能去实现自己的理想，完成最终目标。

以梦为马，不负韶华

无论是专业课还是公共课，我总是满怀期待、充满信心投入到课堂学习中。虽然我是一名刚入学校不久的大一新生，对学校了解还不深，但图书馆已成了我的常驻地。我常跑去图书馆借书，进行自主学习和探究。我在高中时，对待每一道试题，总是要彻底弄懂了才会放下，如今进了大学更是如此。入学以来，我一直保持着规律的作息，以更充沛的精力投入学习。

心中有了方向，一路才不会跌跌撞撞；心中有了梦想，才不会惧怕路暗路长。我相信我的故事一定能感动许多人！陀思妥耶夫斯基说过，"世界上还有一个人在受苦，那个人就是我的兄弟"。每个人都会经受生活带来的各种不同的考验。在追梦路上，我所受的苦难一定会引领我遇见最好的自己！逐梦者，心向梦想，去拥抱明天的曙光吧！

梅花香自苦寒来

——外国语学院　胡玉怀

胡玉怀，2020 年"励志人物"（校级），外国语学院 2017 级英语 1 班学生。她曾担任班长，被评为"优秀共青团员"。她带领班级取得"优秀班集体"的荣誉，她在"红色团日活动"中讲述党的光辉历史，在"青鸟志愿支教"活动中赴乡村支教，是身边同学的榜样。

> 在我眼中，胡玉怀同学性格开朗，待人热情，与同学相处融洽，总有自信的微笑。她能够坦然面对生活和学习上遇到的各种困难，以积极的心态迎难而上！
>
> （辅导员　江子丹）

> 玉怀在我的眼中是一位踏实能干、聪明伶俐的女孩。作为老师，她爱岗敬业，孜孜不倦；作为朋友，她坦诚待人，温柔可靠。我相信，未来的她，一定会在自己的岗位上坚守初心，为社会做贡献，为国家奉献力量。
>
> （2017 级英语 1 班　方心仪）

力学笃行，践行使命担当

我是一个来自祁东县城贫困家庭的大学生，也正是贫困的家庭环境铸就了我吃苦耐劳、艰苦朴素、永不服输的品质。在校期间，我能够认真遵守校规校纪，严于律己，自觉做好带头作用。曾在担任班长期间，带领班级获得"优秀班集体"的称号，自身也获得了"优秀共青团员"的称号。在课余时间，我积极参加学校组织的各类活动并且取得了不错的成绩，如在"红色团日活动"中讲述党的光辉历史，在"青鸟志愿支教"活动中赴乡村支教，在衡阳师范学院创新创业园实习等。在这些活动中，我丰富了课外知识，开阔了眼界，自身能力也得到了锻炼，使我对未来有了更明确的目标和方向。

在思想上，自入学以来，我不断严格要求自己，努力学习理论知识，并且将这些理论知识付诸实践。在2019年9月，我提交了入党申请书，参加入党培训后，我以优异的成绩结业，最终成为一名预备党员。我在担任班长期间，定期组织团建活动，并从中感悟到在苦难中应该如何坚守初心，砥砺前行。除此之外，我还积极参加学校组织的"红色团日活动"，在讲述党的历史、传承党的精神的过程中，我明白了：每一次奋发过后，必然有丰厚的回报。

顽强奋进，浴血重获新生

在生活中，我一直是一个自立自强的人，遇到困难，会努力咬牙挺过。我也一直记得在我苦难的时候给予过我帮助的每一个人。

因为家庭贫困，在上大学之初，我就通过助学贷款缴纳了学费，同时因为是建档立卡户，社会和学校在生活上都给予了我很大的帮助。但尽管如此，困难与磨炼还是找上门来。大一刚入学，当我还对大学生活怀揣着无限幻想和希冀时，我意外摔伤了，双腿膝盖的半月板和韧带严重受伤，随后便进行了人生中的第一场手术。术后需要很长一段时间的恢复期，那时父母因为我的伤情愁眉苦脸，我的身心也忍受着巨大的痛苦。于是，母亲决定在校外租房子，每天用轮椅推着我在校园里穿梭上下课，那时的我一度生活不能自理，每天晚上母亲要给我打理好一切，按摩腿部之后才回到校外的房子。独自一人时，我只能拄着拐杖才能进行活动。在过减速带时，有同学会帮忙抬起轮椅；在外语楼下课后，认识的老师也会用车载我一程；对于我的迟到和缓考申请，老师们更多的是谅解；辅导员和书记也会经常关心我的伤情。这一切的一切让我觉得，情况也没有那么坏。

在这个过程中，我一直保持着积极的心态，暗暗给自己打气，努力学习，不落下每一门课程，成绩也一直排在班级前列。尽管受伤，我也从没有放弃过作为班长该担当的责任，和班上同学一起完成任务。现在看来，其实这所有的苦难都不过是一场历练，我相信只要咬咬牙挨过面前的困境，最终将会懂得"梅花香自苦寒来"的真正内涵。

无畏险阻，用心回馈社会

滴水之恩，当涌泉相报。学校和社会给予我帮助，我便希望有机会也能回馈社会。作为一名英语师范生，我努力学习，不断提升自己的专业知识和教学能力，课余积极参加学校的支教活动。在支教过程中，我明白了作为一名老师的无私和奉献。作为家族中走出来的第一批大学生，努力拼搏、为家人争光是我一直以来的信念。为减轻家庭的负担，在课外时间，我通过发传单、做家教等兼职磨砺自己，坚持自给自足、朴素务实的作风。在创新创业园实习的过程中，我更是学会了很多书本上没有的知识——如何待人接物、为人处世等。在今后的生活中，我也会不断完善自己，改正自身的缺点，让自己更加优秀。

我虽平凡，但不甘平凡。我只是人海中的一粒沙，没有倾倒众生的美貌，没有富足安逸的家庭，但我有一颗进取的心，有崇高的理想。"路漫漫其修远兮，吾将上下而求索！"在未来的人生中，我将一直坚信"梅花香自苦寒来"，秉承着"若是美好，叫作精彩；若是糟糕，叫作经历"的人生信条来面对人生的每一次历练。

积极心态　阳光人生

——数学与统计学院　谢苗

谢苗，土家族，湖南省张家界人，2020年"励志人物"（校级）。数学与统计学院2020级数学与应用数学5班学生，东校区自管会执行部干事兼守望者心理工作室公关部干事。

> 谢苗礼貌待人，能与同学友好相处，经常能看见她去参加一些活动。她早早知道孝敬长辈，从不乱花钱。她也是一个特别爱笑的女孩子，很多人都能被她的笑容感染，希望她能将笑容传递下去，让每一个遇到她的人都感受到阳光与温暖！
>
> （辅导员　贺妮）

> 谢苗是一个非常非常积极阳光的女孩子，她的光芒照耀着身边的每一个人。在我遇到困难需要帮助时、在我遭受挫折需要鼓励时、在我陷入迷茫需要陪伴时，她都用她的正能量激励我。我希望她以后的生活中充满幸福，烦心事都远离她，收获更多真挚的友谊。
>
> （2020级数学与应用数学5班　向越）

命运不幸，孤苦伶仃

今年十九岁的我，与同龄人相比，用得最少的称谓是爸爸，见面最少的人是妈妈。我原有一个美满的家庭，虽然不富裕，但很温暖，父亲靠着体力赚钱，尽最大可能满足我成长的物质需要。

十岁那年，我的家庭发生了变故。父亲病故，母亲无法忍受这样的日子，抛下我离开了这个苦难的家庭。

父亲临终叮嘱我用心学习。从那刻起，我决定无论如何也不能辍学，一定要好好学习，只有学习才能改变我的命运。父亲带着对我的担忧走了，留下了一堆债务。这一年，我还未满十岁。

从此，我便和年近八十岁的奶奶相依为命，靠微薄的低保扛过最艰难的岁月。吃得差一点，穿得差一点，我都无所谓。对我来说，更苦的是成长中精神上的孤独无助。

当物质贫困和精神孤苦同时压在我身上时，我没有逃避困难、没有丢掉梦想、没有放弃学习，我以顽强的意志继续坚持学习。在刻苦学习中，以知识为思想引导、以文化作精神食粮。我在不断努力实现父亲嘱托，也正在用知识改变自己的命运，书写励志人生。

贫而苦学，求知为乐

在名人传记中，那些勇攀书山、求知为乐的人成了我的榜样。

从母亲出走、父亲离世开始，我便知道自己的人生与其他同龄人不一样，我需要通过加倍的努力才能改变命运。

童年时，我热爱阅读。经典名著开阔了我的眼界，励志传奇丰富了我的精神世界，哲学提高了我的思想境界。我房间里的一柜子书陪伴我度过了无数个春夏秋冬。书，是我成长过程中最宝贵的精神财富！

在生活学习中，常有老师和同学给予我无私的帮助。他们让我感受到了温暖。我渐渐适应了学校的生活，喜欢上了教师这个职业。教师既能传道授业又能帮助学生指引人生航向。于是，我立志要当一名光荣的、优秀的人民教师，教书育人，回馈社会。

初三毕业后，我成为衡阳师范学院的一名公费定向师范生。上了大学后，我继续发扬勤学苦练、刻苦钻研的学习精神，十分注重学习专业技能。一个学年下来，我收获颇多。

古人云："诗书勤乃有，不勤腹中空。"正是深知勤学苦学的重要性，我才会不顾生活不幸，勤学苦练，以求知为乐，在改变人生命运的道路上越走越稳、越走越远！

严于律己，乐观自强

生活中遭遇的不幸教会我严格要求自己。没能找到工作、挣得工资的日子里，我经历着人生最痛苦的蜕变阶段。时光荏苒，我越来越体谅奶奶生活的不易。我在家能孝顺长辈、聆听教诲；在校能尊师敬友、团结同学。同学们时常问我"学习累吗"，我翻起泛黄的书页，笑着说："残酷的现实，缩短了我原本叛逆青春的时长；艰难的生活，教会了我如何早早独自面对人生。是读书，教会了我如何去生活……"

我能有今天的成绩，离不开亲朋好友们的关心与帮助。更重要的是，我一直保持着坚强和自信、执着和勇气、达观和内敛。阳光总在风雨后，下一站一定是幸福。我也相信，付出总有收获。

如今，站在一个新的起点上，我会一如既往，不骄不躁，心存感激之情，继续刻苦学习。我会继续保持积极乐观的心态，用微笑来应对生活中的困难。

科创伴我成长

——化学与材料科学学院 何辉艳

何辉艳，2020 年"励志人物"（校级），化学与材料科学学院 2017 级化学 4 班学生。她从小和外公外婆生活在农村，为了减轻家里的负担，她选择填报公费师范生。从踏入大学的那一刻起，何辉艳就立志好好学习。她坚定地朝着自己的梦想前进，誓要靠自己的努力改变命运。其中，科技创新成了她大学生活中最耀眼的一抹亮色。最终在一次又一次的科创实践中，她锻炼出了坚强的意志，也培养出了迎难而上的实践精神。

> 何辉艳是一个安静平和、勤于思考的女生。大学四年里，她一直坚持着自己的目标，为之实现而不断实践，并在实践的过程中不断调整认知，反过来再由认知调整实践，不断重复，知行合一。学问不仅是要想，还得做了，才能在不断的读书思考中，修正自己的认知，最终把学问做好。愿未来的她心中有梦，坚守内心的方向；眼里有光，抵达向往的地方；脚下有路，开创属于自己的辉煌。
>
> （辅导员 姚尽沙）

> 博观而约取，厚积而薄发，这是我眼中的小何。默默努力的她在生活中是温柔的，待同学、待室友皆是如此。学业上，她是强大的，挑灯夜读，未有松懈，在准备师范生技能大赛的试讲时，她惊人的抗压能力让我佩服不已。草木秋死，松柏独存，小何是也。
>
> （2017 级化学 4 班 谌雨晴）

五彩缤纷实验室，播种科创小树苗

大一时，我怀揣着对化学世界的好奇以及孩提时的科学家梦想，踏入了科技创新的世界。我想通过自己的努力，做出哪怕一点点的成果。也正是这样的初心，让我鼓起勇气参加了实验室招生面试。在那次实验室招生面试中，我在100多名竞争者中脱颖而出，让我印象最深刻的一个面试问题就是关于"坚持"，也正是这一个词，一直在激励着我前进。在实验室研究方面，我主攻环境治理方面，经过两年的努力，最终收获了一些骄人的实验成果，也学到了可以应用于自己今后发展的许多知识与技能。

初入实验室，我的生活单一但有趣。生活单一是因为大一的主要任务是跟着学长学姐、老师们学习实验方法、基础知识和操作技能。每天，我都在进行着重复单一的实验操作，每一个操作都需要耐心和细心。有趣的是，我每天都能目睹一些很神奇的化学反应，接触之前从未使用过的仪器、药品，实验室里每天都在上演各种神奇的事情，这使我对此更加着迷。

而令我印象最深刻的是刚开始学习称量时，每天反复称量七八次，每次重复的练习后都会腰酸背痛。我大学的第一个暑假就是在实验室里度过的，那年夏天烈日高照，烘箱长时间的炙烤，让实验室的温度更是持续飙升。每天都是两点一线，每个实验操作的反应时间需要严格控制，就餐时间也很不规律。那年夏天，父母多次打电话要我回家，劝导我："这么热的天还天天待在实验室，多累啊。"但我是个不服输的人，我坚持着：只要没做出结果，就不会轻易放弃。于是，在大家的一起努力下，我心中的科创种子不断地发芽成长。最后我完成了课题，最终获得"2018年度衡阳师范学院科技创新大赛二等奖"。

跨越高山向前迈，铸就科技创新梦

大二时，我逐渐掌握了一些基本知识和技巧，有了自己创新的点子，便想着自己开始写课题。但是创新并不是一件简单的事，单是找资料、看文献、确定方向就花了一个多月的时间。第一次写申报书于我而言，是个艰难的挑战。从前期的耗时准备到后期字词句段的推敲，我再一次深刻体会到从实验到申报需要保持多么严谨认真的态度。从2018年9月开始，我收集资料、翻阅文献，最终于11月初完成了七千多字的申报书。在学校举行的2018—2019年度科技创新比赛中，我所申报的项目成了重点项目。

这次经历后，我对实验的兴趣大大提高了。成为课题组组长后，我成长了许多。我深知自己的责任重大，不仅要教学弟学妹们做实验，还得完成自己的课题项目。我还在考教师资格证和全国计算机二级考试的双重压力下，把两个月的工作量压缩在一个月内完成了。之后一个月里，我抓住每一分每一秒努力备考，最终完成了课题 "HAS@ MMT@ CTS 复合材料的制备及其对染料的吸附性能研究"，此课题获得了 "2019 年度衡阳师范学院科技创新校级二等奖"。

理论实践相结合，增添科创新能量

2019 年，我所申报的 "复合改性蒙脱土对有机染料吸附性能研究" 项目在 "2019 年度全国大学生创新创业比赛" 中有幸成为国家级创业训练项目，实验为期两年，于 2021 年正式结题。在此期间，我还发表了三篇 SCI 论文，它们分别是 *Preparation of Sodium-substituted Xonotlite from Eggshell and Its Adsorption Behavior for Cadmium*（Ⅱ）、*A near infrared fluorescent probe based on ICT for monitoring mitophagy in living cells*、*Preparation of sodium-substituted xonotlite from eggshell and its adsorption behavior for cadmium*（Ⅱ）。同时，我还积极参加科技创新的竞赛，于 2020 年获得 "第十二届挑战杯创业计划竞赛" 国家级铜奖，"第六届中国 '互联网+' 大学生创业大赛" 省级二等奖，毕业之际，我获评湖南省 2021 届优秀毕业生。

我坚信：世上无难事，只怕有心人。科创实验虽占用了我大部分的空余时间，但我仍知晓理论学习的重要性：理论与实践相辅相成，缺一不可。于是，我多次参加学院学校组织的师范生技能大赛。2020 年，我获得衡阳师范学院师范生技能大赛院级一等奖和衡阳师范学院师范生技能竞赛暨第三届 "富企来杯" 五项教学技能竞赛优胜奖。2021 年，我获得衡阳师范学院师范生实习汇报课校级一等奖。

如今，我已经实现了自己的人民教师梦。四年来，我的大学时光因为科创变得有滋有味。艰苦过后的每一次成功，我都会感受到无法言喻、由内而外的喜悦。正是这种喜悦，让这个在别人眼里不能坚持的女孩一直满面笑容、踏踏实实地走下去。

何须苦思风霜雪　争做人中最娉婷

——教育科学学院　刘思婷

刘思婷，湖南平江县人，中共预备党员，2021 年"励志人物"（校级）。教育科学学院 2018 级学前教育 2 班学生。

> 刘思婷同学活泼开朗，勤奋学习，品学兼优。除了对自己学习方面要求严格，还积极地学习摄影技术，热爱生活的她在校记者团中留下了众多"美图"。除此之外，她还主动参加党史宣讲、幼儿园志愿者等校内外活动，不断挑战自我、成长进步。加油！相信刘思婷同学可以走得更远！
>
> （辅导员　李少武）

> 思婷是一个可靠而又值得信赖的人，对自己的生活有明确的规划。工作时，她会严肃对待并力求完美地完成每一项任务。学习时，她刻苦努力、认真钻研，遇到难题时总会积极请教老师。生活中，她乐观开朗，脸上总是带着温暖人心的笑容，会在朋友遇到困难时成为"小哲理家"，开导和帮助朋友。希望思婷永远做这样一个真实的自己。
>
> （2018 级学前教育 2 班　汤宇阳）

穷且益坚，不坠青云之志

我从小和父母住在老城区的一个老旧危房中。16 岁时，我们一家搬到了一个四十几平方米的廉租房内。空间不大，但比起曾经那间下雨就会漏水的危房，我已经非常满足了。

父亲在县车站工作，近年来产业不景气，亏损运营，他的月收入只有 1 000 多元。他愁白了头发，但是也不能放弃这一个唯一的收入来源。母亲是破产单位职工，常感到腰酸腹痛，没办法久坐和从事重体力活。她只能在家尽可能地料理家务，后来得到政府关心，成为城市低保户。

在我高中的时候，爷爷因一氧化碳中毒晕倒摔跤以致脊柱骨折。爷爷入院后，又被查出患有肺结核。他多次入院接受治疗，饱受病痛折磨，出院休养 1 个月后又开始继续工作。

苦难并没有打败我，反而使我更加坚定"读书改变命运"的信念。从那以后，为了有能力更好地回报父母，我更加发奋学习。

学无止境，不懈追求梦想

顺利考入衡阳师范学院后，为了减轻家庭负担，我申请了国家生源地贷款，助学贷款共计 32 000 元。大学期间，我一次性通过了大学英语四级与六级、全国计算机等级考试和教师资格证等考试，也先后获得国家励志奖学金、校一等奖学金，所获资助我除了用于在校的生活支出，也会贴心地给家里添置一些必需品。

大四我开始备考研究生，但后来查出患有甲状腺结节，医生告知我若情况不好就要进行手术切除。母亲关心我的身体，背着我偷偷抹眼泪。她十分担心我的身体，劝我停止考研。

要放弃吗？我闪过这个念头。生病可以给我一个理由，放下手里那些厚重的书本，摆脱那些学了又忘、忘了又要学的知识，这样或许我要轻松很多。经过一晚上的自我剖析，我望着桌上的笔记，做出了选择。我明白，如果现在放弃，可以获得轻松安逸的生活，但是，我以后一定会后悔，会不甘心，我不愿这样。

现在，我明显感受到颈部结节在变大，有时甚至会对喉咙造成压迫，但在备考期间我尽力缓解自己的压力，同时也拒绝了父亲立即带我动手术的建议。有时候我也会偷偷难过一会儿，害怕自己不够努力，担心自己不能达到心中的目标，但是我不会放弃，一定会坚持到考研结束后再去动手术。

砥砺前行，永怀赤子之心

生活不会一帆风顺，但我会迎难而上！

入学以来，我先后担任校记者团摄影部副部长、校报编辑助理、学校教学信息反馈员、院学习部副部长、学风督察员组长、教务秘书助理、班导、学委等学生干部职务。在校记者团任职期间，我完成新闻工作共计数十余项。我的 24 篇摄影作品曾刊登于衡阳师范学院微信官方公众号，还有一篇刊登在校园文艺副刊上。在院学生会任职期间，我组织过各类活动，负责学院学风考勤督察与记录工作。

我的努力获得了同学和老师的认可。我也连续三年获得校"新闻宣传工作先进个人"等荣誉。放假期间，我参加县政府资助的育婴师、催乳师课程培训并获得证书，也在幼儿教育机构实习助教。

困难不会把我打倒，只会让我越战越勇。我的心中始终装着梦想，始终牢记理想信念。在今后的日子里，我将一如既往地坚守初心，砥砺前行！

艰难困苦　玉汝于成

——音乐学院　彭伟祯

彭伟祯，山西省临汾市人，中共预备党员，2021年"励志人物"（校级）。2018级音乐学3班学生，现担任音乐学院音乐学3班班长，获得院级及以上荣誉共计十余项。

> 彭伟祯学习态度端正，成绩优良，有较强的思维能力和动手能力。他尊敬老师，吃苦耐劳，朴实大方，认真对待工作，与同学相处关系融洽，遵守各项制度。他积极参加社会活动，社会实践经验丰富，十分注重自己各方面素质的培养。
>
> （辅导员　黄鹤飞）

> 彭伟祯活泼乐观、对人友好、稳重大方。作为班长的他，平日里团结同学、乐于奉献。他学习成绩在班上名列前茅。他志存高远，上进心强，敢于刻苦钻研。他有坚韧不拔的品质，勇于攀登高峰，善于把握发展自我的机会。
>
> （2018级音乐学3班　王齐玮）

艰苦奋斗，自强不息

我来自农村家庭，父亲身患疾病，母亲靠打工来维持生计。高考后，我兼职贴补家用。进入大学后，我勤俭节约。在校生活的每一天，我都不会让自己虚度光阴。

在校期间，我一边抓紧学习专业文化知识和专业技能，一边在班长岗位上认真工作，用更多的时间来锻炼自己，获得全面的提升。我从未因自己的出身而自怨自艾，放弃努力，而是一直为实现自己的理想而不懈奋斗。

不忘初心，砥砺前行

从进入大学那一刻，我对大学生活就有了明确的规划和目标。大一时，我一次性拿到了计算机一级、普通话二甲、英语三级证书，考试成绩优秀。在大二时，我加入了音乐学院小百灵乡村音乐教室支教团，利用课余时间去衡南县灵官小学支教。在课堂上，我侃侃而谈，风趣幽默地讲述着乐理知识，将自己所学知识教给每一位孩子，带给他们独特的温暖。课余时间，我带着他们做游戏，鼓励他们勇敢地参与活动。我用自己微小的力量给他们带去关爱与支持。2019 年获评衡阳师范学院音乐学院优秀支教教师。

我学习态度端正，参加了许多艺术实践活动，在实践中不断提高自己的专业素养，曾获衡阳师范学院 2019—2020 学年"三好学生"、校级"优秀共青团员"等荣誉称号。

自律自强，爱党爱国

我极其注重师范生技能的提高，每天都在琴房刻苦练习自己的专业技能，利用空闲时间加强专业训练。经过不断努力，我顺利地通过了教师资格考试。在音乐学院教学技能比赛中，我获得了 2021 年衡阳师范学院音乐学院师范生技能大赛一等奖，并在 2021 年湖南省普通高等学校第七届师范生教学技能竞赛中获得文科组二等奖。

我时常想着为同学服务，帮助更多困难的同学。后来，不仅竞选了音乐学院 2018 级音乐学 3 班的班长，还加入了音乐学院分团委组织部，投身于院校各项活动中，为院校发展贡献出自己的一份力量。

工作上，我做好老师和同学之间的桥梁。我还积极参加各种校内外志愿活动，组织班级参加敬老爱老活动、支教活动、守护湘江活动等，用行动来回报社会。

梅花虽开放于万芳凋零的寒冬之际，但其百折不回、傲霜斗雪，终于芳香满尘寰。我身处逆境，却也享受逆境，不畏艰难困苦，相信未来一定能成功到达理想的彼岸。

穷当志益坚　男儿当自强

——新闻与传播学院　武涛涛

武涛涛，2021 年"励志人物"（校级），新闻与传播学院 2019 级网络与新媒体专业 1 班学生。他曾荣获校级"十佳优秀教官"、衡阳师范学院大学生运动会 4×100 米第四名、湖南省防疫知识竞赛优秀参赛选手等荣誉。

> 武涛涛在工作中踏实能干，积极进取；思想上积极向党组织靠拢，尊敬师长，乐于助人。他学习自主性强，成绩优良。
>
> （辅导员　陈琴）

> 武涛涛诚实守信，为人正直，作风踏实，做事高效、有计划，认真负责。他学习勤奋，刻苦努力，爱党爱国。对他而言，"国旗高于一切"。
>
> （2019 级网络与新媒体专业 1 班　车毅）

微笑向阳，一路从容

我出生于山西省晋中市平遥县的一个农村家庭。8 岁那年，父亲离世，母亲改嫁。我自此和奶奶相依为命，靠奶奶种地得到的微薄收入，勉强完成了九年义务教育。奶奶虽然不识字，但是一直教我为人处世的道理，教导我要常怀感恩之心。

家庭的巨变让我从小就懂得自己与他人不同。我经常和奶奶一同下地干活，主动分担家务，减轻家庭负担。我学习刻苦认真，如愿考入县里最好的高中——平遥中学。

我上高中后，奶奶因年迈和过度操劳患上重病，虽然她最终康复出院了，但是每天都需要服用药物。面对种种困境，我并没有气馁，反而更加刻苦认真地学习。我相信，只要自己不低头，我面向的永远是阳光。最终，我通过努力，考入了衡阳师范学院，选择了网络与新媒体专业。

饮水思源，知恩图报

从小经历坎坷的我十分珍惜身边人的温暖，在家里总是竭尽所能地孝敬奶奶。

我常说自己是不幸的但又是幸运的，即使家庭破裂，但生活在一个幸福安定的国家。自己要更努力一点，对得起家人，对得起社会、国家的关怀。希望通过自己的毅力战胜一切困难，走出农村，报效国家，也让家人过上幸福的生活。

为了减轻家庭的负担，我申请了学校的勤工助学岗位。我努力学习，希望通过优异的成绩回报给予我帮助的老师们。我总是满怀热忱，在学习中增强团队意识，和同学们共同学习，一起进步。

超越自我，全面发展

从小学到初中，我一直是班长，协助老师完成各项教学工作，同时锻炼了自己的能力，也收获了友谊。

进入大学后，我对待自己的学业从不懈怠，十分珍惜学习机会，及时规划学习安排。我担任体委，服务同学，协助老师，并在 2019 年 10 月，参加校运会男子组 4×100 米竞赛，获得第四名的成绩。

加入学校军事技能教导队后，我刻苦训练，历经 4 轮选拔，正式成为学校教导队的一员。成为正式队员后，我也从未懈怠，积极参加每周升旗任务，为了严格要求自己，更是主动加训。我还配合学校武装部，完成分列式、"榜样的力量"开幕式表演、活动执勤等一系列任务。在 2019 年度"励志之星"颁奖典礼上，我参加了开幕式表演，赢得了院校师生的一致赞美。

在 2020 年下半年开学时，我根据学校安排提前到校，多次参与学校组织的开学防疫服务工作。2020 年 9 月，我积极参加学校军训前的集训工作，并在最后的考核中以优异的成绩获得了新闻与传播学院八营营长的资格。我对待军训工作认真负责，圆满完成学校交代的军训任务，最终获得 2020 年军训"十佳优秀教官"的荣誉称号，所带连队获得队列评比二等奖。

脚踏实地，志存高远

我养成了早睡早起的习惯，每天早上与田径场相伴，燃烧热情，挥洒汗水。我常说"天将降大任于斯人也，必先苦其心志，劳其筋骨，饿其体肤，空乏其身，行拂乱其所为，所以动心忍性，曾益其所不能"。

"少年无畏，勇往直前"是老师与同学对我的无限希冀！

我始终相信努力是通往成功的必经之路。放假时，我通过打工和实习减轻经济压力，增强专业技能，提升能力。

在之后的学习工作中，我将以更严格的标准要求自己，在实践过程中，针对自己的短板，不断提高自己的能力，促进自我全面发展。穷当志益坚，男儿当自强！

心如热火　经风不熄

——数学与统计学院　贺存好

　　贺存好，2021 年"励志人物"（校级），数学与统计学院 2019 级数学与应用数学 3 班学生。他曾获 2021 年衡阳师范学院高等数学竞赛专业组三等奖、2021 年衡阳师范学院数学建模校园选拔赛三等奖、2019 年度数学与统计学院师范技能社"读书分享会"三等奖等。

　　贺存好在校期间学习态度端正，成绩优良。他性格乐观，意志坚强。学习上，他注重专业知识和技能的学习，勤于钻研；生活上，他严格遵守校纪校规，关心集体，友爱同学，诚恳待人，积极参加社会实践。他是一名励志向上的新时代大学生。

（辅导员　周长恩）

　　贺存好是一个性格沉静、稳重大方的人。他志存高远，骨子有里一种倔强和坚忍。他上进心强，刻苦钻研，在困难面前不屈不挠，勇于向新的高度挑战，善于把握自我发展的机会。在今后的生活中，希望他能继续努力学习，取得更大的进步！

（2019 级数学与应用数学 3 班　孙清泉）

颠沛流离，读书不易

　　我家一直十分贫困，父母没有能力抚养三个小孩，无奈之下我的大哥从小被送到大姑父家里，由大姑父抚养。万事难料，后来我的父母意外去世了，我和双胞胎哥哥没有其他去处，只能来到大姑父家里，大姑父家也很贫寒，根本没有经济实力供应我们三兄弟读书。

　　8 岁时，我还没有去上学读书。大姑父十分焦急，他认为"再穷也不能穷教育，孩子无论如何都得上学"。冥思苦想了几天几夜，大姑父终于想到了一个办法：他联系了电视台工作人员。在新闻报道下，社会爱心人士关注到了我们。郴州启明学校的陈校长让我和我的哥哥们去读书。

听到可以上学读书的消息，我忍不住号啕大哭，心中无比感激那些帮助过我的人。于是，我和两个哥哥来到了知识的殿堂。为了能专心学习，也为了能节约回家的车费。放长假时，我们才回家。在陈校长的帮助下，我免费读完初中，顺利地毕业，并且考上了郴州市二中。我和二哥继续读高中，为了减轻姑父的经济压力，大哥放弃了读书，选择南下广东打工，挣钱供我和二哥读书。

回望过往，我明白读书的机会是多么地来之不易。初中时，我努力读书，成绩一直名列前茅。学习上我一直不敢松懈，利用一切空余时间充实自己的课余生活。

心怀感恩，重新出发

在大学期间，我以优秀的成绩获得了衡阳师范学院新生优秀奖学金三等奖。我还积极参加各项活动，2021 年获得衡阳师范学院数学建模选拔赛三等奖、衡阳师范学院数学竞赛专业组三等奖等。

我没有富裕的家庭条件，但我一直在努力。我能有今天的成绩，离不开大姑父、陈校长的帮助，同学的鼓励和支持，以及国家政策的扶持。是他们，让我增添了坚强与自信、执着与勇气、达观与内敛。

我在自立自强中学会了分享和承担，并开始意识到作为一名大学生和一名中国青年应当承担的责任。经历苦难，我更能明白帮助他人的意义，我愿意将这份爱传递下去！心如热火，经风不熄。此刻，我的自强励志故事还只是书写了一个节点，我会继续在追梦的道路上奋勇前行！

心性岁岁长　不虚掷韶华

——外国语学院　叶汶静茵

叶汶静茵，2021 年"励志人物"（校级），外国语学院 2018 级英语 5 班学生。她曾荣获"外研社杯"阅读大赛省级二等奖、湖南省大学生第二十六届演讲比赛暨"外研社杯"湖南赛区比赛省级二等奖、"外研社杯"校级阅读比赛一等奖、第二十届衡阳师范学院校级演讲比赛二等奖、外国语学院口译大赛二等奖、湖南省第二十六届大学生演讲比赛团体三等奖、MyET 口语网络比赛一等奖等。

> 叶汶静茵是一名十分优秀的学生。她在大学期间一直奋勇争先，获得了众多奖项。工作上，她认真负责，时常向老师请教，她的专业水平也十分突出。学院的许多老师同学都对她印象很好，赞叹有加。她认真学习，友爱同学，思想积极上进，善良诚恳，热情大方。她不骄不躁，一直都在努力学习，并且注重自己综合素质的培养。我一直十分欣赏她。
>
> （辅导员　邱国周）

> 生活中她自信勇敢，会积极参加各种活动，在舞台上绽放自己的光彩。她不断尝试新事物，突破自我。我时常能在图书馆见到她求知若渴、静心学习的身影。她是一个善良、充满爱心的女孩，经常去养老院看望老人，给他们送去温暖，也时常给路边的流浪猫、流浪狗喂食。我很幸运能够遇见她。
>
> （2018 级英语 5 班　谭丽雅）

我偏要逆风跑

我自小生活在单亲家庭，由爷爷奶奶抚养长大。我的父亲是一位没有稳定收入的退伍军人，不仅如此，他还需要赡养爷爷奶奶，爷爷患有心脏病和糖尿病，医疗费用高昂。

贫穷不是苦难！

挫折对于强大的人来说是磨砺自身最好的武器。一直以来，我都很理解父亲和爷爷奶奶的用心良苦。爷爷身体状况不好，多年来患有心脏病、高血压、糖尿病等，从我有记忆起，屋子里总是弥漫着各种药物煎熬的苦味，当我问到爷爷一瓶瓶治疗高血压的药是什么的时候，他会告诉我，这是糖片，是吃完会有力量的糖片。

生活上，我从来都很节约。爷爷曾经说过，如果一个人自己都瞧不起自己，那么没有人会看得起你。我深谙这句话的道理。三年以来，我通过勤工俭学凑齐了大部分学费和住宿费。我会在课余和放假的时间找一些适合自己的兼职，减轻家庭负担，让父亲不再那么辛苦。

只是还想再见一面

2020年上半年，奶奶被确诊了阿尔茨海默病。与此同时，爷爷因为心脏骤停去世了。学业繁忙的我忙于专业课考试，没能在大学期间经常回老家看望年迈的爷爷，爸爸为了不打扰我的学习，并未将爷爷病情的恶化转告我，直到爷爷去世的前一天我才赶回老家。爷爷的离开让我十分心痛。

我铭记着爷爷的言传身教，适时调整心态，以他的要求和鼓励作为我的行事标杆，不辜负爷爷对我的期望。

我们一家生活拮据，但我并没有自暴自弃。自踏进大学校园的那一刻起，看着爸爸辛苦为我挣来的学费，我立志：我不能虚度时光，一定要拿出最好的成绩回馈家人和社会。

利剑出，锋芒耀

自入学以来，我一直刻苦努力，勤学好问。我积极参与各种活动并获得多项大奖，在专业水平上展现了不错的水准。

我曾担任全国商务英语实践大赛华中地区赛区的主持人。我积极参与老师带领开展的各项课题研究与实验，在大三下学期作为临聘人员参与口译教学的创新研究项目。因为我的口语能力十分出色，录制的音频曾在本校非英语专业期末考试中使用。我还作为本校优秀学生代表参加网络学生交流活动。

我在大二下学期参与2019级迎新志愿者活动并且获评优秀志愿者。寒暑假期间，我加入了湖南省图书馆的志愿者团队。我也经常去长沙市第一社会福利院陪伴老人，为他们送去关爱。

心性岁岁长，不虚掷韶华！在往后的学习生活中，我会心存感激之情，用自己的行动证明自己，回报国家，回报社会。感恩遇见，珍惜拥有！

月缺不改光　剑折不改刚

——文学院　王洪杰

　　王洪杰，共青团员，2021 年"励志人物"（校级），2017 年入学，2018 年应征入伍，2020 退伍复学，现为衡阳师范学院文学院 2019 级汉语言文学 2 班学生。

　　王洪杰政治上要求进步，积极向党组织靠拢，向优秀党员看齐；学习上追求卓越，认真刻苦，理论学习与专业学习齐头并进。生活上他不求享乐，团结同学，彰显退伍军人品质；工作上力求完美，既注重工作细节，又善于提升工作效率。王洪杰实是一名品、学、能兼优的学生。

（辅导员　邓明智）

　　王洪杰有着良好的道德修养。在生活上，他崇尚质朴的生活，保持着军队的良好生活习惯和正派作风。此外，他是一个有时间观念的人。在工作上，他认真负责，担任了文学院学生会主席的职务。他尽心尽力、真心实意为学院同学服务并以此为荣！

（2018 级汉语言文学专业 1 班　熊旭鑫）

政治思想稳当，清醒坚定不动摇

　　我出生在四川省简阳市石板凳镇的一个普通农村家庭，由于家庭贫困，父母在我一岁时便将我交给外公外婆，外出打工。外公外婆身体不好，一个患有支气管哮喘，一个患有酒精肝，都需要长年服药，靠着微薄的务农收入艰难维持生活。小时候，饭桌上摆得最多的永远是白米饭和辣椒酱。穷人的孩子早当家，自记事起，我的生活就与刷锅做饭、喂猪放羊、种稻插秧形影不离。夏日夜里我会去田里捉鳝鱼来卖，冬日清晨我会赶早去卖香蜡纸钱，通过各种方式补贴家用。

　　我于 2017 年 9 月考入衡阳师范学院文学院。因为正直率真而又不乏一丝幽默感，受到了同学们喜爱，被推选为班长，成为同学们口中的"洪杰大哥"。

我自2017年入学以来便积极向党组织靠拢，始终以一名党员的标准严格要求自己，努力提高自身的政治修养，加强政治理论学习，树立正确的世界观、人生观和价值观，不断完善自我，始终保持着清醒的头脑和坚定的理想信念。军训结束后，我加入了学校军事技能教导队招新训练，凭借"军姿能站一小时""端腿能端15分钟"通过层层选拔，成为教导队的一员。我兼顾队里的训练和班级事务，两边都不落下。在队里我时刻以军人为榜样，刻苦训练，成为国旗班主旗手。在一次又一次的升旗中，我对祖国的爱也一分一分加深，一颗参军报国的种子开始生根发芽。

2018年9月，我应征入伍，成为一名光荣的人民解放军战士，守卫祖国的北大门。清澈的爱，只为中国，我在祖国的北大门守护一份雪白的浪漫，多次参与大型演习演训活动，专业素质过硬，助力强军兴军事业，将两年青春融入祖国大好河山。

迎难而上勇担当，积极作为有收获

2018年9月17日，踏上火车参军的那一天，母亲因害怕离别时伤感而没来送行，不曾想此一去，竟是永诀。

服役期间，母亲被确诊为恶性肿瘤晚期。家里的钱花光后，我便开始四处筹钱，请大学同学帮忙募捐、向朋友战友借、在社会公益平台集资、每月津贴也一分不留全打给家里。即使如此，相比于30万元的天价手术费，仍是杯水车薪。不久后，我便接连收到母亲的病危通知和死亡通知。当时我正执行冬季野营拉练任务，为完成军人使命，我选择了坚守岗位。那段时间，我迎着似刀尖般的风雪负重越野。父亲后来向我说起，母亲是握着我的入伍通知单离开人世的。自古忠孝难两全！我知道，母亲是理解我的。

2020年9月退伍后，我选择继续完成学业。对我来说，复学初期的学习是艰难的。知耻而后勇，我开始秉持积极的学习态度，迎难而上，不断总结学习经验，虚心向同学和老师"取经"，制订学习计划，改进学习方法，在随后的日子里，我完成了所有以前学分制改革落下的课程。经过一年的学习，我的学业成绩稳步提升，并且通过了国家计算机一级、英语四级、普通话二甲考试，获得了2020—2021学年校级二等奖学金、春华秋实奖学金。科研上，我的小组课题在学校第二十一届大学生课外学术科学科技作品竞赛中获二等奖。2021年6月，我被推选为文学院第二十一届分团委学生会主席。

初心不改学习志，军人退伍不褪色

退伍后的这段日子里，我初心如磐，奋楫笃行，不改军人的底色，时刻提醒自己奋发向上。我始终不忘自己曾是一名军人，在学习上严格要求自己。

　　生活上我仍保持规律作息，早睡早起，自觉打扫寝室卫生，保持个人内务干净整洁，坚持跑步和锻炼身体。在 2020 年校运会上，我参加了男子 100 米短跑、4×100 米接力赛、800 米长跑三个项目，荣获男子普通组 800 米第七名，荣获校优秀运动员称号。除此之外，我也积极参与各项活动，获评校级优秀共青团员。

　　无论条件再艰苦，生活给我的磨难再多，我也相信，只要满怀希望就能所向披靡。石不可夺坚，丹不可夺赤。我深信：艰难困苦，玉汝于成！

自苦难中走来 于坚强中盛开

——法学院 黄小娟

黄小娟，中共党员，2021 年"励志人物"（校级），法学院 2018 级历史学 2 班学生，现任班级心理委员、光明图片签约记者，曾任法学院学生党支部支委、校新闻中心记者团摄影部副部长、法学院社会实践部副部长、法学院"微光"志愿者协会干事。入校以来，她积极参与各类学生活动与志愿服务活动，组织参与的志愿服务活动有 20 余次。

> 小娟生活上乐观向上，笑对挫折，脸上总是挂着笑容，在各类实践活动中都能看见她积极参加的身影，她始终热心公益事业，积极参与志愿服务活动。作为学生干部，她尽职尽责，踏实努力，总是能够出色地完成工作任务。希望今后她也能继续做到面上有笑，眼里有光，心里有爱。
>
> （辅导员 彭婷婷）

> 我最欣赏黄小娟的一点是她的坚定不移，她对于自己想做的事会坚定不移地去做、去追求。她喜欢摄影，她就去学，加入新闻中心记者团；她热爱志愿服务，她就加入志愿者协会，积极参加相关活动，发扬志愿服务精神。她待人真诚，心思细腻，能够很快察觉他人的情绪，并配合行动。我喜欢她的分享、她的乐观、她的认真聆听……最后我想说，希望她未来熠熠发光！
>
> （2018 级历史学 2 班 汤晨露）

在飞来横祸中坚强

自小生活在农村的我，早早懂得了什么是"穷人的孩子早当家"。我的父母都是老实本分的农民，每天都在田间耕作，家中还有年迈的爷爷和奶奶需要照顾。我体谅父母生活不易，小学一年级便去读了寄宿制学校，在同龄人都还在父母怀抱中享受呵护的时候，我已经在寄宿学校里独立自主地生活了。小学六年的寄宿生活使我更早地脱离了稚气，同时也多了一丝同龄人少有的成熟与毅力。

2012年，一辆大货车从我的身上驶过，导致我右腿多处严重粉碎性骨折，我的身体器官也严重受损。从重症监护室醒来的那一刻我不敢相信这一切，可难忍的疼痛和几乎全是绷带的身体残忍地将现实摆在我面前。医生表示，完全恢复的概率不大，很有可能终身残疾。

看到父母焦急的眼神，我意识到我不能让父母失望。一次次手术将我的心灵打磨得越发坚强，我甚至能做到微笑着接受残疾这个现实。

在美好生活中感恩

经过一年的修养和康复训练，我回到了学校去和同学们一起学习。9月，我带着拐杖重新走进了课堂。这一次，我以优异的成绩报答父母，初中毕业后我如愿拿到了衡阳师范学院的录取通知书，成为一名公费定向师范生。

考上大学是我梦想的开始，也意味着新生活的到来。这一年里，我取下拐杖开始缓慢地行走。

进入大学后，我积极参加学生活动以及各类志愿服务活动和社会实践活动。因为在我最无助、最需要帮助的时候，有人给我"撑了伞"，所以我希望自己也能为别人"撑伞"。

大一时，我报名参加了法学院微光志愿者协会的干事选聘，在此之后，我将空余时间全情投入志愿服务，竭尽所能地帮助他人。2019年3月，衡阳市首届国际马拉松在珠晖区举办，负责报名工作的我收到的报名信息源源不断，统计数量众多、信息繁杂的志愿者信息成了我的第一个难题。经过不断尝试和仔细的统计与核查，我终于交上了一份准确、详细的志愿者名单。这一次特别的志愿活动让我感叹志愿者们对志愿服务活动的热爱与坚持，同时也让我明白了志愿服务精神的精髓。2019年，我和协会会长认识到，应该要建立属于协会自己的品牌标志性志愿服务活动，于是"微光课堂"志愿服务项目诞生了。"微光课堂"是依托法学院的专业特色与优势，针对青少年进行的系列爱心辅导志愿服务活动。"微光课堂"对我和伙伴来说有着特殊的意义，从只是一份策划书到正式挂牌，我始终在努力着，只为能够给青少年群体带来切实的帮助。

也有朋友问过我，为什么把自己的时间都花费在学校、学院各种琐碎又复杂的事情上，其实，我只是在力所能及地回馈社会。在学校，我是新闻中心记者团里奔走在会场的校园记者；在学院，我是社会实践部和志愿者协会的副部长，是实践活动的策划者、参与者，是学生党支部的支委，是时刻要发挥先锋模范作用的中共党员；在班级，我是心理委员，是同学的倾诉者；在家庭，我是父母的骄傲。一路走来，我从不忘带着感恩，用感恩回报父母，回报他人，回报社会。感恩、回报对我而言是一种自强。

怀揣梦想不断奋斗

怀着对摄影的热爱，我成了一名校园新闻记者。学校的重大会议现场都有我的身影。我想要用自己的镜头聚焦校园，让更多的媒体注意到衡阳师范学院，注意到衡师学子。在每一次的新闻报道走访中，我不怕苦不怕累，保证每一张图片的质量。努力就会有回报，我连续两年被评为衡阳师范学院新闻宣传先进个人。

作为一名未来的乡村教师，我在课堂上认真听讲，课后认真复习训练。同时我苦练师范生技能，不断克服困难。我还积极参加各类支教、培训活动，为珠晖区建国里社区的留守儿童免费辅导功课。

自苦难中走来，于坚强中盛开。实习期间，我选择回到家乡，在乡村教育振兴中奉献自己的青春，为家乡的教育事业添砖加瓦。

笃行篇

　　校训"笃行"，语出《礼记·中庸》："博学之，审问之，慎思之，明辨之，笃行之。有弗学，学之弗能，弗措也；有弗问，问之弗知，弗措也；有弗思，思之弗得，弗措也；有弗辨，辨之弗明，弗措也；有弗行，行之弗笃，弗措也。""笃"，忠实，专心，坚定。"行"，行动，实践。"笃行"，坚定地付诸行动，使目标得以实现。将"笃行"列入学校校训，表现了广大师生员工求真务实的精神，将远大的理想和志向变为实际行动，达到知行高度统一。本篇主要展示我校 2019 年、2020年、2021 年"榜样的力量"评选活动推选的"笃行先锋"的优秀事迹。

她世界：女大学生的成长导航

——外国语学院 "她世界" 女生教育工作室

外国语学院"她世界"女生教育工作室，2019年"笃行先锋"（校级）。工作室成立于2005年3月，至今已持续为我校女大学生的成长成才服务了16年。工作室以弘扬"自尊、自立、自信、自强"的"四自精神"为核心，以关注、引导、教育、研究女大学生为目的，积极围绕"服务广大女生"这一宗旨开展工作，为着力打造身心健康女大学生品牌和培养全面发展型优秀人才而不懈努力。

> 外国语学院于2005年3月启动了"她世界"项目，于2011年成立"她世界"女生教育工作室。工作室以弘扬"自尊、自立、自信、自强"的"四自精神"为核心，以关注、引导、教育、研究女大学生为目的，积极围绕"服务广大女生"这一宗旨开展工作。"她世界"创立有微博号、公众号、抖音号等多个线上平台，其中以"她世界"公众号为主要运营的线上平台。"她世界"公众号包括她微影、她课堂、她风尚、她电台、她竞赛等多个功能板块。"她世界"女生教育工作室如今是外国语学院极具特色的一个组织。
>
> （微敏空间主任 周小婷）

> 我很喜欢"她世界"这个组织，因为"她世界"不仅有着舒适温馨的工作室，可以预约心理疏解，还提供各种各样有趣的读物，甚至专门为女生们准备了一个爱心箱，里面收着大量贴心物品。"她世界"微信公众号涵盖范围也很广，美景、穿搭、美食样样具备。"她世界"就如其口号所述：任少侠驰骋天涯，她世界默默守护。
>
> （2020级商务英语8班 陈晶晶）

"她世界"女生教育工作室的"她世界"让"她"的世界更精彩活动项目曾获湖南省普通高等学校校园文化建设优秀成果评比三等奖，"'她世界'女生教育工作室"申报项目荣获教育部高校校园文化建设优秀成果评选二等奖。工作室于 2015 年举办的"关爱女生，助力成长"主题活动及 2015 年世界读书日举办的"玫瑰换图书"等活动也被光明网、新湖南、中国青年网等多家媒体报道。

近年来，本项目不断丰富内涵与形式，创新思路与方法，坚持线上线下教育相结合，在引导学生成长成才中发挥了重要作用。线下每年开展主题教育系列活动，如五月班级视频大赛、十月双语辩论赛、十二月女生形象礼仪风采展等；积极举办各类专业竞赛，如英语演讲比赛、写作大赛、戏剧比赛等；围绕女大学生问题开展系列专题讲座，如女大学生生理知识讲座、女大学生恋爱观讲座、女大学生化妆技巧及求职礼仪讲座等；每年评选和表彰"六十佳"优秀学生，激励学生学习身边榜样。线上则以"衡阳师范学院外语系她世界"微信公众号为依托，通过她论坛、她课堂、她竞赛、她之星、她微影五个宣传专栏，实时报道学生活动，发起学生话题讨论，增进师生互动，引导学生积极向上、热爱生活。

回首过去，"她世界"女生教育工作室在校院领导的关心和指导下不断成长，已成为广大师生心中不可替代的文化品牌；展望未来，教育服务工作任重道远，"她世界"将不忘初心，更加用心、用情服务好广大学生。

南学津梁　领航衡师

——校团委　津梁传媒

衡阳师范学院津梁传媒，2019 年"笃行先锋"（校级）。团队成立于 2011 年，传承于南学津梁，立足传媒与文化，以"引导青年学生正确发声，为校团委接收青年之声提供渠道"为目标，秉承着"利用新媒体技术，让学生不出宿舍门，尽知师院事"的宗旨，承担起学校团学活动策划、宣传等工作，致力于打造校园第一文化传媒。

> 津梁传媒作为衡师传媒品牌，始终坚持以青年学生的思想引领为主要任务，是团委建设宣传舆论阵地的重要依托。他们奔走在学校新闻前沿，用文字传递能量；他们穿梭在校园各处，用相机定格美好。他们用新闻宣传工作者的敏锐性、务实肯干的作风、笃行致远的执着，坚守团委宣传舆论阵地，不断提升共青团的传播力、引导力、影响力、公信力，在传播党的声音、展示青年风貌、宣传团的工作、凝聚组织力量等方面发挥了不可替代的积极作用。
>
> （校团委书记、创新创业学院院长　朱贤友）

> 津梁传媒，是一支务实肯干的队伍。每个写稿审稿的日子，每次精心策划的拍摄，每场筹备良久的活动，每个一起熬夜的津梁人，共同营造了津梁传媒大家庭独特的氛围。加入它，自然而然地就会心中爱津梁、行动为津梁，想要与一群津梁人一起建设更好的津梁传媒。从津梁传媒小干事成长为和学长学姐一样可以独当一面的津梁传媒"大家长"，那些与伙伴们共奋进的每个瞬间，都将成为我人生中弥足珍贵的青春记忆。
>
> （2019 级思想政治教育 3 班　李佳欣）

津梁传媒的团队结构合理，素质优良，现有学生干部 80 余名，均由各教学院公开推荐、校团委严格选拔后试用上岗。其团队组织分工明确，下设办公室、策划中心、设计中心、TV 中心、采编中心五个部门，主要负责运营衡阳师范学院团委微信公众号、衡阳师范学院团委官方微博、津梁传媒官方 QQ 等网络新媒体平台。

小师系列文创产品

2017 年 12 月，团队设计出衡阳师范学院团委官方微信公众号吉祥物——小师。小师的"师"是"狮"与"师"的融合，既体现了狮子的自信、勇敢、热情，又展现了学院百年师范的人文传承。小师的形象创意完美融入了衡阳师范学院校徽的标志——大雁与烛火的抽象变形，与衡阳师范学院更加紧密地联系在一起。

围绕这一形象，津梁传媒推出了小师课堂、小师街坊、小师 VLOG 等特色专栏，同时设计出一系列小师周边，包括文化衫、马克杯、帆布袋、晴雨伞等 10 余种文化产品。2019 年 12 月中旬，团队筹划开展了小师文化产品发布会，进一步扩大津梁传媒的影响力，提高其在全校范围内的知名度。

微信公众号特色专栏

截至 2019 年 12 月，衡阳师范学院团委官方微信公众号共有粉丝 34 484 人，发表了 3 302 篇文章，其中，《五四，传承‖方豪带领爱国青年热血起义》《小师‖走进评估，课堂快问快答》等多篇文章阅读量上万。衡阳师范学院团委官方微信公众号多次在湖南省团组织微信公众号综合影响力排行榜中排名前十，2019 年曾获得全国普通高校团委"最具影响力"微信公众号的殊荣。

为扩大微信公众号的影响力，更好地服务衡师学子，特开设津梁光影、津梁讲坛、校运会特辑等 20 余个特色栏目。津梁光影致力于拍摄校园风光、人物特写、日常生活，通过 10 余期不同风格的摄影作品，为广大衡师学生带来了视觉上的享受，记录了靓丽多姿的大学生活。津梁讲坛已开展了 13 期，邀请了 20 余名各行各业优秀的校友回校讲学，让衡师师生零距离感受名家风采，引导学生形成正确的价值取向，为培养高素质应用型人才服务。其他特色栏目也取得了较好的反响，得到师生们的一致好评。

活动宣传系列

团队紧跟衡师时事动态，围绕团学活动开展了系列宣传工作，通过文字、图片、视频等形式跟踪报道暑期"三下乡"社会实践活动、衡阳市创文创卫系列活动、五四爱国主题教育活动、新生军训活动等，还制作了《致大学》《时光不再你还在》等微电影作品。

在 2019 年的暑期"三下乡"活动中，以本团队为主的宣传小组在光明网、新湖南、中国青年网等多个媒体平台共发表 30 余篇文章。2019 年 9 月，团队策划组织了"团团带你逛校园"开学季直播活动，此次直播活动吸引了 23.4 万人观看，在全省各高校开学季直播活动中排名第二。团队利用自身传媒优势，紧密联系校团委下属的其他机构及各教学院，在学校各大小型宣传活动中起了很好的带头作用。

团队以"南学津梁，且看今朝；传媒传播，领航衡师"方针为指引，不忘初心，锐意进取，积极创新。团队创建以来，涌现了大批优秀新闻宣传工作者。津梁传媒始终坚守在第一宣传阵地，坚守初心，实事求是，以"服务、创新、高效"为理念，将最真实、最有趣的校园资讯呈现给校园师生。在津梁人的共同努力下，衡阳师范学院团委微信公众号已成为全校最具有影响力的官方微信公众号，小师人物形象深入人心，周边文化产品深受师生喜爱。

一次品尝　一生如蜜

——经济与管理学院 "电商精准扶贫" 工作团队

"电商精准扶贫"工作团队，2020年"笃行先锋"（校级）。团队成立于2016年，一直以来，团队注重学习与合作，学生们运用专业知识，义务为各地果农累计销售近五万斤农产品，销售额近十五万元，为贫困地区村民精准脱贫致富贡献了力量。

　　电商精准扶贫，我们做到了从专业出发，再落到实践，一步一步，用坚实的步伐践行着青春的誓言；一箱一箱，用愉悦的笑脸传递致富愿景。我们的团队历经数载，用实际行动在脱贫攻坚一战交出了令人满意的答卷，山上的甜橙熟了，农户们的心也暖了。

（经济与管理学院党总支副书记　黄懿）

　　作为"暖橙行动"的一员，当看到果农们开心的时候我感到很自豪！我们团队在老师的带领下，利用课堂所学专业知识，让"甜橙之乡"麻阳走出了一条"互联网+特色水果"的发展新路，为社会献出了自己的力量，展现了衡师人的风采。电商工作组的责任将代代相传，我们初心不改，一直在路上！

（2018级财务管理2班　易春艳）

　　2015年8月，国务院明确提出"实施电商扶贫工程"，要将电子商务工程纳入扶贫开发体系，着力推进电商扶贫工程，有效提高扶贫绩效。通过电商的现代营销途径对贫困地区的特色农产品进行开拓和培育，做到"农产品进城"，从而实现农村电商发展的自我造血功能，缩小城乡贫富差距。

　　2015年，衡阳师范学院与祁东县太和堂镇高龙村对接为扶贫点，随着扶贫工作的开展，经济与管理学院党总支了解到该村存在大量农产品滞销的状况。

2016 年 6 月，经济与管理院党总支利用"两学一做"学习教育这一契机，将电商精准扶贫工作纳入学生党支部教育议程，详细制订工作规划，迅速组建以电子商务和国际经济与贸易专业党支部学生党员为主的"电商精准扶贫"工作组。暑假期间，全体成员在党总支书记廖新平的带领下深入扶贫对接点——高龙村，开展电商发展状况调研、电商技能培训、"一对一"电商精准扶贫等实践活动。在详细掌握扶贫点的农产品滞销情况后，"电商精准扶贫"工作组精心筹备，先后在淘宝、大 V 店等电商平台开设"高龙村农产品专营网店"销售当地特色农产品冰糖橙、红薯，并于 2016 年"双十一电商狂欢节"正式营业，一直持续至今。

2019 年，湖南省怀化市麻阳苗族自治县冰糖橙存在严重滞销问题，由于该镇地理位置较偏僻，交通不便，许多农产品成熟后不能及时销售，手工制品也没有打开销路，当地村民联系电商精准扶贫工作组。组长邓荣华迅速集结力量组成"暖橙行动"小分队，在一周内为当地建设农产品专营微店、抖音专营渠道，拓宽市场，开展义务帮扶工作。在短短一周的时间内，就销售了 8 000 余斤冰糖橙。麻阳的果农们专程寄来了感谢信，感谢"暖橙行动"的"暖心之举"解决了他们的燃眉之急。

项目组成员从最开始策划组织的 10 人扩展到平台运营的 20 余人，学生志愿者不仅来自经济与管理学院，还拓展到了衡阳其他高校有意参加到电商精准扶贫项目的学生。从平台对接、适时采摘到物流配送，项目组成员都积累了丰富的实践经验，打通从消费者到电商企业和麻阳群众的"最后一公里"。参与活动的师生达 6 000 多人次，校外参与活动人员达 2 000 多人次，引导了青年学生充分运用自己的专业知识，练就真本领，同时也培养了学生的实践能力和社会责任感，将家国情怀厚植于心底，成为有大爱、大德、大情怀的人。2017 年湖南省高教工委官网主页和教育部"两学一做活动先进典型"栏目先后对电商精准扶贫工作组的先进事迹进行了宣传报道。

接下来，工作组将会为更多需要帮助的果农搭建 O2O 电商运营平台，使支付方式多样化，优化农产品宣传方式，为村民们提供乡村电商基本技能培训，提高当地村民创业意识，培养他们基本的电商操作运营技能，为帮助贫困地区村民脱贫致富贡献青春力量。

电商精准扶贫工作组组建并开拓了电商与扶贫相结合的模式来致力于精准扶贫，表现了深深的家国情怀。一箱箱冰糖橙从采摘到运送，传递的不仅仅是温暖，更是无私奉献的精神！国家政策的号召从来都不是只靠各级干部响应，而是全国人民的共同努力。我们大学生更应当勇担其责，利用自身所学的专业知识，积极响应国家的号召，创新奉献，成为意气风发的新时代青年！

不负韶华，只争朝夕，做快乐的追梦人

——数学与统计学院 数学建模协会

数学与统计学院数学建模协会，2020年"笃行先锋"（校级）。协会成立于2011年，秉承着共同进步的理念，坚持开展一系列数学建模活动。10年来，已获国家级一等奖3项、国家级二等奖2项、省级一等奖6项、省级二等奖12项、省级三等奖17项。协会成员脚步不停，策马扬鞭，驰骋在数学建模竞赛的赛场上，攻坚克难，取得了一项又一项的突破。

> 数学建模协会的成员积极参与社团活动和比赛，勇敢追逐自己的梦想，与队友团结协作、努力奋斗，取得了优异的成绩。协会干事分工明确，将协会打理得井井有条。我希望数学建模协会在未来能保持最初的动力，越办越好，协会成员能继续与队友团结协作，勇往直前，达到梦想的彼岸！
>
> （指导老师 李元旦）

> 在数学建模协会里，我第一次接触建模，第一次参加建模比赛，在比赛中，不断更新自己的观念、不断调整团队的分工、不断积累自己的经验，从中发现了建模的魅力，也发现了人的潜能无穷。感谢数学建模协会让我不断成长，实现了人生的多个第一次。我也希望数学建模协会越办越好，不断乘风破浪，成为更多人成长的天地！
>
> （2019级数学与应用数学2班 杨雯雯）

须知少年鸿鹄志

衡阳师范学院数学与统计学院数学建模协会成立于2011年11月，陪同一届又一届数学建模人走过峥嵘岁月，吸引成百上千对数学建模怀有一腔热忱的衡师学子参与其中。

十年的岁月，数学建模协会在这段时光中见证着一批又一批的数学建模爱好者相聚在此，见证着数学建模人不断突破自我，获得荣耀与辉煌。

为其欢喜，为其期待，为其紧张。数学建模协会是一个有温度的社团机构，它因学术性而严肃认真，也因趣味性而热闹活泼。数学建模协会始终以推广数学建模精神、加强数学建模爱好者之间的联系交流、激发同学们的数学建模兴趣为己任，坚定奉行"厚德、博学、砺志、笃行"的校训精神。

回望过去，是辉煌与融洽；面向未来，也是希望与荣光。衡师数学建模协会将会以更加包容、更加专业的姿态迎接新一代数学建模人的到来。

且行且无畏

培训活动

每周日晚组织参加过全国大学生数学建模竞赛的同学分享自己的比赛经验，按照数学建模的不同模块（即建模、编程和论文），介绍数学建模的流程，讲解数学建模的内容，带领会员们掌握常用的软件，使会员们对数学建模有初步的认识与了解。培训结束后进行"创新杯"竞赛，会员们通过练习进行自我检测，这是会员们第一次进行操练，也是会员们体验数学建模的开始。

每月训练

我们每月都会举行数学建模小练习，通过练习，加强会员们对建模的熟练度，磨炼同学们的毅力，培养创新、实践以及团队合作精神。训练结束后，我们会组织参与训练的会员一起进行交流，分享自己的做题方法和做题经验，促进大家互相学习，共同进步。

校园选拔赛

协会以"创新意识、团队精神、重在参与、公平竞争"为宗旨举行校园选拔赛，面向全校同学，为学校的数学建模爱好者提供一个体验数学建模的机会。在规定时间内上交本组的作品后，由数学与统计学院的建模指导老师们评选出一、二、三等奖，挑选出一批合适的队伍参加全国大学生数学建模竞赛。

赛前培训

由数学与统计学院的数学建模团队指导老师为参加全国大学生数学建模竞赛的队伍进行赛前密集培训，每一位老师负责一个专题，带领队员们灵活运用各类软件，学习更多建模方法，在集中的时间内培训和练习，每一位同学都为全国大学生数学建模竞赛铆足了劲去学习，为自己，为团队，也为衡师努力奋斗。

无悔来时风雨路

经历了一个月的紧张密集培训，大家做好了充分的准备。全国大学生数学建模竞赛开始前也一直循环着这几件事情：查阅资料，组内讨论，建模，求解，写论文。最后两天，机房的灯就没有熄过。那段日子，虽然不是所有的同学都见过清晨六点的太阳，但一定都见过午夜时分的月亮。竞赛当天，所有参赛的同学都充满了紧张与期待，赛题公布后教室里响起了此起彼伏的鼠标点击声与键盘敲击声，大家争分夺秒，在最后提交的那一刻，队员们紧绷着的心才渐渐放了下来。

在 2020 年度全国大学生数学建模竞赛中，数学建模协会延续往日风采、再创佳绩，在数学与统计学院指导老师团队尤其是在周勇博士的指导下，刘丹宁、蒋昌彪、吕欣宴、何清慧、彭熊、李江怡六位同学荣获 2020 年度"高教社杯"全国大学生数学建模竞赛国家级一等奖和省级一等奖。

带着衡阳师范学院全体师生的希望，他们没有被压力压垮，而是突破自我，在群英荟萃的全国大学生数学建模竞赛中脱颖而出，取得了梦寐已久的荣誉！

不滞过往，心向远方

十年的芳华岁月匆匆而过，数学建模协会的每一位队员始终记得一起走过的每一个脚印，互相包容、互相成就的每一份时光，这些都是属于数学建模人的喜乐欢畅。

回首往昔，数学建模协会在全国大学生数学建模竞赛中越战越勇、屡创佳绩、不断突破、不断进步，在 2019 年获得了全国大学生数学建模竞赛一等奖，实现了历史性突破，2020 年度更是拿下了两项全国大学生数学建模竞赛一等奖，实现了历史性的超越！

数学建模协会拥有的不仅仅是过往辉煌，更是"砥砺前行，不负好时光"的永远坚定向前走的信心。

在接下来的发展历程中，他们并不会满足于目前的成就，将会更加注重数学建模协会干部能力的培养与强化，举办数学建模小比赛，并且积极发动协会会员参与，致力于让协会会员在一个又一个数学建模实践中提升自己的能力。

所有过往，皆为序章。不拘于过往的苦难与掌声，不忘初心，始终前行，这是数学建模人的精神，也是数学建模协会始终奉行的宗旨！不负韶华，只争朝夕，我们都是快乐的追梦人！

前路漫漫 因我而不凡

——体育科学学院 童鑫

童鑫，2020年"笃行先锋"（校级），体育科学学院2018级运动训练2班学生。2020年在湖南省大学生田径比赛中荣获个人单项三连冠。

> 我记得第一次接触童鑫是在湖南省第十一届大学生运动会上，当时作为颁奖嘉宾给童鑫颁奖，我觉得十分骄傲。三年光阴，让我了解到他是一个思想上进、作风正派、学习刻苦、拥有扎实的田径基本功、面对困难不退缩的大学生。作为校田径队队长，他积极主动地协助老师管理队伍，是老师们的好帮手、同学们的好师哥。竹密无妨溪水过，天高不碍白云飞，愿他能发现更好的自己。
>
> （班主任 罗晖）

> 童鑫同学平日里乐于助人，解决问题总有非同寻常的思路；为人友善，关心朋友，乐于助人，多次获得运动比赛优胜奖，为学校增光添彩；学习上刻苦努力，我经常与他讨论学习生活方面的问题。他是我的好兄弟，也是我强劲的对手。
>
> （2018级运动训练2班 龙杰）

几经周折，雄心争霸赛场

2018年7月，我正代表原高中参加全国传统学校田径锦标赛的集训，在集训途中我接到了衡阳师范学院派我参加2018年第十一届大学生运动会的通知，这让我大受鼓舞，于是我以更加饱满的热情投入赛前训练中。有心人，天不负。最后，我在全国传统学校田径锦标赛中荣获了110米栏第三名的傲人成绩。

我曾因训练模式适应时间较短、在集训时和队员配合不是很默契而时常受伤，这导致我一度担心自己会与初次代表学校参加比赛的机会失之交臂，而后心情一直非常低落。在雷涛和罗海平两位指导老师的耐心开导后，我的心态开始逐渐平稳，慢慢克服了训练中的困难，努力让自己重新站到了争冠的赛场上。

浴血冲锋，虽险仍得嘉奖

2019 年对我来说是很重要的一年，因为教练的信任和器重，我当选了学校田径队队长，负责带领田径队进行日常训练。在 2019 级新生开学后，老师要求我给 2019 级新生进行测试筛选，在测试途中，我不幸崴了脚。但我不愿辜负教练们的期望，选择了隐瞒伤情。之后，因为崴脚，我在 2019 年湖南省大学生田径锦标赛的第八个栏上严重拉伤，冲过终点之后在地上痛得滚了几个圈，叫声响彻整个田径场，这几乎要提前结束我的运动生涯。那场比赛，虽然夺冠，但是我付出了很大的代价。在后期训练中，我扛着疼痛继续带领整个队伍进行集训，圆满地完成了老师交给我的训练任务。

重获桂冠，征途道阻且长

2020 年因受疫情的影响，湖南省大学生田径比赛面临随时取消的可能。尽管如此，我仍然坚持日常训练、恢复。疫情渐缓，开学后确定了比赛时间在 11 月，我再次以队长的身份组织集训。我一直认为集训队是一个非常团结、非常有实力的队伍，我们的目标集中在 4×100 米接力上。此时距离 2014 年 4×100 米接力夺冠已经六年了，若是取得 4×100 米接力的冠军，势必会真正打响衡师田径队的名号。在经过不断的练习以及长时间的磨合之后，我们四个人满怀信心。正式比赛第二天，我个人取得了 110 米栏的冠军，更是一鼓作气完成了个人单项三连冠的壮举。比赛第三天是 400 米栏决赛，赛后两个小时又要进行 4×100 米接力决赛。在和教练协商后，我决定在 400 米栏的决赛中保存实力，让自己能全力参加4×100 米接力决赛。衡阳师范学院六年来都没能进入到冠军争夺战，我们站上赛道时也是压力巨大，但当时我们四个人全程高度集中注意力，那一刻，我们的脑海中只有一个目标——冠军！最后，我们不负众望，将 4×100 米接力的冠军又重新带回到衡阳师范学院。

从 2018 年到 2020 年，我从稚嫩青涩的勇敢少年成长为能够独当一面的田径队队长，这期间经历了风雨伤痛，经历了艰辛磨砺。这其中的苦与乐、伤与悲，最终都化作了金光闪闪的奖牌、奖杯，见证着我的累累付出！

脚踏实地　勇攀高峰

——计算机科学与技术学院　杨圆

　　杨圆，2020 年"笃行先锋"（校级），计算机科学与技术学院物联网工程专业。曾获 2020 年"强智杯"湖南省大学生物联网应用创新设计竞赛（创意赛）省级一等奖、2020 年衡阳师范学院第二十届课外学术科技作品竞赛一等奖、2021 年衡阳师范学院第四届物联网应用创新设计大赛二等奖等荣誉。

　　杨圆同学在思想上积极上进，注重理论学习，拥护党的路线方针，政治立场坚定。在专业课程学习中，她认真学习了物联网工程的核心课程，成绩优异。在科研实践中，广泛阅读文献，实践动手能力强，曾代表我校参加湖南省大学生课外学术作品竞赛并荣获一等奖。希望她能够继续保持并发扬严谨治学的作风，力争取得更优异的成绩。

（班主任　马杰）

　　"始于颜值，敬于才华，合于性格，久于善良，终于人品"，用这句话来形容她一点也不为过。她为了比赛能够表现得更完美，通宵达旦进行准备，坚持和努力终是开了花结了果；她鬼灵精怪，创意满满，每一次参赛都会全力以赴，拿奖到手软。看到她，我不觉感慨：工科优秀的女生闪闪发光！要继续闪亮前进呀！

（2018 级物联网工程 1 班　谭庆）

思想有方向，信仰是前进的启明灯

　　我始终坚定正确的政治方向，在思想和行动上严格要求自己，不断加强自身素养，积极主动向党组织靠拢。大一一进入学校，我就主动向党组织递交了入党申请书，2019 年 5 月参加了第 58 期入党积极分子培训，最终以优异的成绩顺利通过了党课的考核。在党组织的培训考察下，我不断端正自己的入党动机，加强自己的党性修养，始终坚持拥护党的领导，掌握时事动态，提高思想觉悟，关心国家大事，注重思想建设，时刻以党员的标准严格要求自己。

梦想有行动，热忱之心永不泯灭

无论何时，我始终把学生的身份放在第一位。入校以来，我端正学习态度，目标明确。课上我会认真学习每一个知识点，课后坚持在众创实验室上晚自习。除了学习课内知识，我还自学了很多与专业相关的课外知识，并积极参加各类比赛，都取得了不错的成绩。2019 年 11 月，在我校 2018—2019 学年评优评先中，我获得了三等奖学金；2019 年 6 月，我参加 2019 年度"立诚立德，树梦树人"主题征文比赛，获得三等奖；2020 年 9 月，在衡阳师范学院第四届物联网应用创新设计大赛中，我担任负责人的项目"安睡垫——你的私人睡眠云管家"获得二等奖；同年 11 月，该项目在衡阳师范学院第二十届大学生课外学术科技作品竞赛中获得一等奖。

肩头有责任，点滴之举诠释担当

2018—2019 学年，我担任团支书，认真把握整个班级的思想方向，积极响应党、团组织的号召。在理论学习、活动和平常生活中时刻注意提高同学们的思想政治觉悟。我对班集体事务主动负责，以身作则，认真落实团支部的各项事宜，受到了老师、同学们的一致好评。2019 年 11 月，我获得了衡阳师范学院 2018—2019 学年"优秀学生干部"的荣誉称号。作为衡阳师范学院 HYNU-物联网协会学生负责人、衡阳师范学院众创空间创新实验室学生负责人，我也挑大梁、担大任，协助老师做好实验室的相关工作。凭借以往的学习经验，我被老师指定为实验室年级负责人。经过一年的锻炼，我成为物联网协会负责人，后来又被老师推荐成为众创空间实验室负责人。但我没有因此而感到骄傲自满，我深知职位越重要，责任就越大。为了做好老师的小帮手，我也在不断提升自己的能力，在完成学业任务的同时，用心协助老师管理好实验室，积极主动帮助同学们解决问题。

心中有勇气，脚踏实地攀登高峰

通过日复一日地学习课内外知识，我逐渐掌握了做项目的知识基础。在学习过程中，我结合实际构思出了一个项目点子：智能床垫。通过市场调研，我发现失眠现象越来越年轻化、普遍化。人们对智能床垫的需求也日益增加。现在市面上有很多幼儿监控智能床垫、医学养老智能床垫，但针对改善青壮年睡眠质量的床垫有极大的空缺。在看到市场环境后，我提出了一个大胆的想法：做一款受众更广、能真正改善青壮年睡眠质量的智能床垫。在找到了几个志同道合的学习伙伴后，我担任了小组组长，几个人分工合作，合力完成项目。从项目功能的初步确定到各个部分功能的完成，再到各个模块的通信，都需要不断地学习、沟通、修改，组员们遇到挫折会感到气馁，也曾产生过想要放弃的念头。作为组长，我一直在鼓励组员，和大家一起奋进。随着比赛时间的接近，我面临各项压力，这让我也几近崩溃，但是我从未想过放弃，常常偷偷擦干眼泪后又继续改代码、调试程序，踏踏实实地完成项目。功夫不负有心人！11 月，我们凭借此项目在 2020 年"强智杯"湖南省大学生物联网应用创新设计竞赛（创意赛）中斩获了一等奖。在获得省赛一等奖后，我也没有放松，还是和往常一样每天去实验室自习，继续扎实基础，做好基本功课。面临日益更新的互联网时代，计算机行业技术的革新日新月异，我深知自己现在所掌握的远远不够，只有不断地学习和提高才不会被淘汰。

我想在互联网时代里做一名佼佼者，以初心激发自己的信心，秉持热忱赋予代码生命力，脚踏实地、力学笃行。

趁年轻　做最闪亮的那道光

——化学与材料科学学院　周千懿

　　周千懿，2020 年"笃行先锋"（校级），共青团员，化学与材料科学学院 2018 级化学生物学 1 班学生。2018 年 10 月加入光明科技创新团队，作为第一负责人主持并参与多项课题的研究。

　　三年大学，周千懿同学的青春给予了实验室，漫长的等待、无尽的重复，一次次的失败、一次次的重来。征途虽苦，但甘之如饴；屡尝败绩，但其心犹坚。当她的收获终于到来时，一切正印证了那句话：奋斗的青春最美丽，拼搏的人生更辉煌！

（辅导员　姚尽沙）

　　周千懿同学在日常工作中认真负责，受到老师和同学们的一致认可，其为同学服务的热情和卓越的领导才能在大学得到了充分检验；在学习方面，她的积极性高，上课的时候永远坐在班级第一排。全国计算机二级、大学英语四级与六级、教师资格证等考试都是一次性通过的；在科技创新方面，她是 2018 级学生中公认的科技创新卓越代表，她的实验操作能力、科技创新思维强，在多次科技大赛中得到了充分展现，拿到了国家级奖、省级奖、专利等。为她点赞，大学生活如此出彩！

（2018 级化学生物学 1 班　赵世龙）

敢于实践，突破自我，做全面发展的大学生

　　在大学三年中，我大胆尝试，不断突破自我，积极参与各种各样的比赛。"在最好的年纪里做最好的自己"，我不仅说到了，也做到了。2019 年我荣获衡阳师范学院第六届大学生幸福节校园心理剧创作与表演大赛二等奖、衡阳师范学院第十届大学生课外学术作品竞赛三等奖。2020 年我参加了第六届衡阳师范学院"互联网+"大学生创业大赛，参赛项目"病死动物生物酵解集成关键技术开

发"获得校级银奖。同年，此项目参加湖南省省赛，也获得省级银奖的荣誉；2020 年我还参加了大学生创新创业活动，以第一负责人的身份获得省级立项，并以项目"生物酵解高效处理病死动物的研究"第一负责人的身份参加了第十二届"挑战杯"湖南省大学生创业计划竞赛，并获铜奖；同年 10 月获澳大利亚专利。

科研的道路永远充满着未知与挑战。自加入实验室以来，我在老师、学长的带领和帮助下，一直致力于吸附材料的开发。除此之外，为了更好地在科研这条道路上探索，我也在不断挑战自我，尝试探索原子荧光等全新的领域，并在湖南大学博士后陈文学长的带领下，在科创的道路上不断前行。

在 2020 年，我作为学生代表出席化学与材料科学学院 2020 级大学生创新创业论坛暨科技创新动员大会，与有着同样兴趣与想法的同学分享自己在科创路上的心得与体会。

帮助他人，勇于担当，做敢于奉献的大学生

我在工作中一直以"在其位，谋其政，任其职，尽其责"激励自己，积极主动、认真踏实，努力做好院领导老师和同学们之间的桥梁，协助领导老师和各部门成员较好地完成学院各项工作，组织策划各类有意义的活动。

我曾参与组织策划红歌会、行业招聘会等大型活动 10 余项，协助辅导员老师完成奖助学金评定工作，开展并参与阳光雨伞、班委换届、院干换届招新等多项学院常规工作。在工作开展过程中，我一直认真贯彻院学生会"爱，责任，奉献"的精神，维护学院同学的利益，努力将工作成效最大化。当个人利益与学院利益发生冲突时，我总能以学院为先——我愿意用个人微小的利益去换集体更大的利益。

严于律己，勤奋刻苦，努力做品学兼优的大学生

对于学习，我的求知欲很强，在课堂中，我会对所学的知识认真研习、熟练掌握。在课外学习中，我广泛阅读、开阔视野、增长知识，积累了丰富的经验，可以说，对于学习和梦想我充满了热情，也从未停止探索的脚步。目前我正积极准备商务英语考试（BEC），自学西班牙语。在社会实践中，我积极参加暑假"三下乡"义务支教活动，锻炼自己的教学能力与组织管理能力，提高自己的课堂趣味性，给孩子们带去温暖与希望。

"有一条路，人烟稀少寸步难行，但是却不得不坚持前进，因为它的尽头种着梦想"，这世界唯有青春与梦想不可辜负。在今后的学习道路上，我依旧会怀揣着梦想不断前进、努力学习、钻研创新。趁年轻，我想做最闪亮的那道光！

助力学生宿舍自我管理　我们一直在路上

——学生工作部（处）　学生宿舍自我管理委员会

学生宿舍自我管理委员会，2020年"笃行先锋"（校级）。学生宿舍自我管理委员会简称"自管会"，隶属于学生工作部（处），拥有东校区和西校区两支队伍。成立至今，充分发挥了学生自治组织的作用，为衡阳师范学校学生宿舍管理与建设做出了巨大贡献。

> 学生宿舍自我管理委员会自成立以来，便在学校的宿舍管理和文化建设中发挥着重要的作用。他们笃行勤业、务实肯干，深夜里的校园、夜幕中的宿舍，以及活跃在操场上的宿舍文化艺术节，都能看到他们努力的身影，"笃行"流淌在自管会的血液中，亦必将指引自管会在服务师生的道路上一直坚守初心、行将致远。
>
> （指导老师　段顺林）

> 夜幕下匆匆而行的身影，电脑上孜孜不倦的策划，相机中缤纷多彩的画面，校园里到处遍布着我们的足迹。我们担当得起责任，努力守护着宿舍安全防线；我们谨记认真二字，用心地整理每一份文件；我们充满了活力，热情地做好相关工作的宣传。我们牢记我们是自管人，创建文明和谐宿舍是我们的目标，为每位同学保驾护航是我们的理念。请相信，自管会的脚步永远不会停歇！
>
> （2020级汉语言文学6班　孙春霖）

为维护学生宿舍正常的学习和生活秩序，保障学生人身和财产安全，规范学生宿舍秩序，学校学生工作部（处）于2017年创建了学生宿舍自我管理委员会。它是学生实现自我管理、服务宿舍的有效途径。

自管会共有90人，包括主席团8人、宣传部15人、办公室17人、执行部50人，负责管理26栋学生宿舍，覆盖超过3 500间宿舍的24 000名学生。由主席团—栋长—层长—寝室长四位一体构成，在每栋宿舍设有自管会服务岗，及时监督、反馈和协调解决学生生活问题，在维护宿舍学习和生活环境上发挥了重要作用，真正做到了自我管理、自我服务、自我监督、自我教育。

开展学生宿舍工作，细心服务全体同学

日常查寝工作：晚归、晚熄灯、大功率

从 2017 年起至 2020 年 11 月，自管会通过对在校学生的宿舍管理，促进了学生之间的沟通和团结，保证了学生的住寝安全，较好地维护了校规校纪，形成了良好的校风寝风，加强学校与各院学生的联系，及时反映学生的意见、建议和要求。近年来，团队参与宿舍检查晚熄灯、宿舍卫生、晚归和大功率电器共 550 多次，参与累计 6 783 人次，累计查寝 26 795 间。查晚归时间为晚上 9 点 30 分开始，查晚熄灯时间为晚上 11 点 30 分。每位成员尽职尽责，不管是严寒还是酷暑，都保质保量地完成任务。

每周日宿舍卫生大检查、零点突击检查

自管会会在全校范围内随机抽查各学院宿舍，进行现场统计与评分。按照统一的评分标准和校纪校规中关于宿舍管理的相关条例进行评分。零点突击检查是为了更加规范同学们的作息时间，养成良好的生活习惯，营造和谐宁静的宿舍环境。

楼栋自管会服务吧台、党员服务岗、自管会办公室值班

自管会自创立以来，除特殊情况外，每天都分时段、分小组在每栋宿舍一楼大厅自管会服务吧台、党员服务岗、自管会办公室安排值班，每完成一次值班都需要对当时的值班情况进行汇报，并及时处理紧急情况。

爱心雨伞及医药箱的设立

自管会成立后，秉承着为同学们做实事的初心，提出在每一楼栋设立爱心雨伞和医药箱，这一举措十分贴合同学们的日常生活，当同学们遇到困难时，第一时间会想到我们。自管会也对同学们做到充分的信任，双方共同建立起了良好的互助循环体。

迎新志愿服务岗

从 2018 年开始，每逢 9 月开学之际，团队都会在新食堂或者老食堂附近进行迎新摆台，为新生的咨询提供服务，让新生对学校有初步的了解。一般进行为期两天的志愿服务活动，安排专人负责值班，遇到前来问路或咨询宿舍情况的同学、家长，就耐心细致地回答问题，帮助新生完成报到，尽快融入校园，更好地适应大学生活。

丰富美好校园生活，共建和谐美丽家园

开展寝室文化艺术节系列活动

为丰富大学生宿舍文化生活、让学生主动走出宿舍，培育一批学风积极向上、寝风和谐健康、寝室干净整洁的学生宿舍典范，自管会每年都会举办一次大型的寝室文化艺术节系列活动。自从 2017 年以来，自管会已经圆满完成了三届寝室文化艺术节系列活动（校级），共开展了宿舍文化知识竞赛、跳绳比赛等 24 项活动。我们希望通过这些活动，增强室友之间的默契，增强宿舍团结协作的能力。

开展宿舍文体活动

为配合衡阳师范学院建设生态文明校园，营造安全温馨、文明卫生的宿舍环境，自管会开展了拔河、投篮等 20 多个大型体育运动，以加强学生之间的沟通交流，引导同学们积极主动地参与运动，营造自信阳光、充满朝气、热爱运动的校园氛围，让学生养成健康良好的生活方式。

营造融洽宿舍氛围，发展良好宿舍生活

自管会每栋分设两位栋长，每层各设一名层长，由层长对接各寝室的寝室长，层次分明，分工明确。我们坚持走进寝室，与宿舍同学交朋友，积极帮助同学解决宿舍问题，及时向老师反馈同学们的难事、愁事，真正做到为同学办好事、办实事，用实际行动践行了团队"四个自我"的服务宗旨。

宿舍生活占据学生日常生活的很大一部分，从宿舍抓起，加强寝室文化建设，有利于丰富学生的课余文化生活，倡导健康向上的生活方式，深化寝室文化生活的内涵，提高学生的寝室生活品质。正是因为了解宿舍管理对于学生的重要性，自管会始终坚持为学生做事，小到检查寝室卫生，大到举办各种活动，我们坚信有努力就会有回报！

自管会作为学校宿舍管理的学生自治组织，一直坚持以学生为主，全心全意为学生服务，始终以学生为工作重心。在学生工作处的科学指导下，自管会不断规范制度，创新思路，组织开展了各类学生文体活动，创造了温馨、和谐、美丽的宿舍环境，培养了同学们积极健康的生活习惯。

志之所趋　无远弗届

——生命科学与环境学院　抗体工程技术创新团队

抗体工程技术创新团队，2021年"笃行先锋"（校级）。曾获第五届全国大学生生命科学竞赛（2021）一等奖、2021年"建行杯"第七届"互联网+"大学生创新创业大赛铜奖、2020年第四届全国大学生生命科学竞赛二等奖、2020年第五届全国大学生生命科学创新创业大赛三等奖等12个重大奖项。

济济多士，南学津梁。鱼跃于渊，湘水泱泱。

以尹家银同学为队长的衡阳师范学院抗体工程技术创新团队勤敏好学、不畏艰难，敏于察觉新现象、善于解决新问题，在抗体新制剂的创制方面取得了新进展，为动物疫病的防治提供了新方案。

他们是先进技术的追求者，是生命科学与环境学院的先进学生代表，是我的亲密战友，更是我的骄傲。

（生命科学与环境学院副教授　唐青海）

抗体工程技术创新团队是在唐青海老师的带领下由一群立志于生物科学研究的学生组成的一个团结奋进、实干创新的团队。在他们身上，我看到了一个优秀集体所应具备的各个要素。在科研中，他们严谨认真，扎实精干，以深厚的理论知识指导实践生产；在学习中，他们逊志时敏、笃学不倦，多位成员在班级中学习成绩名列前茅；在生活中，他们团结互助、积极进取，强大的凝聚力使团队成员拧成一股绳，铆足一股劲，攻克难关，取得多项成果，斩获多个奖项。

（2019级化学生物学1班　刘之睿）

团队成立背景

随着动物养殖的规模化发展与人类活动范围的增加，动物传染性腹泻已经严重威胁到动物和人类的生存与发展。全球范围内，由于抗生素的滥用，耐药菌株增多，传染病日益恶化，给养殖业造成了巨大的经济损失，这也是一直困扰我国养殖业的难题。为解决这一问题，2017 年 9 月，生命科学与环境学院抗体工程技术创新团队应运而生。

团队概况

抗体工程技术创新团队由唐青海副教授作为指导老师，团队成员有生物科学 2017 级学生张可、吴广艳，环境工程 2017 级学生蒋文青，生物科学 2018 级学生尹家银、曾琼瑶、李泽、徐晴、尹旭、刘博、曹馨，生物科学 2019 级学生刘雪晴、喻娇、薛姣雄、隆泽桧、李晓觉、刘庭、刘莎，生物科学 2020 级学生侯鑫军。目前由尹家银担任队长。

团队依托"生物药物校企联合研发实验室"，聚焦生产一线需求，走出了一条较为成熟的"产学研融合创新"模式。2020 年 10 月，团队事迹成功入选 2020 年度湖南省教育厅"十大育人示范案例"。

研究方向

抗体工程技术创新团队的课题研究方向为微生物感染的免疫机制、新型疫苗和抗体药物的开发，旨在解决幼畜传染性腹泻问题，并为其提供治疗方案。

团队建设

宝剑锋从磨砺出，梅花香自苦寒来。在 4 年科研时光中，团队各年级一级级接棒，由学长学姐带领学弟学妹不断开拓创新，形成了"一级做给一级看，一级带着一级干"的模式。

在老师的指导下，团队成员互相帮助、共同进步，把各自所学用于科研活动，做到"知行合一"，取得了一项又一项成果，在各大比赛中脱颖而出，接连获奖。

科研成就

近两年，团队共主持6项科研项目（见表1），其中有国家级项目1项、省部级项目1项、校级重点项目3项、校级一般项目1项；团队成员共参与6项教师重大科研项目（见表2），其中省部级项目2项、校企合作项目4项；团队成员累计发表学术论文4篇（见表3），其中核心期刊1篇、省级期刊3篇。

团队建立了细胞构成、蛋白纯化、基因工程疫苗、抗体制备与纯化技术体系，聚焦危害动物和人类健康的重大传染病。成功开发了仔猪大肠杆菌疫苗及抗体、犬冠状病毒疫苗及抗体、犬细小病毒卵黄抗体、新型冠状病毒特异性卵黄抗体等一系列抗体制剂，部分成功进入了中试阶段。

表1 团队主持的科研项目

项目	项目概况
国家级 大学生创新创业训练计划项目	项目名称：犬源抗病毒 Elf4 的克隆及应用研究 编号：202110546001 批准经费：1.0 万元
湖南省 大学生创新训练项目	项目名称：犬源抗病毒基因 Elf4 的克隆及应用研究 编号：S202110546001 批准经费：1.0 万元
衡阳师范学院 第二十届大学生课外学术科技作品 竞赛重点项目	项目名称：产肠毒素大肠杆菌 E. coli－HuNHY19 菌株卵黄抗体的制备及其效果研究 校科字〔2020〕1 号-7 批准经费：0.5 万元
衡阳师范学院 第二十一届大学生课外学术科技作品 竞赛重点项目	项目名称：犬冠状病毒 S 蛋白的特异性小分子 Fab 的制备 校科字〔2021〕1 号-9 批准经费：0.5 万元
衡阳师范学院 第二十届大学生课外学术科技作品 竞赛重点项目	项目名称："菌氨清"对湖泊、鱼塘的水质改善效果研究 校科字〔2020〕1 号-32 批准经费：0.5 万元
衡阳师范学院 第二十届大学生课外学术科技作品 竞赛一般项目	项目名称：猪胆囊收缩素与生长抑制素二联卵黄抗体的制备 校科字〔2020〕1 号-7 批准经费：0.5 万元

表 2　团队成员参与的教师重大科研项目

项目	项目概况
湖南省重点研发计划 （2021—2022 年）	项目名称："猪重要肠道感染病毒新型鉴别诊断技术开发与应用"子课题 实施年限：2021.07—2023.07
湖南省自然科学基金面上项目	项目名称：Elf4 对猪圆环病毒 2 型复制的调控作用及机制研究 项目编号：2021JJ30060 实施年限：2021.01—2023.12 （湘基金委〔2021〕1 号）
"衡阳师范学院-兆丰华生物科技（南京）有限公司"校企合作项目	项目名称：动物疫苗制备新工艺及其配套检测技术研究 合同号：2020430405000318 财务编号：HXKY202010 总经费20 万元（已进账经费 10 万元） 实施年限：2020.09—2022.09
"衡阳师范学院-湖南国测生物科技有限公司"校企合作项目	项目名称：重要动物传染病防治技术研究与应用 合同号：2020430405000053 财务编号：HXZXXQ202010 总经费10 万元（已进账经费 10 万元） 实施年限：2020.04—2021.04
"衡阳师范学院-南阳市天华制药有限公司"校企合作项目	项目名称：仔猪流行性腹泻、猪传染性胃肠炎和致病性大肠杆菌三价抗体的研究 合同号：2019430405000204 财务编号：18H03 合同经费：35 万元（已进账经费 35 万元） 实施年限：2018.06—2021.06
"衡阳师范学院-广州格雷特生物科技有限公司"校企合作项目	项目名称：仔猪腹泻性疾病卵黄抗体制剂的研制 合同号：2019430405000069 财务编号：ZXXQ201701 合同经费：200 万元（已进账经费 45 万元） 实施年限：2017.06—2020.10

表3 团队成员发表的学术论文

论文题目	刊物名称	发表年份
《不同佐剂对猪传染性胃肠炎病毒S蛋白和猪流行性腹泻病毒S蛋白免疫原性的影响》	《中国农学通报》（中文核心）	2020年
《一株猪流行性腹泻病毒的分离培养及其ORF3、sM和N基因的序列分析》	《湖南畜牧兽医》	2021年
《一种犬瘟热病毒强弱毒株鉴别PCR检测方法的建立和初步应用》	《湖南畜牧兽医》	2021年
《一例伪狂犬病毒野毒株感染病例的病原学诊断》	《湖南畜牧兽医》	2021年
《菌氨清的杀菌效果及对鲫鱼的急性毒性研究》	《水产养殖》	2021年

比赛成果

团队秉承"研学融合、以赛促研"的理念，瞄准重大赛事，精心备战。近几年，团队共获得12个重大奖项（见表4），其中国家级一等奖1项，二等奖1项，三等奖2项；湖南省一等奖1项，二等奖1项，三等奖3项；校级特等奖2项，一等奖2项。

表4 团队获奖情况

作品	大赛名称	获奖级别	获奖时间
《产肠毒素大肠杆菌E. coli-HuNHY19菌株卵黄抗体的制备及其效果研究》	第五届全国大学生生命科学竞赛（2021）	国家级一等奖 湖南省一等奖	2021年
《曜可生物科技——动物病原性腹泻克星》	"建行杯"第七届"互联网+"大学生创新创业大赛	国家级铜奖 湖南省三等奖	2021年
《猪流行性腹泻病毒二价基因工程抗原及其卵黄抗体的制备》	第四届全国大学生生命科学竞赛	国家级二等奖	2020年
《一种犬瘟热病毒PCR快速诊断试剂盒的研制》	第五届全国大学生生命科学创新创业大赛	国家级三等奖	2020年
《一株仔猪产肠毒素大肠杆菌的分离鉴定、耐药性分析及其卵黄抗体的制备》	第十四届"挑战杯"湖南省大学生课外学术科技作品竞赛	湖南省二等奖	2021年

续表

作品	大赛名称	获奖级别	获奖时间
《猪胆囊收缩素与生长抑制素二联卵黄抗体的制备》	第五届全国大学生生命科学竞赛（2021）	湖南省三等奖	2021 年
《重组猪胆囊收缩素与生长抑素的原核表达与鉴定》	第十四届"挑战杯"湖南省大学生课外学术科技作品竞赛	湖南省三等奖	2021 年
《犬冠状病毒 S 蛋白的特异性小分子 Fab 的制备》	衡阳师范学院第二十一届大学生课外学术科技作品竞赛	校级特等奖	2021 年
《产肠毒素大肠杆菌 E. coli-HuNHY19 菌株卵黄抗体的制备及其效果研究》	衡阳师范学院第二十届大学生课外学术科技作品竞赛	校级特等奖	2020 年
《菌氨清的杀菌效果及对鲫鱼的急性毒性研究》	衡阳师范学院第二十届大学生课外学术科技作品竞赛	校级一等奖	2020 年
《猪胆囊收缩素与生长抑素二联卵黄抗体的制备》	衡阳师范学院第二十届大学生课外学术科技作品竞赛	校级一等奖	2020 年

未来展望

抗体工程技术创新团队仍将秉持着"志之所趋，无远弗届；笃行致远，惟实励新"的理念，继续在抗体开发这条道路上坚定地走下去。展望未来，抗体工程技术日新月异，它将伴随生命科学的发展，制造更急需、更优质、更丰富的抗体产品，为动物健康、畜牧业发展、社会发展做出更大的贡献！

以梦为马　执笔为剑

——宣传统战部　新闻中心记者团

新闻中心记者团（简称记者团），2021 年"笃行先锋"（校级）。自成立以来，记者团在新闻宣传工作方面取得了优异的成绩，也涌现出了许多优秀作品。其中，衡阳师范学院官方微信推文《以青春之名　为祖国歌唱》点击量突破 10 万+，《余热未尽献，老骥不偷闲》获评 2020 年"读懂中国"活动优秀短视频；通讯报道《乡村音乐教室——深林中的百灵鸟》获评"2019 年度湖南教育好新闻"三等奖；2020 年组织制作微视频《有弟如兄夏明震》，获评"夏明翰诞辰 120 周年红色基因传承系列活动"微视频一等奖；2021 年设计制作的视频广告获湖南省第七届大学生公益广告比赛三等奖等。

> 记录者，成团凝聚。这是一支凝聚力高的团队。因为热爱，也因为责任，他们相聚在一起，既各司其职，又密切配合；团结协作，创意迭出，用心、用情讲好衡师故事。记录者，一直在路上。
>
> 这是一支执行力强的团队。校园新闻在哪里，他们就第一时间出现在哪里，用笔墨记录衡师风采，用镜头定格衡师精彩。他们，是当之无愧的笃行先锋。
>
> （宣传统战部　徐罗月）

> 新闻中心记者团在我印象中是学校的一个高质量宣传机构。在学校举办大型活动时，经常能够看到他们的身影，我自己也经常会看记者团做的推文和视频。因为他们尽心竭力的付出，大家及时了解到学校的动态，也能发现更多衡师人的闪光点，希望新闻中心记者团能够越来越好，继续推出有思想的高质量作品。
>
> （2019 级广告学 1 班　陈冉）

部门构成

新闻中心记者团分设四个部门：采编部、摄影部、官方微信运营中心（原官方微信小组）、视频中心，现有学生记者100余名（包括东、西校区）。这支队伍思想进步，热爱新闻宣传工作，立足校园，追踪学校热点，积极采写校园新闻，反映师生丰富多彩的生活；传播进步思想，报道典型人物，是学校新闻宣传工作中一支重要的传播力量。

采编部

采编部成员热爱新闻事业，文字功底好，沟通能力强，怀有新闻理想，关心时事政治。自成立初期，采编部一直负责新闻采写，完成日常报道，关注校园建设、学生学习生活等方面的状态，涌现出了众多优秀的新闻报道。

2021年1月至10月采编部共计参加新闻任务36次，报道典型人物及团队12次，在校园新闻网"综合新闻"栏目发稿19篇；积极和校外媒体合作，加强与其他新闻媒体的沟通与联系，在多个省级媒体发表新闻稿件，扩大了校园新闻的传播力和影响力；和官方微信运营中心合作推出多篇推文，营造良好的文化氛围。

摄影部

摄影部成员热爱摄影，摄影功底好，遇到紧急情况能随机应变，关心时事政治。自成立以来，摄影部负责新闻拍摄以及官方微信公众号的主题拍摄活动，关注学校各大小活动、学生学习生活等方面的情况，拍摄出了众多优秀的新闻图片。

2021年摄影部共计参加新闻任务49次，完成官方微信公众号相关拍摄任务94次，并积极在外网发稿。为提高自身审美素质，课余利用各种机会参与讲座培训，增强拍摄功底。加强与各二级学院、学生机构的沟通与联系，及时到现场完成拍摄活动，扩大校园新闻的传播力和影响力；并配合官方微信运营中心推出多篇特色推文，展现良好校园文化，获得师生一致好评。

官方微信运营中心

官方微信运营中心自成立以来，负责"衡阳师范学院"官方微信公众号的日常运营工作，目前公众号内设有"师院人""一周资讯"等固定栏目。部门成员积极追踪校园热点，关注校园动态，通过创意性推文介绍优秀人物，挖掘优秀事迹，成为衡阳师范学院新媒体平台的中流砥柱。此外，成员们结合校园特色设计相关文创产品，以多样化的形式彰显衡师特色，展现衡师风采。

官方微信运营中心关注人数超过4.7万人，2021年共发布441条推文，主题涵盖校园生活、新闻报道、时事热点等，推文形式包括文字、摄影、手绘、视频、H5，深受衡师人的关注与喜爱，逐渐成为学校与师生、家长、社会人士相互交流和了解的纽带。

视频中心

视频中心主要负责管理衡阳师范学院官方抖音号，视频中心成员以宣传学校为己任，积极开拓短视频平台。视频中心在官方抖音号上重点展示了学校重要事件报道、学生日常生活、学校美食美景等方面，为学校树立了良好的对外形象。

视频中心成立于 2020 年 10 月，在一年时间内抖音粉丝量从 0 突破至超过 1.6 万人，累计获赞数超 6.4 万。2021 年视频中心共计在抖音上上传视频 86 条。除此之外，视频中心还积极与湖南教育新闻网等校外媒体进行合作，积极对外展现衡师风采。

团队工作

新闻采写报道

新闻中心记者团负责学校会议、活动的新闻采写，稿件撰写、审核，推文及视频发布。大家热爱新闻工作，具有敏锐的观察力和责任感，在学校宣传工作中取得了优秀的成绩，记者团成员也多次被评为新闻宣传工作先进个人。

在日常工作中，记者团四个部门各司其职，团结协作，负责学校大型活动的采写，如湖南省师范生技能大赛、学校教职工大会、运动会等活动。其中，采编部和官方微信运营中心负责撰写稿件，采编部主要负责校园新闻网的稿件撰写，官方微信运营中心负责学校官方微信上的推文写作、排版与推送。摄影部负责活动现场的摄影以及图片的后期处理。视频中心负责将学院热点以视频的形式记录下来，在学校的官方抖音号上发布。

协助编辑《衡阳师院报》

新闻中心记者团负责协助《衡阳师院报》的编撰、刊发工作。前期，由记者团成员协助撰写、拍摄校报所需的稿件及照片。由采编部助理编辑负责院报刊印前后的校对，提前策划每个月稿件的选题，联系人物进行采访、撰写稿件。在每月 13 日、27 日之前，选定文章，安排好版面要刊登的内容。稿件中所需的照片由摄影部成员一同前往采访地点拍摄。其中，第四版文艺副刊的稿件和照片大部分源于新闻中心记者团。

《衡阳师院报》刊发之后，由记者团成员发放到学校各学院办公室及宿舍楼下。记者团在每栋宿舍楼下放置了报刊架方便大家浏览，以丰富全体学生精神世界，了解学校新闻动态，受到了大家的好评。

办公室值班

新闻中心记者团设立办公室值班制度，要求值班人员严格遵守值班纪律，履行责任义务：严格遵守值班时间，按时到岗值班，不无故迟到、早退、离岗，做到有事必做、有叫必达；浏览当日报纸、杂志，收集时事政治新闻，提升媒体思维，提高新闻写作能力；编辑、校对最新出版的校报清样和微信公众平台稿件，整理新闻稿件，留存新闻原件，把握新闻方向。记者团成员严格执行值班要求，遵守值班纪律。

定期召开例会

新闻中心记者团各个部门为了更好地贯彻记者团的发展战略，加强部门内部的信息沟通，提高工作效率，协调各部门的工作进度，总体把握记者团发展方向，会定期召开例会。例会中会发布记者团近期的目标以及要达成的目标，细分成员任务，掌握任务进度。

通过例会进行充分交流，集思广益，及时解决团内工作中存在的问题，加强协调各部门工作的力度。同时，通过例会，对部门成员进行学习培训，加强部门成员凝聚力，提高部门成员写作能力。最后，通过对工作的总结，激励部门成员树立工作信心，彰显积极向上的精神面貌。

特色活动

开展文艺作品征集活动，丰富学生文化生活

新闻中心记者团开展并参与了多样化的文艺作品征集活动，成员创作了形式多样的作品，包括文章、海报、漫画、视频、H5 等。多个视频作品在大学生微电影短视频大赛等比赛中获奖。

在学校"湘南第一党支部"优秀网络文化艺术作品征集中，新闻中心记者团广泛发动成员，征集了 31 个作品，实事求是、准确地展示新民主主义革命时期省立三师建立湘南第一个党支部及其在衡阳、湘南学联、湘南地区的党建、工农革命运动中的作用、地位和影响。这些活动不仅提升了大家的文化素养和执行能力，更有利于大家汲取红色力量，继续砥砺奋进。

加强新闻培训工作，提升成员综合素质

新闻中心记者团为加强成员的新闻素养，积极配合学校党委宣传统战部邀请校内外老师、专家学者开展一系列讲座、论坛，邀请记者团成员和学校其他媒体、各学院学生共同学习新闻理论，开展新闻活动，展开新闻实践。讲解当前新闻宣传方向、舆论引导能力、新媒体发展定位等，通过研讨交流，切实提高学生记者的整体素质和创新能力，助力学校新闻媒体宣传工作的创新发展。

此外，新闻中心记者团各个部门还会举行不定期的培训，提升成员写作、拍摄、剪辑、公众号排版等方面的技能，为更好地进行校园新闻宣传打好基础。

采风实践活动

为开阔学生视野、提高实践能力，新闻中心记者团还在宣传统战部的领导组织下进行采风实践活动。采风活动每学期开展至少一次，前往长沙、韶山、张家界等地区，让大家走出校园，开阔视野。2021 年 5 月，记者团部分成员为配合学校宣传统战部组织的视频拍摄活动"唱支歌儿给党听"，前往长沙橘子洲头、岳麓山等拍摄相关素材。大家将理论与实践相结合，增长才干。

新闻中心记者团通过形式多样的活动，聚焦新闻焦点，讲述校园故事，关注同学心声，记录学校发展。学校新闻宣传工作意义重大，新闻中心记者团作为学校媒体的一分子，积极配合学校宣传工作，加强与其他机构的交流与合作；锐意创新，丰富宣传形式，推陈出新，收到了众多关注和赞扬，产生了广泛而良好的影响。

不忘"初心"　砥砺前行

——马克思主义学院 "初心"学生理论宣讲团

"初心"学生理论宣讲团，2021 年"笃行先锋"（校级），秉承着"崇德敬业　至理求真"的宗旨，面向社会各界积极开展以红色文化为主题的宣讲，以实际行动让青春之花在祖国最需要的地方绽放，以实际行动打造了一个团结、和谐、奋进的先进团队。

　　马克思主义学院的"初心"学生理论宣讲团自成立以来，一直发挥宣讲作用，在珠晖区临江社区、湘南第一党支部等地进行几十次宣讲，宣讲成果显著，得到了红网时刻、青年湖南等多家媒体的报道，也得到了同学们的大力支持及良好反馈。

（马克思主义学院辅导员　周丹妮）

　　"初心"学生理论宣讲团从成立开始，就一直致力于将校史、党史讲好，他们讲述了许多扣人心弦的红色故事。"初心"学生理论宣讲团从不一样的视角给我们介绍了那些在时间长河里熠熠生辉的人物，相信未来宣讲团的发展会越来越好。

（2019 级思想政治教育 2 班　田蛟）

　　马克思主义学院"初心"学生理论宣讲团，结合衡阳师范学院实际情况，深入挖掘红色文化资源，探索红色文化传播途径，争做红色文化传播的先锋。

　　马克思主义学院"初心"学生理论宣讲团成立于 2020 年 11 月，通过一系列的宣讲实践，为传播红色事迹、弘扬红色文化做出了积极的贡献。在"学党史强信念跟党走"主题活动中，"初心"学生理论宣讲团更是走在了前列。作为一支以团员青年为主力的文化传播队伍，这一年以来，"初心"学生理论宣讲团秉承着"崇德敬业　至理求真"的院训及宗旨，面向社会各界积极开展红色文化宣讲。除了学院，宣讲团还深入宿舍、社区、学校、乡村等进行宣讲，总共进行了几十次的宣讲，获得了社会各界人士的一致好评，取得了良好的社会效益。在未来的日子里，"初心"学生理论宣讲团将以传播红色文化为己任，进一步精心打磨，不断探索，力求以更丰富的宣讲内容、以更完善的宣讲技巧和更优质的宣讲效果为红色文化的传播服务。

知行合一，学以致用

马克思主义学院在全院学生中开展"学习十九届五中全会精神"主题教育活动，以主题班会、视频学习等多种形式对十九大精神进行学习。

趁热打铁，马克思主义学院成立了"初心"学生理论宣讲团，结合青春成长经历向师生宣讲学习十九大精神体会。同时，他们走进学校周边的社区、小学、堰头村、湘南学联等地进行以红色文化为主的理论宣讲。学生宣讲员成为学习者、宣传者、践行者，力求做到真学、真懂、真信、真用。

在许多次宣讲任务中，为了达到最佳的宣讲效果，他们会精心设计宣讲主题，认真琢磨宣讲稿，不断提升稿件和讲解质量。有时遇到突击性任务时，他们也会放弃自己的休息时间，加班加点，立刻投入紧张的宣讲排练工作中。当然在这其中，也少不了老师和书记的指导，有了他们才有了"初心"学生理论宣讲团现在欣欣向荣的风貌。前往珠晖区临江社区的宣讲，是"初心"学生理论宣讲团面对的一个大任务、怎么样可以吸引群众，怎么样能够让群众接受，这都是需要考虑的问题。一直打磨自己，老师也多次亲临指导，只为了呈现最好的效果。

推陈出新，提升服务

为了更好地传播红色文化、传扬红色精神，"初心"学生理论宣讲团不断探索并持续改进。一次宣讲会的成功与否，除了内容上的理论联系实际外，形式上也要推陈出新。"初心"学生理论宣讲团，利用幻灯片、视频、图片等形式，以群众喜闻乐见的方式，深入浅出地宣传红色文化。在进行马克思主义学院2021级新生入学教育工作——参观湘南第一党支部时，"初心"学生理论宣讲团也是精心准备，结合衡阳师范学院红色文化资源，在湘南第一党支部讲述了张秋人、蒋先云、黄克诚等人的先进事迹。"初心"学生理论宣讲团采用创新方式，采取你来我往、一问一答的形式，引导学生进行思考。形式上的创新，让学生愿意听，听得进，听得懂。

凝练红色精神，传承红色文化

"初心"学生理论宣讲团在传播红色文化的同时，自身也受到了红色精神潜移默化的熏陶。有宣讲团成员曾表示：每当想到红色人物敢为人先，抛头颅、洒热血的事迹时，自己也会不由自主地为这种敢为天下先的精神所感动。"初心"学生理论宣讲团，以红色人物为先进典型，学习发扬红色人物的精神，将其转化为宣讲工作的动力和目标。

正是这样一个实践平台，让"初心"学生理论宣讲团中的每一个人都得到锻炼和成长，他们以实际行动让青春之花在祖国最需要的地方绽放，以实际行动打造了一个团结、和谐、奋进的先进团队。不管是过去、现在还是将来，他们都将为红色文化的传播和传承而不懈奋斗！

百年风华正茂，征途接续奋进。作为伟大新时代的青年，需要从百年党史中坚定信仰、不忘初心，从百年征程中牢记使命、不负人民，从百年奋斗中接力前行、不负韶华；传承红色基因，赓续红色血脉，高举红色火种，走好新时代的长征路。弘扬红色名人文化和红色精神，责无旁贷、任重道远。"初心"学生理论宣讲团将继续在学院领导的指导下，以社会各界对红色文化需求为依据，坚持高起点、高标准、高质量，不断提升服务，开拓创新，让"初心"学生理论宣讲团成为传播红色文化的排头兵！

以萤火之光　增辉日月

——法学院　杨高科

　　杨高科，2021 年"笃行先锋"（校级），法学院 2019 级法学 2 班学生，现为校学生会主席团成员、青年志愿者服务联盟副理事长。曾获 2019 年校优秀共青团员、2019—2020 学年院优秀学生干部、2020—2021 学年校优秀学生干部、2020 年第七届"互联网+"创新创业大赛院级一等奖、2021 年校十佳歌手大赛"优秀志愿者"、2021 年湖南省第七届师范生教学技能大赛"优秀志愿者"、2021 年衡阳师范学院大学生青年马克思主义者骨干培养班结业证书、2021 年市防疫抗疫优秀志愿者、市防疫抗疫先进个人。其所在的"三下乡"团队——"依法治国，青春践行"宣讲团被共青团中共青年发展部评为 2021 年"三下乡"优秀报道团队。

　　他是一个积极向上、积极投身各类社会实践的小伙子。从院学生会办公室到校学生会主席团，他用实际行动践行学生干部的职责使命，为学校和学生做好服务工作。学院各项志愿活动都有他的身影，在疫情期间他也勇于承担社会责任，为隔离群众提供周到的服务。他把"笃行"精神融进自己的血脉中，我相信他未来一定会有更优秀的表现！

（辅导员　肖润超）

　　杨高科同学在工作上严谨细致，条理分明。在日常工作中，他认真指导校学生会同学的工作；他性情活泼开朗，懂学习、懂生活；他待人亲和友善，集体荣誉感强，是同学们学习的楷模。我相信他一定会以执着的信念和勤奋的汗水争取属于他的成功！

（2021 级法学院历史学 4 班　何玄烨）

投身实践，践行笃行信仰

自从进入大学以来，我积极抓住每一个社会实践机会锻炼自己。我是一个来自农村的孩子，从小就体会到父母的艰辛，因此养成了勤俭节约的好习惯。在假期，我会找一些兼职，为父母减轻一些负担。大一、大二的暑假我参与了法学院组织的大学生暑期"三下乡"实践活动，开展了关于"法制乡村建设"的调查实践。在学习之余，我积极参加各类公益活动，如团市委组织的"送温暖进社区"、法学院的"普法进课堂"等活动。

在大学两年多时间里，我参加了学校大大小小 20 多个活动。在湖南省湘南地区 2021 届师范类毕业生供需见面会暨衡阳师范学院 2021 届毕业生供需见面会上我担任志愿者，协助各大学校与公司单位开展招聘面试；在湖南省张家界市永定区人民法院我进行为期一个月的实习，协助永定区法院完成大大小小十余次庭审，积极做好庭审记录与卷宗整理，协助书记员做好审判书的送达任务，运用自己所学知识为家乡的司法审判建设贡献微薄的力量；2021 年 1—3 月期间，我参加"互联网+"大赛活动，在微博、微信公众号、B 站、抖音四个网络平台进行了为期三个月的知识产权普及活动，并获得了 2021 年法学院第七届"互联网+"创新创业大赛院级一等奖；我曾多次参加省、市级别的科技创新大赛，2015 年获得张家界市青少年科技创新大赛一等奖，2019 年创新论文《关于利用生活中的废物"铁锈+二氧化硫"制取新型健康净水剂的探究》获得第 38 届湖南省青少年科技创新大赛三等奖。

通过参与这些实践活动，我在向社会传递正能量的同时也丰富了自己的经历，且得到了意想不到的收获。

抗击疫情，展示青年担当

大学生作为祖国的未来与希望，身上背负着重要的职责与使命。在 2021 年疫情席卷张家界时，我积极响应号召，进入张家界蓝湾博格隔离酒店开展一线防疫工作，连夜搭建隔离设施、运输医疗物资。因为在消毒与清运垃圾的过程中，需要进入隔离人员居住区，所以要穿戴全套防护装备。当时我从上到下裹得严严实实，不到两分钟就全身湿透了。从酒店 6 楼一直到 22 楼都是隔离人员居住的楼层，我和同伴每天背着几十斤重的喷雾机一层层对隔离楼层进行消毒，晚上等隔离人员用完餐后清理垃圾及医疗废物，每次都是几十大包。大家身上穿的衣服湿了又干、干了又湿，衣服上出现一圈圈盐渍，在清运垃圾的时候每天累得腰酸背痛，我也因为长期接触 84 消毒液导致皮肤过敏与烧伤……

在这半个多月的时间里，虽然工作很辛苦，但大家心中始终有坚定的为人民服务的信念，在隔离点同志以及全市人民的共同努力下，终于，在 8 月 21 日，这场"战疫"取得了胜利！对抗疫情从来都不是一个人的事，还关乎着整个社会和国家，所以我义无反顾地加入了一线志愿者队伍——哪里有需要就往哪里去，我始终坚信萤火之光也可以为日月增辉！

勤勉尽责，牢记服务意识

服务他人快乐自己，在做学生干部的这两年多时间里，我组织开展各类院级、校级活动 10 多次，主动为老师和同学们服务。

大二我任法学院分团委办公室副主任，在新生入校前认真做好前期准备工作，在大家的努力下，全体新生安全入校；军训期间我全程陪护，做好了各项后勤服务工作，为最后法学院荣获军训内务评比先进单位、队列评比一等奖做出了贡献。

我现任衡阳师范学院学生会主席团成员，兼任青年志愿者服务联盟副理事长，在工作中认真负责，大胆创新，主动思考，较好地平衡了学习与工作的关系。组织开展过 2021 级新生入校的"三码一单"与体温检测活动，衡阳师范学院 2021 年下学期"开学第一课"升旗活动等。

在工作学习之余，我还参加了法学院"拒绝校园霸凌，构建和谐校园"为主题的法治公益活动及鄱湖中学"向校园霸凌说 NO"未成年人法制宣传教育活动等。这些经历让我感触颇深，每次在给学生上课前我都会提前和班主任进行交流，了解学生的基本情况。让我没想到的是，平时默不作声的孩子遇到"校园欺凌"话题会有那么多的话说。虽然每次备课都花费了很多的时间与精力，但是当我看到孩子们求知的目光时，便觉得一切都是有价值、有意义的。能够用所学知识来帮助有需要的青少年让我感到很开心、很欣慰，我也希望自己以后能够利用专业知识帮助更多的人。

当然，在服务他人的同时我也收获了认可：我获得了 2019 年度衡阳师范学院优秀团员、2020 年度衡阳师范学院法学院优秀学生干部等荣誉称号。

从班长到校学生会主席团，这两年，我的工作能力得到了提升，责任意识也不断加强。在今后的工作与生活中，我一定会更好地为老师和同学们服务，努力解决他们所提出的问题，认真履行学生干部的职责！

追求创新　终有所获

——计算机科学与技术学院　莫凡

　　莫凡，2021 年"笃行先锋"（校级），计算机科学与技术学院 2019 级计算机科学与技术专业（非师范）1 班学生。曾率团队获得 2021 年第七届湖南省"互联网+"大学生创新创业大赛金奖，2021 年第七届中国国际"互联网+"大学生创新创业大赛三等奖，2021 年衡阳师范学院第二十一届大学生课外学术科技作品竞赛一等奖，2021 年衡阳师范学院"互联网+"创新创业大赛金奖。个人获得 2021 年国家励志奖学金、两次校级二等奖学金（2020 年和 2021 年）、一次 2021 年校级三好学生称号。

　　莫凡同学时刻严格要求自我，有扎实的理论基础，动手能力、自学能力强，可以迅速适应不同的环境；做事脚踏实地，责任心强，注重团队合作精神和集体观念；为人坦率，表里如一，与人友善，有较强的独立生活能力；热爱专业，勤学肯钻。

（辅导员　徐峰）

　　莫凡学习认真刻苦，乐于与老师、同学一起探讨问题，在学校期间积极参加各项活动，加入学院实验室跟随老师一起做项目，在各项活动中表现出较强的创新能力。遇事稳重，有一定的领导能力，多次为班级和学校争得荣誉。她作为负责人在"互联网+"创新创业大赛中带领团队荣获省一等奖，她思想觉悟高，尊敬师长，成绩优异，深受大家的喜爱。

（2019 级计算机科学与技术专业 1 班　彭晓云）

创新创业，成就自我

2020年9月初，我率领大家一起组建了创业团队，开展创业工作与社会调查。2020年11月，我们团队入驻了衡阳师范学院大学生创业园基地。2020年12月，我和同学一起正式创立湖南岈航科技有限公司，主要经营卫星通信技术、电子、通信与自动控制技术的研发，以及基于北斗导航的数据处理模块产品的开发设计与推广。2021年9月，我们获得了第七届湖南省大学生"互联网+"创新创业大赛金奖。

我作为大学生创业者，没有雄厚的财力支持、丰富的社会阅历，在创业之路上每向前跨出一步，都付出了他人难以想象的努力与汗水。

开拓进取，锐意创新

积极实践，开启创业之路

2019年刚进入大学校园的我对新鲜事物充满好奇，本着锻炼自己的宗旨，积极参与了老师的各种项目，努力锻炼自己的实践能力。2020年4月，在学校开设的大学生创新创业指导课上，我第一次有了创业的想法。经过了一学期的学习与体会，我对创业的兴趣逐渐提高。2020年9月初，因为要参加湖南省大学生智能导航科技创新大赛，我结识了我的创业伙伴——一群同样对北斗导航系统感兴趣的人。于是，在2020年年底，我与同学一起创立了湖南岈航科技有限公司。

在公司成立的初期，我们对成立公司的流程不太熟悉，遇到了许多困难，幸好同学之间分工明确、互帮互助，最终成功度过了那段艰难的时光。随着产品的研发和市场的推广，公司逐渐走上了正轨。

确立项目，在困难中不懈向前

近年来国际形势急剧升温，国家已明确了在对于涉及国家经济、公共安全的重要行业领域必须逐步过渡到采用北斗卫星导航兼容其他卫星导航系统的服务体制，因而北斗卫星导航系统在移动通信中将发挥重要的作用。我们认为，在海洋安全的问题上，海洋浮标扮演了一个极其重要的角色，而北斗定位又是大势所趋，所以我们决定公司的第一个项目就是用于海洋浮标的北斗数据处理模块。

研发的过程也并非一帆风顺，一开始，我们决定以 NXP 芯片作为核心芯片制造第一代北斗数据处理模块，但是随着产品的测试，我们发现 NXP 的内存空间不足以满足海洋数据处理的需求，于是我们又推出了以 STM32 为核心芯片的第二代北斗数据处理模块。在解决了硬件的问题后，我们又在软件的配适中出现了问题——迟迟接收不到北斗卫星传来的信号。经过 3 个月的努力后，我们终于测试成功。

2021 年 3 月，湖南岈航科技有限公司终于得到了第一笔订单，我们的产品投入使用，并且成功申请了到了著作权，专利也已进入审核阶段。随着产品的销售和代理商合作协议的签订，我也成功带领团队顺利进入了"互联网+"大学生创新创业大赛的学院及学校初选，最终在 2021 年 7 月，获得衡阳师范学院"互联网+"大学生创新创业大赛金奖，并被推选进入省赛。2021 年 8 月 30 日，经过省赛答辩，我们的项目最终获得 2021 年湖南省"互联网+"大学生创新创业大赛的金奖，并在国赛中获得了 2021 第七届中国国际"互联网+"大学生创新创业大赛三等奖。我也凭借这个项目，获得了 2020 年衡阳师范学院"创业之星"和 2021 年衡阳师范学院"笃行先锋"等荣誉称号。

勤学善思，奋进前行

学习是学生的天职，尤其作为一名当代大学生，需要有扎实的专业知识基础。

在课堂内，我认真听讲、积极发言，遇到不理解的地方向老师和同学请教，学习上做到不拖拉，起到了良好的带头作用。经过不懈努力，我大一拿到了全国普通话二级乙等证书，大二成功通过英语四、六级考试，学习成绩多次进入班级前两名，获得了两次校级二等奖学金（2020 年和 2021 年）和 2021 年国家励志奖学金，并在 2021 年评为校三好学生。

在课堂外，我深知实践能力的重要性，大一便加入了智能感知与深度学习实验室，开发了油茶果检测系统，为了提高软件的实用性，我还和同学们一起前往常宁市油茶产业扶贫基地，与当地村民一起交流，了解油茶的生活习性、成熟时间和经济效益，希望能够利用所学知识真正地帮助他人。大二暑假期间，我和同学一起留在了学校，开发学校合作办所需要的横向项目管理网站，该项目主要使用 JAVA 语言，采用的是目前最流行的 Vue+SpringBoot 框架，现在已进入收尾阶段。

除此之外，我还利用课余时间参加了校级、省级、国家级的各种比赛，也取得了较好的成绩：2020 年获全国大学生组织能力管理大赛三等奖，2021 年获衡阳师范学院大学生课外学术科技作品竞赛一等奖、衡阳师范学院"互联网+"创新创业大赛金奖、湖南省大学生"互联网+"创新创业大赛金奖、中国国际"互联网+"大学生创新创业大赛三等奖。

每一次比赛对我而言，都是一种全新的体验和尝试，在竞赛这条路上，我也做了很多努力：为了产品测试错过了门禁，修改 PPT 到凌晨，为了比赛材料坐车 3 小时去实地拍摄……幸好功夫不负有心人，奖项就是对我最好的回报。

踏实工作，履职尽责

注重学习的同时，我还担任了班委，认真务实，处处严格要求自己，大局观强，具有较强的领导、组织、协调能力，并具有较强的合作精神和集体责任感，和同学们建立了良好的人际关系。

在做好自己本职工作的同时，我还积极配合班级其他班委的工作，并和其他班委共同制定了详细的班级管理规定，为班级的组织管理提供了良好的依据。除此之外，我还积极组织各种联谊活动来丰富班级同学的课余生活，增强班级凝聚力。

在生活上，我质朴有爱心，勤俭节约，乐于助人，热心于社会和学校公益事业，曾先后参加社会和学校组织的清理校园、老兵宣传等志愿服务及多种社会实践活动；在教师节、元旦等节日积极参与"感恩你我""感恩老师""感恩社会"等感恩活动。大二时积极参加学院的迎新工作。我不辞辛苦，任劳任怨，甘愿为同学服务。

我坚信自己的路要认真地走，生活不能得过且过。立志易，笃行难。通往成功的道路没有捷径，唯有不断前行！

热爱可抵岁月漫长

——地理与旅游学院　周砚

周砚，2021 年"笃行先锋"（校级），地理与旅游学院 2019
级地理科学 1 班学生。2021 年获得校第二十一届大学生课外学术
科技作品竞赛一等奖、校党史知识竞赛二等奖、国家奖学金、校
特等奖学金，并获得院"学习之星"、"道德之星"、校三好学生、
优秀共青团员、优秀学生干部等称号。

> 天行健，君子以自强不息。周砚严格要求自己，学习认真刻苦，性格乐
> 观开朗，团结同学，乐于帮助他人，时刻以班级利益为重，具有高度的责任
> 感和集体荣誉感。未来的路途，他将朝着成熟稳重的地理人的道路迈进。
>
> （辅导员　陈旭）

> 周砚既是我的好朋友，也是我的好榜样。回顾大学这两年，周砚用他的
> 细心、努力、勤奋感染着周围所有的人。天微微亮的时候，他就起床来到自
> 习室学习；没有课的周末，总能在各种活动中看见他的身影；作为学习委员
> 的他，班级群里也常常有他的细心提示。他是一位很优秀的同学，很幸运能
> 够认识他。
>
> （2019 级地理科学 1 班　盘伟国）

保持热爱，砥砺奋进

在大学的学习过程中，热爱成为我学习的主要驱动力。何谓热爱？热爱是发
自内心的好奇，是一切孜孜不倦的探索钻研的源头，是能引起湖中片片涟漪的一
颗石头。正是因为对地理的热爱，我鼓足勇气，去闯荡未知而诱人的世界。

进入大一，周围的同学好像在达成"上大学"的目标后开始迷失方向，但
对地理的热爱使我越来越坚定了自己的理想。岁月荏苒，大一的时光转瞬即逝，
考试成绩也给予了我丰厚的回报。但是，光有一腔热爱是不够的，还需要用实际

行动去诠释它。因此，我不断钻研书本，运用各种方法来理解知识，经常与老师和学长学姐们讨论交流。同时我也会积极寻找网络资源，从网络课程中补充其他知识。地理科学是一门具有高度实践性的学科，因此我常常在生活中将所见地理现象与所学地理知识相联系：在晚上散步时会抬头看月相，和室友推测当前的阴历时间；在校园内发现有趣的植物会观察其形态，推测其种类；在怡心湖旁也会被其波浪吸引，仔细观察其运动状态……也正是在这一次又一次的观察推理中，我的专业实践能力有了显著的提升。

兴趣是最好的老师，但是最终专业能力的提升仍须不断的努力。对于复杂、抽象的地理现象和原理，我们只能通过反复背诵和理解才能有效转化为自己的知识。因此，我给每一门专业课都配备了相应的笔记本，将手写笔记和电子笔记相互结合，在做笔记的过程中加深自己的记忆和理解。同时，我也早早地加入了考研背诵大军，和他们一起在楼道间配备一把小凳子进行背诵。每晚，当理科楼的教室灯光渐渐暗淡，我才合上书，慢慢走回宿舍。正是这样一天天的坚持、一天天的努力，才让我有了更进一步的勇气，才让我获得了长足的进步，成绩也一直保持班级第一。

始于初心，成于坚守

著名教育家吴玉章曾说："目标既定，在学习和实践过程中无论遇到什么困难、曲折都不灰心丧气，不轻易改变自己的目标，而努力不懈地去学习和奋斗，如此才会有所成就，而达到自己的目的。"我的科研之路也是如此。

对于科研的初认识源于大一，当时我观看了2019年"新蚁族杯"全国高校第五届地理科学展示大赛。在其中，我们学校的两支队伍都取得了不错的成绩，一些科研项目也深深地吸引了我，幻想着自己也能参与到项目的研究之中。很幸运，我通过各种途径认识了当时参赛人文组的一位学长。在经过多次的交谈后，学长开始带领我做科研项目。从数据整理、论文筛选和外文翻译等基础性的工作慢慢做起，我开始一步一步地融入科研。之后，团队的一位学姐带领我参加了2020年衡阳师范学院第二十届大学生课外学术科技作品竞赛。前期，我每天晚上都在阅读论文，做好阅读笔记，进行有必要的摘抄，遇到不懂的专有名词、研究方式就不断查阅资料，将问题逐一解决。可惜，前期工作做好了之后遇上了疫情，我们组无法外出调研，数据无法获取，论文最终只能一拖再拖。在大二，我参与了衡阳师范学院第七届"互联网+"大学生创新创业大赛，作为主要负责人，我带领着团队不断探索着农业废弃物资源回收利用的方式与技术。寒假期间我们频繁开线上会议，不断补充各种想法，思维的碰撞让我们的项目逐步完善。计划书的屡次修改、汇报视频的近百次录制也在不断考验着我们的耐心。但是最终因为经验缺失和技术过于理想化，项目宣告失败。经历了两次竞赛的失败，我的信心受到了打击。

又到了科创比赛的立项期间，因为对失败的不甘心，我便想重新来过。因此，我找到了我的班主任——张家其老师，在张老师的带领下参与了2021年衡阳师范学院第二十一届大学生课外学术科技作品竞赛。张老师对我很负责，手把手带着我做项目，经常给我讲解论文思路，同时也带领我到湘西各个村落进行调研。湘西道路不畅，调研村落又相隔很远，张老师经常一开车就是三四个小时，非常辛苦，因此我也十分珍惜这次的调研机会。到了撰写论文阶段，我和我的团队每天空余时间都一起在教室处理数据、研究论文，从白天写到晚上，没有离开过理科楼。那段时间，我睁眼闭眼都是论文，也没心思吃饭，在大一新生军训值班时也拿着平板电脑坐在路边修改论文。由于是第一次写论文，张老师对我也很严格，通过努力，最终，项目获得了一等奖！这其中确实有太多不易，但是最重要的，还是要感谢我能够保持那份科研初心与不断的坚守。

纸上觉浅，事要躬行

大学是与社会衔接的重要节点，是从学校过渡到社会的重要平台。因此，大学生应更加注重实践能力的培养，为未来工作打下基础。我从入学以来，积极投身于各项实践活动，一方面是想多结交朋友，另一方面，也是为了提升自己的能力。

在大学里，我幸运地加入了衡阳师范学院学生宿舍自我管理委员会。从干事到办公室主任，我结识了非常多的其他学院的朋友，跟着学长学姐们学习到了很多知识。也是在这里，我收获了感动、关爱，体会到了情怀。在大一担任干事期间，我的学习和执行能力得到了很大提升。每天进行宿舍吧台卫生的检查、每周对爱心雨伞和医药箱进行清查、学会写策划案、进行例会主持、负责第三届宿舍安全知识竞赛等。这些大多是简单的小事，但是能够坚持，不断积累经验，将小事做得越来越好，这才是提升自己的有效途径。在大二，我担任了办公室主任一职，在此期间，提升自己的管理与人际交往能力显得尤其重要。我将自己的所学全部传授给学弟学妹们，对其进行耐心指导，善于发现团体内部的矛盾并及时解决。总之，每一次工作、每一次集体行动、每一次改革、每一位成员，我都认真对待。我也很幸运，从中学习到了许多书本上学不到的知识。

除了校内的学生工作，我还积极锻炼自己的师范生基本技能。在大一期间，我参加了曙光小学的爱心支教活动，成为一名小学四年级的科学课老师。支教的路程很远，很累，秋风呼呼地吹在脸上，辗转到达学校已经是手脚冰凉。但是每当我进入学校，我的学生就向我扑来，紧紧地抱住我，对着我微笑，所有的疲惫与寒冷都好像消散不见了。他们是那么纯真、善良、热爱知识，我感受到了这种童真、这种温暖，这也是我坚持支教的原因。同时，我也进行了校外的家教，这也为我的师范技能提供了一个练习的平台。

我的故事是由热爱和坚持组成的潺潺细流，以最初的信念来不断探索大学的生活方式，以自己的理解追寻光的方向。鲁迅先生说过，我们自古以来，就有埋头苦干的人，有拼命硬干的人，有为民请命的人，有舍身求法的人，这就是中国脊梁。我愿意且热切希望成为这样的脊梁。因此，我不断提升自身素质为梦想积蓄力量，践行社会工作，服务同学与集体，矢志科研探索，为地理发展、国家需要做出贡献。未来之路茫茫，唯有热爱可抵岁月漫长。

莫问收获　但问耕耘

——文学院　文雨欣

文雨欣，2021 年"笃行先锋"（校级），文学院 2018 级汉语言文学 5 班学生。曾获 2020 年全国微课大赛特等奖、2020 年全国师范院校师范生教学技能竞赛三等奖、2021 年湖南省师范生教学技能竞赛二等奖。

她是一个勇于挑战、活泼上进的女孩，学习认真努力，在学校积极参加各类文体活动，2019 年获得过十佳歌手和粤语歌曲大赛冠军，在师范生技能竞赛中也取得了不错的成绩。从校赛到省赛，再到全国比赛，她一路上都不曾松懈。未来的她一定会表现得更加出色，成为一名优秀的语文老师。

（辅导员　方慧）

文雨欣，闻于心。她听从自己的内心，不受外界干扰。作为她共处五年的室友，她在我眼中是一个有天赋且努力的女孩，什么事情在她手里似乎都变得很容易。她身上标签很多：多才多艺、能言善语、乐观开朗，最重要的是——待人永远真诚。

（2018 级汉语言文学 5 班　黄巧）

小小愿望在心中萌芽

我是一个来自小乡村的女孩，在小学教师的影响下，从小便立志成为一名优秀的教师，于是我选择了公费定向师范生这条道路，来到了一所百年学府——衡阳师范学院。在这里，学识渊博的老师倾囊相授，友爱团结的朋友鼓励前行。我初心依旧，在校期间努力学习文化知识，提高自身素养，不断实践，想要离自己的梦想更近一点。

撒下一粒梦想的种子

作为一名师范生，理论与实践二者缺一不可。在大三上学期，我报名参加了学校 2021 年的师范生技能大赛，但这次比赛成绩不佳，我没有气馁。波斯纳曾说过："经验+反思=成长。"比赛后我深刻认识到自身不足，反复观摩优秀选手的教学视频，取长补短。我又先后参加了全国师范院校师范生技能大赛和全国师范生微课大赛，分别取得了三等奖和特等奖的好成绩。

耕耘一片希望的田野

大三下学期，我选择顶岗实习，早日站在教师岗位上，真正深入课堂，与学生沟通交流，从而更好地磨炼自己的教学技能。经过一个学期反复的备课、上课、反思、听课，我的身份已经由一名学生转变为人民教师了。我明白了教师不仅要教学生掌握科学文化知识，还必须具备良好的道德品质、健康的心理和强健的体魄，在备课过程中我会将智育与德育联系起来，将思想教育融入教学。同时注重课堂教学的知识性与趣味性，创新教学方法，利用现代化技术，让学生在快乐中学习和成长。比起让学生望而生畏的教师，我更希望做学生的知己和朋友，营造愉悦的课堂氛围，鼓励学生积极交流，相互促进，共同成长。

在大三快结束时，我终于迎来了日夜期盼的师范生教学技能竞赛。这一次，我"一雪前耻"，经过班级、院级、校级的层层选拔，获得了省赛的参赛资格，这是我之前想都不敢想的。莫问收获，但问耕耘，这是我常挂在嘴边的一句话。每个人都有光明的未来，未来是充满挑战的，逐梦之路，道阻且长，我定不负青春，不负韶华。

浇灌一滴精神的雨露

在大学期间，能展示自己的舞台有很多。我第一次登上校级的舞台是在 2018 年的夏天，那时的我年仅 17 岁，腼腆内向，音乐是支撑我的力量。舞台上我忘我投入，唱得深入人心，获得了校园十佳歌手"音乐发声人"和"最佳人气奖"。在这之后，我越战越勇，接连参加了好几次歌唱比赛，都取得了不错的成绩，2019 年在两次粤语歌曲大赛中获得了冠军，第二次参加十佳歌手获得了季军以及"最佳人气奖"。在舞台上唱歌是一种享受，是一次情感的宣泄，是与自己内心的对话。每当伤心难过时，一首歌就能让我恢复活力。"不要人夸颜色好，只留清气满乾坤。"我对音乐的热爱，不仅仅让我收获了鲜花与掌声，更是让我变得开朗乐观、积极向上。我想，唱歌能够拉近人与人之间的距离，那么以后在教学工作中，不也可以通过音乐来与学生建立真诚温暖的关系吗？

　　不管是成为一名优秀的人民教师还是追逐自己的音乐梦想，唯有热爱可抵岁月漫长。一个人也许平凡，但是我相信我能够在平凡中创造出不平凡。

心有猛虎　细嗅蔷薇

——数学与统计学院　何清慧

何清慧，2021年"笃行先锋"（校级），数学与统计学院2018级信息与计算科学1班学生。获2020年全国大学生数学建模竞赛本科组国家一等奖、湖南省一等奖，2020年全国大学生"互联网+"创新大赛全国三等奖、华中赛区一等奖等奖项；荣获2020—2021学年衡阳师范学院"笃行先锋""优秀志愿者""三好学生""优秀共青团干部等称号"。

何清慧同学政治思想坚定，积极进取，在校期间，能从各方面严格要求自己。她学习态度端正，成绩优异，且在多类学术竞赛中表现出色。工作踏实认真，有良好的团队意识及协作能力，且积极投身志愿公益服务，是一名全面发展的优秀大学生。她用才智和学识取得今天的收获，又将以明智和果敢接受明天的挑战。愿她学那梅花，争做"东风第一枝"！

（校团委副书记　魏菲菲）

何清慧在我心里是一个品学兼优的女孩子，学习认真，严格要求自己，将数学的严谨带入到每一个科目当中，即使荣获多项竞赛奖项，也仍然认真钻研学业。她的名字宛如优秀的代名词。在生活中待人热情，又不失南方姑娘的温婉大方。我看到了她闪耀的光芒，但也知道她背后付出的努力。身为她的好朋友，我感到十分骄傲。

（2018级信息与计算科学1班　张圣奇）

思想是行动的指南

在思想政治方面，我用心学习，积极进取，将政治学习作为生活中的一部分，努力提高自身的政治素养和思想觉悟。

我参加湖南青马在线课程学习，认真完成各项任务，并顺利结业，随后提交了入党申请书，成为一名预备党员。通过学习，我树立了正确的人生观、价值观和世界观，积极践行社会主义核心价值观，确立了坚定的目标，并为之努力奋斗。

理论是实践的先导

在学习方面，我认真刻苦，严格自律。对所学知识不懂就问，力求深刻理解是我一直的追求。我的学习与综测成绩一直名列班级前茅，并获得了校级奖学金和三好学生等荣誉。此外，我在掌握专业知识的基础上，也不忘拓展自己的知识面，参加了各类学科知识、创新创业竞赛。

我作为多个项目的主持人、队长，带领队员取得了不错的成绩：2020 年的"基于信用评估的货物配送及监测系统"项目在第二十一届衡阳师范学院大学生课外学术科技作品竞赛及第七届衡阳师范学院"互联网+"大学生创新创业大赛中成功结项，并在 2020 年全国大学生"互联网+"创新大赛暨第八届"发现杯"全国大学生互联网软件设计大奖赛中荣获本科及以上组全国三等奖、华中赛区一等奖；"沙漠掘金"项目获得 2020 高教社杯全国大学生数学建模竞赛本科组国家一等奖、湖南省赛区一等奖；"关于原材料订购与转运项目"获得了 2021 "高教社杯"全国大学生数学建模竞赛本科组湖南省赛区一等奖。这些成果刷新了个人建模竞赛成绩。

全面是发展的要求

我始终坚持全面发展，提升自己。在工作中，我细心负责，业务一流。大一时，我成功竞选上了青年志愿者服务联盟文秘部的干事和数之韵考研助学服务社团的团长助理，大三我担任了青盟理事长兼社联副主席。我有强烈的工作责任心和团队合作意识，有一定的组织协调能力和沟通表达能力，主动配合领导、老师开展工作，多次担任活动项目负责人，出色地完成了学校社团建设和志愿服务的各项工作。

我深知"纸上得来终觉浅，绝知此事要躬行"，尤为注重将所学的知识用于实践，坚持理论联系实际。除了在各位任课老师的指导下参与各类学科学术、创新创业竞赛外，还参加了许多社会实践活动，比如数学与统计学院"三下乡"支教活动，给衡阳师范学院定点扶贫村的孩子带去温暖，并走访调研；参与长沙市图书馆相关服务活动，如整理书籍、播放电影、小课堂助教等。尤其是大三下学期的暑期，在数据与统计学院各位领导、老师的支持与帮助下参加湖南广播影视集团有限公司的自主实习，获得了指导老师与部门全体老师的好评，这与在学校的学习、工作经历是密不可分的。在学校学习的这段时间里，我逐渐明确未来的奋斗方向，此次实习也为研究生时期的学习打下了坚实的基础。

奉献是善意的呈现

进入大学以后，我成为一名注册志愿者，多次参加校内校外的各种志愿服务活动。在入校三年多的时间里，我始终坚持着"奉献、友爱、互助、进步"的志愿者精神，参加志愿活动时间累计近 500 小时左右。在国际马拉松志愿活动中坚守岗位，在万人合唱活动里引导各学院参演人员与观众就座及负责事项沟通，在献血活动里担任引导与服务的志愿者，在学校招聘会活动中清洁打扫现场，为学长学姐及公司人员提供一个舒适环境，在新生入学期间担任迎新志愿者，在文明食堂活动中担任劝导志愿者和督察工作者。我还参加了一系列青盟的校外志愿活动，如高铁站劝导活动、"声之缘"关注听障儿童活动、"五防"宣传活动、福利院活动、社区清洁活动等。在疫情期间，我献出了自己的一份绵薄之力，帮助小区物业测量进出居民体温、登记外来车辆及进行双线小初高课业辅导等。

在面对志愿活动指导老师的教导时，我用心倾听，并铭记在心，总结自己在活动中的不足之处，以期在下次的志愿活动中能够做得更好。同时，我还致力于把志愿事业推向身边的人，通过自己的努力来影响更多的人，呼吁更多的人来支持志愿事业。我在志愿活动期间多次受到上级领导和服务群众的肯定与赞赏，曾获衡阳创卫"优秀志愿者"、衡阳师范学院"优秀志愿者"、衡阳师范学院"防疫抗疫优秀志愿者"等多个优秀志愿者称号。

奋斗是永恒的主题

"须知少时凌云志，曾许人间第一流。"我深知今后的道路还很漫长，定当努力加强理论联系实际，提高与时俱进、开拓创新的能力，保持艰苦奋斗的优良作风，坚持以严格的标准要求自己，不骄不躁、不忘初心、砥砺前行。我将牢记"厚德、博学、砺志、笃行"的校训，不断提高综合素质，争做新时代青年榜样。

翩若惊鸿　婉若游龙

——体育科学学院　唐心怡

唐心怡，2021年"笃行先锋"（校级），体育科学学院2018级运动训练3班学生。曾获2018年湖南省第十一届大学生运动会游泳比赛100米蛙泳第一名、200米蛙泳第一名、4×100米自由泳接力第一名、4×100米混合泳接力第一名。在校期间，曾获2020—2021学年校一等奖学金、国家励志奖学金、优秀三好学生等荣誉。

　　唐心怡同学有着较高的思想觉悟，不断向党组织靠拢，有着坚定的共产主义信仰。她热爱集体，团结同学，品学兼优，多次获得国家励志奖学金、优秀共青团员、优秀三好学生等荣誉。2018年代表衡阳师范学院参加湖南省第十一届大学生运动会，夺得女子学院组100米蛙泳、4×100米自由泳接力等多个项目的金牌，并且打破了女子200米蛙泳记录。希望她能够坚持自己的理想，趁年华正好，勇敢逐梦，不负青春，前途坦荡！

（辅导员　戴庆）

　　我认识的唐心怡同学，每次训练都非常刻苦，所以她一直能保持非常高的竞技水平，在大学生运动会上屡创佳绩。作为体育生，她除了专业，文化成绩也优异，并在业余时间参加各种活动提升自己，在校期间获得多项荣誉。在我的印象中，她勤奋、谦虚，有坚定的目标，与人为善，是我们学习的榜样，很荣幸可以成为她的朋友！

（2019级运动训练4班　唐菁鸿）

心中有梦，眼里有光

　　我爸爸从小跟着爷爷在轮船上长大，所以他非常喜欢游泳。一次偶然的机会，衡阳市游泳队到我的小学进行招生选材，爸爸看到了宣传单和报名单，当机立断就带着我去报了名。之后，我顺利地进入了衡阳市游泳队选材班，完成了选拔，并成为衡阳市游泳队中一名稚嫩的小队员，我与游泳的缘分也就此展开了。从此，我开始了漫长的游泳进阶之路，每天放学别人背书包回家，而我则是去游泳馆训练。训练枯燥又辛苦，但是每一次看到计时表上的时间一点点缩短、每一次刷新成绩、每一次站上领奖台，我知道，所有的汗水和泪水都是值得的。失利后教练的纠正指导、遭遇瓶颈时的鼓励和突破困难后的夸赞，都是支撑我坚持下去的动力。如今我才 22 岁，但游泳已经在我的生命里占据了 15 年的岁月，与其说它是一项特长专业，不如说它是我生命里不可或缺的一部分。

坚持不懈，必有回馈

2018 年，我考上了心仪的衡阳师范学院，并且加入了衡阳师范学院游泳队。2018 年 7 月，我还在衡阳市游泳队的选材班担任助教，协助教练培训游泳队的小队员，这时我接到了第一个任务——代表衡阳师范学院参加 2018 年湖南省第十一届大学生运动会游泳比赛。四年一届的湖南省大学生运动会是体现各个学校运动水平的最高舞台，然而此时距离比赛的时间仅仅只剩下两个多月，时间紧迫，训练必须提上日程，同时还要兼顾培训小队员的工作，教练和队员的双重身份充满了挑战性，使我备感压力。我每天给小队员上完训练课后，自己坚持在泳池里再游上两个小时，这很辛苦，但是也很值得。我知道，不这么拼，将来就会在赛场上被别人赶超。其实对自己狠一点，没有什么的，走过来就好了，挺住意味着一切。

追风逐梦，勇敢无畏

很快，到了 8 月底，选材班的工作一结束，我就立马到衡阳师范学院游泳队报到。在这里，我遇到了像家人一样的蒋炳宪老师和梁超老师，还有同样怀揣游泳梦想且有实力的队友们，我们一起参加集训。每天的训练十分枯燥、辛苦，早上和下午在泳池里努力，晚上还要去学校的力量房挥洒汗水，训练核心力量和耐力。荣誉和赞扬永远是给有充分准备的人。最终，我没有辜负大家的期待，登上了最高领奖台。在 2018 年的湖南省第十一届大学生运动会的赛场上，我代表衡阳师范学院拿下了 100 米蛙泳第一名、200 米蛙泳第一名、4×100 米自由泳接力第一名、4×200 米自由泳接力第一名、4×100 米混合泳第一名，并且打破了女子200 米蛙泳记录，获得了双倍积分。衡阳师范学院游泳队也成功得到了游泳团体赛第一名的成绩，这也是我们学校第一次在大运会上拿到第一名！我们的成绩是毋庸置疑的，我们的实力也是毋庸置疑的！

但因热爱，愿迎万难

比赛结束后正式开学，作为大一新生的我对大学的一切都充满了期待。在学习上，我勤奋上进，不懂就问；在思想上，我坚定地向党组织靠拢，递交了入党申请书并且积极地参加入党积极分子的培训，同时还报名加入了衡阳师范学院社团联合会。在学习和工作之余，每天坚持一定的训练，保持训练水平。在大二时获得了班级综合测评第一名的好成绩，同时获得了国家励志奖学金、校三等奖学金、优秀共青团员、优秀三好学生等荣誉。

我还积极参加志愿活动，服务社会。在 2019 年衡阳马拉松赛事和衡阳国际马拉松赛事中担任了志愿者，也参加了学校组织的各种志愿活动。进入大二后，我更加努力，不仅自己积极训练，还带动新入学的师弟师妹们一起训练，互相传授好的学习方法并分享心得。在不停歇的努力下，我于 2019 年的湖南省大学生锦标赛上，再次为衡阳师范学院斩获了四块金牌，同时也获得了校二等奖学金，在班级综合测评中位列第一。在这期间，我也考取了与自己专业相关的证书，为自己将来的就业做准备，比如游泳救生员证、二级田径裁判证、一级游泳裁判证等，并且参与了 2019 年全国 U 系列游泳赛事湘潭站的执裁。

2020 年，因为疫情的缘故，游泳馆不开放，这导致我无法进行系统的水上训练。我并未因此懈怠，坚持每天在家里打卡做陆上的训练以保持体能。我坚信，只要肯付出，就一定会有好的结果。然而正常备战 2020 年湖南省大学生运动会锦标赛的我，在训练中却不慎伤到了腰椎，导致椎间盘突出。我每天强忍着疼痛一边做体能训练一边配合医生进行矫正康复，我本以为自己这次没有希望登上最高领奖台了，但是事实上，努力的人运气不会太差，我最终还是成功地拿下了三枚金牌。颁奖的时候，我看着衡阳师范学院的校旗高高飘扬，泪水充满眼眶，我庆幸自己没有辜负学校和教练给予的厚望。好消息也不断传来：我的教师资格证顺利通过了，在大三成为一名中共预备党员，拿到了班级综测第一的好成绩并获得了校一等奖学金、国家励志奖学金和校优秀三好学生。

在我们的有生之年，从事自己热爱的事业，和自己喜欢的人在一起，大概就是活着的意义。我一直认为，所有的困难和汗水都是未来的一个机会！只有付出了汗水、克服了困难，才能看到机会。而机会，永远是留给有准备的人。在今后的日子里，我也将带着我对游泳的热爱，教会更多的人游泳。或许未来还会遇到许多挑战，但我坚信，只要怀揣着一颗永不放弃的心，尘埃里也会开出花朵！